Green & Economy

참 녹색국가의 길

참 녹색국가의 길

1판 1쇄 인쇄 | 2010년 04월 16일 **1판 1쇄** 발행 | 2010년 04월 21일

지은이 | 조길영 **발행인** | 이용길 **발행처** | 모아북스 **디자인** | 이룸
등록 제 10-1857호(1999. 11. 15)
주소 경기도 고양시 일산구 백석동 1332-1 레이크하임 404호
전화 0505-627-9784 **팩스** | 031-902-5236 **홈페이지** | http://www.moabooks.com
이메일 moabooks@hanmail.net
ISBN 978-89-90539-76-2 03840

참 녹색국가의 길

무엇을 파헤쳤는가? 무엇을 뒤엎을 것인가?

조길영 지음

모아북스
MOABOOKS

다시 '참 녹색국가의 길'을 묻다

지금 지구촌 모든 나라들이 경제위기, 고용위기, 환경위기라는 삼각파도에 휩싸여 있습니다. 여기에다 우리나라는 남북간의 위기까지 겹쳐 있습니다. 사상 초유의 다중첩 위기가 한반도를 덮쳐오고 있는데, 대한민국 정치는 실종되었고, 참다운 녹색시대의 정신을 구현할 정치적 리더십은 어디에서도 찾아볼 수 없습니다. 그 원인의 뿌리가 어디에 있다고 생각하십니까?

2007년 12월 19일, 대한민국 헌정 사상 최초로 대기업 최고경영자(CEO) 출신 후보가 대통령에 선출됐습니다. 국민들은 이명박 후보가 '비실거리는 대한민국 경제를 도약시키고, 서민을 잘 살게 만들어줄 든든한 선장 역할을 수행해주리라' 기대했습니다. 하지만 국민의 기대가 실망으로 바뀌는 데 걸리는 기간은 취임 후 100일도 채 되지 않았습니다. 대통령의 지지도는 20% 안팎을 오르내렸습니다. 허니문 기간에 이처럼 최악의 성적표를 보인 대통령은 지구상에 없었을 것입니다.

 정권 출범 직후 '한·미 쇠고기 협상'이 도화선이 되어 거리에는 '이명박' 호를 집어삼키고도 남을 성난 민심의 파도가 넘쳐났습니다. 국민이 대통령의 안위마저 걱정해야 하는 안타까운 상황이 벌어진 것입니다. 집권 3년차로 들어선 지금 이 순간에도 국민의 뜻을 저버리고 천리를 거역하는 4대강 토목사업을 군사작전 하듯이 밀어붙이고 있습니다. 2008년 8.15경축사를 통해 밝힌 '저탄소 녹색성장'은 '포장은 녹색인데 알맹이는 회색이다'라는 조롱을 받고 있습니다.

 현 정권은 입만 열면 소통이요 국민을 섬긴다면서, 행동은 불통이요 국민의 외침을 여지없이 뭉개버리고 있습니다. '권력의 칼자루는 내가 쥐고 있으니, 내 마음대로 권력을 휘두르겠다'는 과거 군사독재정권의 모습을 보는 듯합니다. 이명박 정권의 국민과 자연에 대한 오만과 무례가 극에 달하고 있습니다. 왜 이런 현상이 계속되고 있습니까? 그것은 이명박 대통령의 국정운영 철학과 낡은 리더십의 한계 때문이라고 봅니다.

 자만심과 성공에 대한 자기 과신이 지나친 지도자는 무오류의 오류에 빠지는 경향이 있다고 합니다. 이것은 이른바 'MB식인사'와 'MB불패신화'의 맹신에서도 잘 나타나고 있지 않습니까. 전자는 속칭 '강부자'

'고소영' 인사로 이어졌고, 후자는 '4대강 토목사업'을 군사작전 하듯이 밀어붙이는 것으로 나타나고 있습니다. 내가 하는 일은 지금은 저항을 받아도, 종국에는 반드시 성공한다는 'MB불패신화의 망령'이 국론을 갈기갈기 찢어놓고 있습니다. 참으로 씁쓸합니다.

이명박 대통령 스스로 취임 이전에 여러 번 즐겨 읽었다고 밝힌 제임스 번스의 『역사를 바꾸는 리더십』에서도 강조하고 있듯이, 성공한 정치 지도자가 되고자 한다면, 모름지기 국민의 소리에 항상 귀를 기울이고 있어야 합니다. 국민을 향해 큰 귀를 열어놓지 않으면, 대통령 자신의 실패는 말할 것도 없고, 이것이 결국 국민의 대참화(大慘禍)로 이어진다는 것이 역사의 어김없는 가르침이기 때문입니다.

이명박 대통령은 임기를 마치고 청와대를 떠나는 그날까지, 중국 역사에 길이 빛나는 '정관의 치'를 이룬 당 태종 이세민이 함께 배를 타고 가면서, 그의 아들인 태자에게 들려주었다는 다음과 같은 경구를 잊지 않았으면 좋겠습니다.

"백성은 물이요, 황제는 배다. 물은 배를 띄우기도 하지만 전복시킬 수도 있다. 그러니 배를 무사히 저어가고 싶다면 항상 물을 신경 써야 한다. 네 배가 뒤집히지 않도록 말이다."

이 책은 참다운 물이 되고자 자청합니다. 성난 민심의 파도가 더욱 높아지고 있는 이유가 무엇인가를 전달하고자 합니다. 대통령이 '꼭 해야 될 일'과 '꼭 해서는 안 될 일'이 무엇인가를 강조하고자 합니다. 정권은 유한하지만 4대강은 영원히 흘러야 하기에 거꾸로 흐르는 'MB강'을 바로잡고, 참 녹색국가의 길이 무엇인가를 대변하고자 합니다. 환경과 경제가 동시에 상생하는 새로운 패러다임이 이 땅에 착근하여 활짝 꽃 필 수 있는 길을 묻고자 합니다. 이명박 정권의 귀에 거슬리는 직설을 과감하게 쏟아낸 이유는 '이명박호'가 목적지까지 순항할 수 있는 올바른 물길을 뚫기 위함입니다. 그것이 궁극적으로 국민 모두를 편안하게 만드는 길이기 때문입니다.

이 책은 2003년에 펴낸 졸저 『녹색국가의 구상』에 이어서 지속가능하고 평화로운 녹색 한반도의 비전과 대안을 제시하고자 노력했습니다. 그리고 이 책을 통해서 이명박 대통령을 비롯한 정권 담당자들에게 참 녹색국가의 길을 다시 묻고자 합니다. 특히 21세기 최대 글로벌 핫이슈인 지구온난화로 인한 기후변화가 가져올 지구촌의 대재앙과 기후안보에 대한 문제까지 담아보려고 욕심을 냈습니다. 하지만 부족한 점이 너무나 많습니다. 잘못된 부분에 대한 가차없는 질정을 기다리겠습니다.

이 책에 실린 글은 최근 3년간 『오마이뉴스』, 『이투뉴스』, 『환경공업신문』, 『워터저널』, 월간 『참 좋은 환경』, 월간 『환경21』 등에 실린 것과 일부 미발표 원고이며, 이미 발표된 글들에 대해서는 독자의 이해를 돕기 위해 약간 수정을 가했음을 밝혀둡니다.

이 책이 나오기까지 물심양면의 도움을 주신 분들을 여기에 일일이 열거할 수 없을 정도로 많습니다. 1994년도 국회환경포럼 창립 이후 6년간 동 포럼의 대표를 역임하신 김상현 전 국회의원님의 깊은 배려를 잊지 못합니다. 지난 20년간 환경에 관한 올바른 가르침을 주신 한국과학기술연구원 책임연구원이신 박완철 박사님, 항상 카랑카랑한 목소리로 환경인의 참길을 일러주신 한국환경학술단체연합회 회장이신 류재근 박사님, 20년간 국회환경포럼과 함께 현장을 조사하고 시험분석을 도맡아 해주신 한국환경수도연구소 김정근 이사장님과 백영만 박사님에게 깊은 감사를 드립니다. 이 책을 출간해준 모아북스 임직원들에게도 찐한 고마움을 전합니다.

지구촌의 65억 인류와 기후안보를 걱정하고 참다운 녹색 대한민국을 만들기 위해 열심히 뛰고 있는 이 땅의 모든 공적 양심세력에게 이 책을 바칩니다. 끝으로 녹색시대의 새로운 패러다임 창출과 실천 프로그램을 고민하고, 4대강을 진정으로 사랑하는 모든 분들에게 조금이라도 보탬이 되고 위안이 되었으면 좋겠습니다.

일산 산들마을에서 조길영

차 례

5 지속가능한 참 녹색세상을 갈구하며 _ 232

1

위협받는 기후안보,
위태로운
지구호의 항해

참 녹 색 국 가 의 길

산업혁명 이래 오늘날 선진국 부의 축적과 환경의 파괴는 처음에는 석탄, 다음에는 석유를 동력으로 사용해 온 결과물이다. 선진국들은 엄청난 온실가스를 배출해 왔고, 산업혁명 이후 배출해 온 온실가스가 아직도 대기권에 축적되어 있어서 기후변화에 영향을 주고 있다. 이것은 선진국 부의 축적이 온실가스의 대기권 축적 과정 그 자체를 의미하기 때문이다. 오늘날 지구촌 곳곳을 더욱 거세게 강타하고 있는 태풍, 홍수, 한발, 혹서, 사막화, 산불, 기주 생태계 파괴 등을 야기하는 주요 원인이 바로 여기에 있다.

타이타닉호의 운명 앞에서
실종된 환경정의

  1995년 3월 베를린에서 개최된 제1차 기후변화협약 당사국 총회에서 기후변화협약 제3조(기본 원칙)에서 규정한 '기후변화에 대한 공동의 그러나 차등적인 책임의 원칙'을 구체적 이행 방안에 어떻게 담아낼 것인가를 놓고 당사국 간에 격렬한 논쟁이 벌어졌다. 이것은 기후변화의 주범인 북반구와 가장 큰 피해자인 남반구 국가들 사이의 기후변화협상이 앞으로 엄청난 긴장과 갈등 속에서 전개될 것임을 보여준 전초전에 불과했다.

  1996년 7월 스위스 제네바에서 제2차 당사국 총회가 개최됐고, 마침내 1997년 12월 일본 교토에서 개최된 제3차 당사국 총회에서 선진국의 의무 감축량과 그 이행 수단인 시장 매커니즘(배출권거래제, 청정개발체제, 공동이행제)을 도입한 '교토의정서'가 채택됐다. 이로써 개도국의 의무감축 면제와 선진국의 의무감축량 할당이라는 미봉책으로 환경정의에 대한 불꽃 튀는 논쟁은 일단락된 듯 보였다. 하지만 교토의정서는 지구적 차원의 실질적인 환경정의 실현을 위한 대장정의 첫걸음에 불과한 것이었다. 본격적인 싸움은 이제부터 시작된 것이다.

짓밟힌 환경정의, 위기에 처한 지구호

해수면 상승으로 물에 잠길 위험에 처한 투발루를 비롯한 섬나라연합은 1997년 12월 교토에서 열린 당사국 총회에 참석하여 선진국들을 향해 1990년 온실가스 배출 수준 대비 20% 감축을 요구했다. 하지만 교토의정서상 '부속서 B'에 속한 38개국은 2008년부터 2012년까지 5.2%를 감축하겠다고 서명했다. 이것은 앞으로 환경정의와 기후안보가 선진국들의 이익 때문에 여지없이 짓밟힐 것이라는 사실을 적나라하게 보여주는 것이었다.

대다수 과학자들은 전 세계적 규모로 닥치게 될 파멸적 기후변화를 방지하기 위해서는, 지구 전체의 온실가스 배출이 1990년 수준의 60~80% 이하로 떨어져야 한다고 주장한다. 유엔 정부간기후변화위원회(IPCC)의 모델에 따르면, 이 정도는 앞으로 50년 동안 온도가 1.5도 높아진다는 예상에서 0.1도 정도만 개선되는 정도에 불과하다.

산업혁명 이래 오늘날 선진국 부의 축적과 환경의 파괴는 처음에는 석탄, 다음에는 석유를 동력으로 사용해온 결과물이다. 선진국들은 엄청난 온실가스를 배출해 왔고, 산업혁명 이후 배출해 온 온실가스가 아직도 대기권에 축적되어 있어서 기후변화에 영향을 주고 있다. 이것은 선진국 부의 축적이 온실가스의 대기권 축적 과정 그 자체를 의미하기 때문이다. 오늘날 지구촌 곳곳을 더욱 거세게 강타하고 있는 태풍, 홍수, 한발, 혹서, 사막화, 산불, 기주 생태계 파괴 등을 야기하는 주요 원인이 바로 여기에 있다.

선진국이 내뿜는 온실가스는 앞으로 후진국의 생존 자체를 어렵게 만드는 한계상황으로 내몰 것이다. 더 큰 문제는 이것이 후진국의 빈곤의 악순환을 잉태하는 연결고리 역할까지 하고 있다는 것이다. 환경정의는 기후변화에 대한 역사적 책임과 의무를 끝없이 미루어온 선진국 정치인들에 의해 구두선이 되고 말았다. 그 결과 취약한 기후안보에 노출된 지구호는 타이타닉호와 같은 침몰 직전의 운명에 놓이게 됐다. 무너진 환경정의 앞에 지구호의 비극적 운명을 피할 수 있는 길은 참으로 요원하기만 하다.

환경정의의 핵심과 위기에 처한 후진국의 기후안보

1983년에는 구소련의 붕괴와 냉전의 종식을 예견하였고, 9.11테러 발생 7개월 전인 2001년 2월에는 미국의 심장부인 뉴욕과 워싱턴의 주요 건물들에 대한 대대적인 테러공습 등을 정확히 예견했던 저명한 미래학자 피터 슈워츠(당시 미 의회에서 주관해 3년간 한시적으로 설치했던 '히트 루드먼 국가안보위원회' 위원으로 활동했음)는 오늘날 세계적인 안보상황과 관련하여 최대 리스크는 보호무역주의와 전쟁이며, 그 다음으로 환경문제와 세계적인 전염병 문제를 꼽았다. 피터 슈워츠의 경고는 기후변화가 예측 불가한 치명적 기상이변과 전염병의 창궐을 가져올 수 있다는 수많은 과학자들의 시나리오와도 맞아떨어진다.

교토의정서 채택 10년째인 2007년, 남태평양 작은 섬나라 투발루 주민들은 바다 속으로 사라져 가는 조국을 버리고 탈출을 시작했다. 세계 곳곳에서 이처럼 타이타닉호 같은 운명에 처한 지구호의 조종이 울리고 있다. 때문에 환경정의의 핵심은 선진국의 지구환경 악화의 책임이 후진국의 경제적 장애물을 뛰어넘을 수 있는 도움이어야 한다. 이런 환경정의가 실현될 때만이 후진국의 기후안보가 보장되고 지구호의 순항은 계속될 것이다.

기후변화와
공적 양심세력의 책무

유엔 산하 '정부간기후변화위원회(IPCC)'는 금년 2월 2일 프랑스 파리에서 『기후변화 2007』과 관련한 1차 보고서를 발표했다. 이 보고서는 최악의 경우 금세기 말에 지구 온도가 지금보다 6.4도 높아질 것임을 경고했다.

지난 4월 유명한 환경운동가 마크 라이너는 최악의 경우를 가정해서 영국 가디언지에 '지옥으로 가는 여섯 단계'라는 충격적인 글을 기고했다. 그는 온난화로 인해 지구가 6도까지 올라갈 것이며, 1도 올라갈 때마다 나타날 지구상의 대재앙을 다음과 같이 예측했다.

1도 올라가면 생물종 95% 사라진다

1도가 올라가면 , 미국 서부는 가뭄이 극심해져 사하라사막과 유사한 환경이 될 것이고, 반면 사하라사막은 강수량이 늘어나면서 에덴동산과 같은 환경으로 돌아갈 것이다.

2도가 올라가면, 유럽은 폭서 현상으로 인해 수십만 명의 사상자가 발생할 뿐만 아니라, 산불의 위험도 커질 것이다.

3도가 올라가면, 인간이 온난화를 더 이상 제어할 수 없게 되어 아프리카 남부지역의 사막화와 슈퍼 태풍으로 수십억 명의 기후난민이 발생하고, 특히 아마존강 일대 가뭄 악화로 거대한 화재가 발생하면 대규모 이산화탄소가 대기 중으로 방출되어 기온이 1.5도 추가적으로 상승할 것이다.

4도 올라가면, 시베리아지역 얼음이 녹아 그 안에 갇혀있던 수억 톤의 이산화탄소와 메탄가스가 대기 중으로 방출되고, 남극의 얼음이 녹아 해수면이 5미터 상승해 모든 도서국가가 수몰될 것이다.

5도가 상승하면 열대종인 악어가 고위도인 캐나다에서 발견되고, 남극 중앙에 숲이 생기며, 해저의 메탄하이드레이트 분출로 해저가 붕괴돼 대규모 쓰나미가 발생할 것이다. 마지막 6도까지 올라가면, 지구상의 생물종 95%가 사라질 것이다.

이제 진실을 감추려는 극소수를 제외하고는 인간의 끝없는 탐욕과 무차별적인 경제활동으로 인해 지구가 점점 더워지고 있다. 산업혁명 이후 화석에너지를 먹고 지탱해온 현대문명의 역설은 머지않아 지옥에

떨어질 위험에 처할지 모르는 인류에게 지속가능한 문명의 패러다임으로 전환할 수 있는 마지막 기회를 주고 있다. 2001년 기후변화협약 교토 의정서를 일방적으로 탈퇴한 미국의 부시 대통령마저도 올해 들어서 지구온난화 문제와 대책을 강조하기 시작했다. 바야흐로 세계 대부분의 나라가 에너지와 환경문제를 해결하기 위해 국가의 역량을 총동원하고 있다.

기후변화, 핵무기보다 더 위협적이다

기후변화는 여러 측면에서 인류에게 핵무기보다 더 큰 위협으로 다가오고 있다. 세계은행의 수석경제연구원을 지낸 영국의 니콜라스 스턴은 2006년 10월에 정부와 기업, 일반인들이 온난화 문제를 방치한다면 글로벌 경제성장률을 최대 20%까지 낮출 것이라고 경고한 바 있다.

수많은 전문가들과 활동가들이 제시한 기후변화 예측 시나리오는 현대 인류문명의 존속 자체마저 위협하고 있음을 경고한다. 인류 역사상 지구온난화처럼 복잡·난해하여 통제가 거의 불가능한 문제도 없었던 것 같다. 때문에 대안조차도 또 다른 심각한 문제를 낳고 있다.

단적인 사례를 보자. 미국, 중국, 브라질 등 주요 국가들은 중장기적 차원에서 석유고갈 위기에 따른 고유가에 대비하고 온실가스를 감축하기 위한 차원에서 바이오디젤 생산량을 대폭 늘려가고 있다. 그 결과 옥수수를 비롯한 국제 곡물가의 폭등을 초래하고 있다. 2006년도 가격에 비해 2007년도 옥수수 가격은 최대 100%, 밀은 40%가 폭등했다. 이로 인해 관련 식품 가격이 연쇄적으로 상승하고 있다. 온실가스를 감축할 수 있는 대안이 후진국의 가난한 사람들에게는 영양실조라는 극한 상황을 안겨주고 있다.

지금 인류는 기후변화라는 역사상 가장 불확실한 상황에 직면해 있다. 모든 국가 간·집단 간의 이해관계가 갈수록 첨예하게 충돌하지만 해법은 보이지 않고 있다. 최악의 상황에 대처할 수 있는 시간은 빠르게 흘러가는데, 해법은 너무 느리게 나오고 있다. 아니 악순환의 고리가 또 다른 심각한 생존의 문제를 낳고 있다.

1997년 12월 교토의정서 체결로부터 지난 10년 동안 우리는 제도권 정치인들의 리더십으로 이런 문제들을 풀기에는 그 벽이 너무나 높다는 사실을 똑똑히 보아왔다. 결국 이제는 모든 의식 있는 지구촌 시민들이 나설 수밖에 없다. 미지의 21세기 지구호에 탑승한 모든 공적 양심세력들은 지옥으로 향하고 있는 지구호의 방향을 평화와 생명의 기운이 넘치는 방향으로 이끌 책임이 있다는 사실을 깊이 명심해야 한다.

투발루 침몰과
새로운 지구안보체제 구축 절실

2008년 9월 13일 '2012여수세계박람회' 가 '지구온난화와 살아있는 바다' 를 주제로 서울 코엑스에서 국제심포지엄을 개최했다. 이 자리에서 남태평양의 섬나라 투발루의 티바우 테이 부총리는 특강을 통해 "투발루는 매년 2, 3월 여러 차례 조수가 밀려와 해수면이 상승한다. 이런 현상이 점점 심해지고 있다. 앞으로 30년 내에 투발루의 일부 지역에는 사람이 거주할 수 없게 된다" 면서 "투발루를 구해 달라" 고 간절히 호소했다.

1 위협받는 기후안보, 위태로운 지구호의 항해

투발루 침몰은 지구적 비극의 예고편

전문가들의 전망에 따르면 투발루는 해마다 5~6mm씩 해수면이 높아지고 있어 50년 안에 지도상에서 사라지게 될 운명이다. 인구 1만 여 명에 불과한 투발루라는 섬나라가 침몰할 경우 이곳 사람들은 뉴질랜드와의 이주협정에 의해 삶터를 옮기게 된다. 하지만 문제는 이 비극적 사태가 여기서 끝나는 것이 아니라 지구적 차원으로 번지고 있다는 사실이다. 점차적으로 침몰하고 있는 투발루의 오늘은 지구온난화 앞에 무방비 상태로 내몰리고 있는 21세기 인류의 비극적 운명을 알리는 예고편인 셈이다.

2008년 9월 16일 제주시에는 태풍 나리(NARI)의 영향으로 1923년 기상관측 이래 가장 많은 420mm의 비가 내렸다. 2008년 9월 들어 제주도에 16일까지 연평균 강수량의 58%에 달하는 837mm가 내렸다. 서울대 허창회 교수(지구환경과학부)는 "올해처럼 9월에 비가 많이 오는 것은 지구온난화의 영향일 수 있다"고 말했다. 제주도를 포함한 일부 남부지방은 대피할 시간도 없이 순식간에 가공할 '물폭탄'을 맞아 엄청난 재산과 인명 손실을 면치 못했다. 화성에 탐사선을 쏘아올리고 우주를 여행하는 최첨단 기술문명의 바벨탑을 쌓아올린 21세기 인간들이 '태풍의 테러' 앞에 속수무책으로 당하고 있다.

자연의 테러에 대한 특단의 대책 필요

우리나라를 강타한 2002년 8월 태풍 루사와 2003년 9월 태풍 매미를 보라. 300명 이상의 인명을 순식간에 앗아갔고, 남북정상회담마저 연기시킨 2008년 8월 북한지역에 투하된 가공할 '물폭탄'의 실체를 보라. 한반도는 세계 평균 기온 상승 추세보다 2배 정도 높을 정도로 온난화가 심각하게 진행되고 있는 것으로 조사됐다. 앞으로 이런 추세가 계속된다면 한반도는 자연의 테러에 대한 특단의 비상한 대응 시나리오를 마련해야 할 것이다. 특히 산림의 황폐화로 홍수에 취약한 북한은 별도의 특별대책이 강구돼야 한다.

기후안보시스템이 유효성을 가지려면 개별 국가 차원은 물론 지구적 차원의 새로운 연합체 구축이 절실하다. 우리는 기후안보를 위한 연합체 구축을 논함에 있어서, 지구온난화의 주범인 이산화탄소배출량 감축, 기상이변 대책에 대한 새로운 설계 공학적 접근, 기상이변과 해수면 상승, 새로운 질병의 창궐 등으로 인한 대규모 기후난민 발생 시 국제적 대응 시나리오를 수립해야 한다.

반기문 유엔 사무총장의 기후안보 리더십

지금까지의 추세로 볼 때, 앞으로 국경을 초월한 자연의 테러가 더욱 기승을 부릴 것이다. 빈도와 파괴력 측면에서 지구생태계에 치명상을 입힐 수도 있다. 인간에 대한 예고 없는 자연의 테러는 이미 시작됐다. 하루 빨리 초국가적인 지구적 차원의 기후안보시스템 구축을 위한 정치적 리더십을 발휘해야 한다. 투발루에서 교훈을 얻어야 한다.

이런 점에서 반기문 유엔 사무총장이 지구온난화와 기후변화 대책을

2008년도 유엔 총회의 가장 중요한 어젠다로 올려놓은 것은 시기적으로 매우 적절한 것이다. 반기문 유엔 사무총장의 기후안보에 대한 리더십이 지구적 차원의 새로운 안보체제구축으로 나아가는 기제로 작용할 수 있기를 기원한다.

● 이투뉴스, 2007.2.6

기후변화 대처에
사활 걸어야 할 이유

유엔 산하 '정부간기후변화위원회(IPCC)'는 2007년 2월 2일 프랑스 파리에서 130개국의 2,500여명의 과학자들이 6년간 참여하여 작성한 최종 보고서인 『기후변화 2007』을 발표하였다.

이번 보고서에서 밝힌 시나리오에 따르면, 금세기 말까지 기온은 1.8~4.0도, 해수면은 28~43㎝ 상승할 것으로 내다봤다. 하지만 최악의 경우 기온은 6.4도, 해수면은 59㎝ 상승한다. 2001년에 발표된 3차 보고서에 비해 훨씬 비관적인 내용들이 많다.

보고서가 지적했듯이, 지구상의 모든 나라가 온난화에 대해 지금처럼 무책임한 자세로 대처할 경우, 해수면의 상승과 더욱 거세지고 잦아진 폭풍우와 해일 등으로 해변의 주요 도시와 태평양의 섬나라들이 지구상에서 사라지고 말 것이다. 기상이변과 생태계의 교란에 의한 식량과 물의 공급 문제를 놓고 국제 분쟁이 격화될 수도 있다.

기후변화는 인간의 활동이 초래

이날 발표한 IPCC 4차 보고서는 "지난 50년간의 기후변화는 화석연료를 사용하는 인간의 활동에 의한 것임이 90% 이상 확실하다"고 못박았다. 2001년에 발표한 3차 보고서는 66%라고 했다. 이번에는 인간의 책임을 훨씬 높임으로써 지난 2001년 교토의정서를 일방적으로 탈퇴한 미국과 여전히 의무감축 국가군 가입을 거부하고 있는 우리나라와 중국을 비롯한 여타 개도국에게도 큰 부담으로 작용할 전망이다.

교토의정서 탈퇴를 직접 지시했던 조지 부시 미국 대통령은 토니 프래토 백안관 대변인을 통해서 IPCC 4차 보고서가 발표되자, 즉각 "기후변화 도전에 대처하기 위한 최선의 방안을 연구·이해할 필요성을 주지시킨 가치 있는 보고서"라고 평가하고, "보고서의 결론은 매우 의미심장하며 미국은 보고서 작성의 중요한 참여자였다"고 밝혔다.

그럼에도 불구하고 부시 행정부가 조만간 교토의정서에 복귀할 가능성은 희박하다. IPCC 보고서가 발표된 직후 샘 보드먼 에너지부 장관은 "인간의 활동이 지구의 기후변화에 기여하고 있다는 것은 더 토론할 여지가 없는 것"이라며 보고서에 동의하면서도, "전 세계 나머지 지역을 살펴볼 때 미국은 작은 기여자"라면서 미국이 지구 온난화의 주범이라는 국제사회의 지적을 일축했다.

특히 그는 "미국이 일방적으로 온실가스 감축 조치를 취할 경우 기업들을 해외로 보내게 될 것"이라면서 기존의 입장을 반복했다. 하지만 부시 행정부가 마냥 교토의정서 복귀를 거부할 수만은 없을 것이다. 작년 중간선거에서 미 의회를 장악한 민주당의 하원 에너지상업자연자원위원회의 마키 의원을 비롯한 민주당 여러 의원들은 IPCC 보고서를 보고도 부시 행정부가 환경과 경제에 재앙적 영향을 미치는 온난화 감소 조치를 취하지 않은 것을 강력히 비판하였다. 게다가 이번 4차 보고서 발표를 계기로 유럽연합을 비롯한 의무감축 국가들의 대미 교토의정서 복귀 압력도 더욱 거세질 것이다.

미국과 중국의 의무감축이 관건

기후변화에 대한 대응은 국제협력이 필수적이다. 전 세계 이산화탄소 배출량의 25%를 배출하고 있는 미국 부시 행정부는 2001년 교토의정서를 일방적으로 탈퇴함으로써 의무감축 국가군에서 여전히 빠져 있다. 2000년대 들어 매년 10% 이상의 경제성장을 이룩하고 있는 중국과 이에 상응하는 고도성장을 이룩하고 있는 인도를 비롯한 개도국은 의무감축 국가군 가입을 거부하고 있다.

이것만 보아도 선진국과 개도국간의 국제적 협력이 없이는 온실가스 발생 총량을 줄일 수 없다. 2006년 10월 영국에서 출간한 '기후변화에 관한 스턴 보고서'에서도 지적하였듯이, 현재 영국 정부가 가장 심혈을 기울이고 있는 주제는 '기후변화'다. 반기문 유엔 사무총장도 IPCC 보고서 발표 직후 파리에서 열린 고위 환경 당국자 및 전문가 국제회의에 보낸 영상메시지를 통해서, "기후변화 문제가 자신의 최우선 현안 중 하나"임을 강조하고, "국제사회가 지속가능한 발전을 이루는데 유엔이 최선을 다 하겠다"고 말했다.

이처럼 전 세계 모든 나라가 기후변화에 효율적으로 대처하기 위해서는 자국의 모든 정책에서 이를 가장 비중 있게 다뤄야 하고, 나아가 국제사회의 협력이 절실하다.

한반도 기온 상승, 지구 평균 2배 이상

이제 우리 내부를 보자. 지구온난화는 이미 한반도의 발등에 떨어진 불이다. 기상청의 분석에 따르면 1910년대에 비해 최근 연평균 기온이 1.5도 상승했다. 이는 같은 기간 지구 전체의 기온이 0.74도 오른 것도보다 두 배에 달하는 수치다. 이것은 최근 중국의 초고속 성장과 한국과 일본의 급속한 도시화로 한반도 주변의 온난화 속도가 다른 지역에 비해 훨씬 심각한 수준에 처해 있다는 것을 보여준다. 온난화 속도가 이대로 지속될 경우 머지않아 서울이 아열대지역으로 바뀔 가능성이 있다.

이미 특정 농작물을 재배 가능한 북방 한계선이 계속 고위도 지역으로 바뀌고 있다. 강릉대 정일웅 교수는 "지구 온난화가 계속되면 2100년까지 한반도 주변 바닷물 수위가 42㎝ 상승, 연안과 섬 지역 등 서울시 면적의 3.7배가 바닷물에 침수될 것"이라고 전망했다.

2008년부터 2012년까지는 교토의정서 의무감축량 목표달성 제1차년도 기간이다. 미국은 2001년 교토의정서 탈퇴 이전에 한국과 중국을 포함한 개도국의 의무감축 참여를 가장 강력히 주장했다. 미국은 이번 IPCC 4차 보고서를 부시 대통령 스스로가 '가치 있다'고 인정하였다.

미국 부시 대통령도 지구온난화 인정

이번 보고서를 계기로 미국 의회와 국제사회의 교토의정서 복귀 압력이 더욱 가중될 것이다. 부시 대통령이 지난 1월 국정연설을 통해 "2017년까지 석유소비량을 20%까지 줄이고 연간 소비량 중 15%를 바이오에탄올 등으로 대체하겠다"고 발표했다. 여러 정황으로 미루어 머지않아 미국의 교토의정서 복귀를 예상할 수 있다.

미국의 교토의정서 복귀는 곧 우리나라와 중국을 비롯한 개도국에 대한 온실 가스 감축과 관련 '책임 있는 역할의 요구'와 연동될 것이다.

앞서 지적하였듯이, 한반도 주변에 몰아치고 있는 온난화의 심각한 진행과 사회 · 경제적 대재앙, 동북아의 에너지안보 환경, 그리고 미국의 교토의정서 복귀가 가져올 에너지와 경제적 후폭풍만으로도 지구온난화 대처에 동북아 역내의 국가들이 정책적 사활을 걸어야 할 이유로 충분하다. 인류가 최대한 자연친화적으로 살아가면 기온은 1.1도, 해수면은 18㎝ 정도만 상승할 것이라는 IPCC의 4차 보고서에 희망을 걸고서 말이다.

그리스 산불과
취약한 동북아 기후안보

2005년 2월 15일 '유엔기후변화기본협약 교토의정서'가 발효됐다. 하지만 2001년 3월 28일 교토의정서를 탈퇴한 미국은 자국 이익 수호라는 환경 제국주의적 속성을 적나라하게 표출한 채 원대복귀를 하염없이 미루고 있다. 미국도 여타 선진국처럼 자국 이익 수호와 지구환경 보호라는 딜레마 속에서 십 수 년 전부터 기후변화 문제를 21세기에 최우선적으로 해결해야 할 가장 심각한 문제의 하나로 다루기 시작했다. 기후안보 대책과 자국이익 수호라는 차원에서 보여준 미국의 양면성과 이율배반이 아닐 수 없다.

영국 수상의 과학기술 자문역을 수행한 데이비드 킹 박사는 2004년 초에 "전 세계에서 테러보다 기후변화로 인한 사망자가 더 많다"고 주장하면서, 미국의 교토의정서 탈퇴를 강력히 비난했다. 그는 기후변화가 예고도 없이 무차별적으로 인간을 공격하는 테러보다 더욱 무서운 결과를 초래할 수도 있음을 경고한 것이다. 지구촌 곳곳에서 기후변화로 자연의 대규모 테러가 이미 시작됐음을 우리는 보고 있다. 그럼에도 우리를 더욱 슬프게 하는 것은 자연의 대반격 앞에 속수무책으로 당하면서도 기후안보체제 구축을 위한 정치지도자들의 리더십을 보지 못했다는 점이다. 그들 가운데 상당수는 아직도 지구온난화를 의심하면서 '어떻게 잘 되겠지'라며 인류의 운명을 요행에 맡기고 있다.

기후변화가 그리스 산불 더욱 키워

2007년 7월부터 발생한 그리스 산불은 8월 들어서 걷잡을 수 없을 정도의 기세로 번졌다. 전국 산림면적의 절반 이상을 태우면서 사람들을 공격했다. 여름철 산불임에도 이렇게 속수무책으로 당하게 된 이유는 무엇인가. 가장 큰 원인은 7월부터 계속되어온 살인적인 폭염으로 국토와 산림이 너무나 건조해져 진화가 어려울 뿐만 아니라, 자연발화가 잦기 때문이다. 인간이 초래한 기후변화가 자연의 테러를 키우고, 인간은 자연의 대반격 앞에서 속수무책으로 당하는 꼴이 된 셈이다.

우리는 2007년 7월부터 섭씨 45도가 넘는 그리스를 포함하여 '살인폭염'이 헝가리, 루마니아, 이탈리아 등을 포함한 유럽의 남동부를 휩쓸면서 500명 이상의 목숨을 앗아갔다는 보도를 접했다. 계속되는 폭염은 그리스 산불을 걷잡을 수 없을 정도로 확산시켰다. 화마는 그리스 국토의 대부분을 초토화시킨 채 국경을 넘어 인근 국가를 위협했다. 이 산불은 2차 세계대전 당시 땅 속에 파묻힌 불발탄을 폭발하게 만들어 산불을 확산키기도 했다. 오늘날 이 같은 자연의 테러는 이제 지구촌 어느 나라도 기후안보로부터 자유롭지 못하다는 것을 보여줬다.

20세기 이후 급격하게 나타나기 시작한 기후변화는 그 변화의 폭이 과거 1만 년 동안 나타난 변화의 폭에 비해 비교할 수 없을 정도로 크다. 인간은 끝없는 욕망과 경제성장의 신화에 사로잡힌 채 지구온난화를 야기하는 이산화탄소를 더욱 많이 내뿜고 있다. 유엔 정부간기후변화위원회는 급격한 온난화가 지구생태계를 급격하게 붕괴시킬 수도 있음을 수차례에 걸쳐 경고하고 있다.

지금 심각한 문제는 지난 20세기 동안 진행된 한반도를 포함한 동북아 지역의 온난화 정도가 지구 평균보다 훨씬 크다는 사실이다. 지구 북반구 고위도 대륙에서 기온이 가장 크게 상승했으며, 앞으로도 그럴 것이다. 최근 급속한 산업화와 10%가 넘는 고도성장 가도를 거침없이 달리고 있는 중국은 온실가스 배출량 면에서 이제 미국을 추월하여 세계 1위를 달리고 있다. 더욱 심각한 문제는 동북아 지역 국가들의 온실가스 배출량 증가 속도가 더욱 빨라지고 있다는 사실이다. 이것은 한반도를 포함한 동북아 지역이 기후변화로 인한 자연의 대규모 테러를 불러올 수도 있다는 것을 말한다.

동북아의 심각한 기후변화와 취약한 기후안보

기상청 산하 기상연구소의 2004년도 자료에 의하면, 우리나라의 근대적 기상관측이 시작된 이래 1904년 이후 2000년까지 평균 기온은 섭씨 1.5도 상승했다. 지구 평균 기온 상승보다 2배가 넘는 수치다. 또한 하루 강수량이 80mm 이상인 호우 일수는 1954부터 1963년의 평균은 약 1.6일인데 비해 1994년부터 2003년까지는 2.3일로 계속 증가추세를 보이고 있다. 슈퍼컴퓨터의 기후 시뮬레이션은 동북아의 기후안보가 다른 지역에 비해 매우 취약할 것이란 점을 말해준다.

기상연구소는 1860년부터 240년 후인 2100년까지 기후 시뮬레이션을 수행했다. 그 결과 2100년도 대기 중 이산화탄소 농도가 최고 820ppm, 최저 610ppm에 달해 21세기말 지구 평균 기온이 현재보다 최고 4.6도, 최저 3.0도 가량 높아질 것으로 나타났다. 그러나 우리나라를 포함한 동아시아의 경우 지구 평균보다 훨씬 높은 최고 6.5도, 최저 4.5도 높아질 전망이다. 또한 2100년의 지구 평균 강수량은 최고 4.8%, 최저 2.8% 증가한데 비해, 동아시아는 최고 10.5%, 최저 6.0%로 나왔다.

지구촌 어느 곳보다 더 파괴적인 자연의 대규모 테러가 언제 동북아를 덮칠지 모른다. 예측 시뮬레이션 결과 또한 한·중·일의 긴밀한 협력과 정치 지도자들의 발상의 대전환을 요구하고 있다. 지금부터라도 정치 지도자들이 머리를 맞대고 기후안보를 위한 초국가적 전략과 대안 마련을 위한 새로운 리더십을 발휘해야 한다.

코펜하겐 합의문과
2010 멕시코 총회 전망

유엔기후변화협약 제15차 당사국 총회가 2009년 12월 7일부터 18일까지 덴마크 코펜하겐에서 세계 130여 나라 정상과 192개국 협약 당사국의 공식 대표단을 비롯한 비정부단체(NGO) 활동가 및 국제기구 직원 등 45,000여명이 참가한 가운데 개최됐다. 이처럼 세계인의 이목이 코펜하겐에 집중된 가운데 개최된 기후변화 대응 협상 사상 최대 규모로 열린 제15차 당사국 총회는 교토체제 이행 기간(2008~2012년)이 끝나는 2013년 이후의 온실가스 감축량과 감축방법 등 이른바 '포스트 교토체제'를 마련하도록 합의했던 2007년 12월 제

13차 당사국 총회의 '발리 로드맵'을 이행하지 못했다는 아쉬움을 남겼다. 이로써 2007년에 합의한 '발리 로드맵'은 휴지조각이 되고 말았다.

비구속적인 코펜하겐 합의문

그런데 "지구 온도 상승을 섭씨 2도 이하로 낮추고, 부속서 I 국가들은 2020년까지의 온실가스 감축 목표를, 그 외 국가들은 자국의 온실가스 감축행동을 2010년 1월말까지 각각 유엔기후변화협약 사무국에 제출하고, 선진국들이 2012년까지 개도국 지원을 위해 300억 달러, 2013년부터 2020년까지 연간 1000억 달러의 '코펜하겐 그린 플래닛 펀드'를 조성"하는 것을 골자로 한 '코펜하겐 합의문(Copenhagen Accord)'을 간신히 도출했다. 따라서 '포스트 교토체제' 구축을 위한 협상의 공은 또다시 오는 12월 멕시코에서 열릴 제16차 당사국 총회로 넘어가게 됐다.

한편, 우리를 우울하게 만든 것은 참으로 어렵게 도출한 '코펜하겐 합의문' 마저 전체회의에서 선진국과 개도국간의 막판 협상 실패로 법적 구속력을 지닌 정식 합의문으로 채택(adopt)되지 못했다는 사실이다. 대신 당사국 총회 합의문에 "코펜하겐 합의문을 주목한다(take note)"는 다소 애매모호한 문안을 포함시키고, 동 합의문을 전체회의 결정문에 첨부하는 수준에서 합의가 이뤄졌다. 이처럼 법적 구속력이 없는 정치적 합의문 수준에 불과한 코펜하겐 합의문과 온실가스 배출 세계 1,2위 국가인 중국과 미국이 보여준 협상태도는 앞으로 '포스트 교토체제' 마련의 앞날에 짙은 암운을 드리웠다.

탄소시장에 몰아친 코펜하겐 후폭풍

국내외적으로 '코펜하겐 합의문'을 놓고 "반쪽의 성공이다", "오는 12월에도 '포스트 교토체제'는 물 건너갔다"는 극단적인 평가가 나오고 있다. 코펜하겐 총회의 반응은 가장 먼저 탄소배출권 거래시장에 후폭풍을 몰고 왔다. 2009년 12월 22일자 파이낸셜 타임스(FT)는 "2009년 12월 21일 영국 런던 기후거래소(ECX)에서 2010년 12월 21일 인도분 이산화탄소 배출권 가격(t/CO_2)이 8.3% 하락한 12.4유로에 장을 마감했다"고 보도했다.

코펜하겐 총회에서 '포스트 교토체제'가 마련되면 최소 40유로 이상 가격이 형성될 것으로 기대했던 시장의 기대치에 비하면, 이와 같은 폭락은 앞으로 탄소시장의 존립 자체마저 위태롭게 할 수 있다. 즉 "최소 40유로 이상은 되어야 탄소저감 기술에 대한 투자가 이뤄질 수 있다"는 전문가의 견해에 비춰볼 때, 현재와 같은 시장가격의 추세가 이어진다면, 과연 누가 탄소 저감기술 개발과 배출권 구매에 적극적으로 나서겠는가.

탄소배출권 거래시장에서 배출권 거래가격의 폭락장세가 일시적으로 끝날 것인지, 아니면 장기화될 것인지는 좀 더 지켜보아야 알 수 있다. 하지만 탄소시장이 제대로 작동하지 못하면 온실가스 감축노력도 제대로 작동하지 못할 것이라는 점은 너무나 자명하다. 탄소 거래시장에서 온실가스 감축 노력과 투자를 선제적으로 치고 나가는 기업이나 국가에게 이익이 될 것이라는 신호가 사라지면, 향후 기후변화 대응 협상 동력도 크게 떨어질 것이라는 점은 불을 보듯 훤하다. 왜냐하면 선제적 대응 기업과 국가들은 무대응 기업과 국가들에 비해서 국제 경쟁력 약화를 초래함으로써 엄청난 경제적 손실을 볼 수밖에 없기 때문이다.

미·중의 협상 태도에 매달려 있는 기후안보

이번 코펜하겐 총회를 통해서 미국은 비구속적 틀 안에서 감축행동을 이행할 것을 주장하고, 중국은 온실가스 감축행동에 대한 국제적 검증보다는 주권을 침해하지 않는 틀 안에서 국내적 검증을 주장하는 등, 세계 온실가스 배출 1,2위를 차지하고 있는 두 나라가 사사건건 충돌하는 모습을 보여주었다. 불행하게도 두 나라의 일치된 모습은 오로지 감축목표를 비구속적 틀 안에서 이행하도록 하자는 것뿐이다.

이제 결론은 자명해졌다. 오는 12월 멕시코 칸쿤에서 열릴 유엔기후변화협약 제16차 당사국 총회의 협상 전망은 중국과 미국이 금년 1년 동안 각종 협상장에서 어떻게 하느냐에 달려 있다. 미국과 중국의 근본적인 자세변화 없이는 여타 국가들의 변화도 기대할 수 없기 때문이다. 따라서 미국과 중국의 현재와 같은 협상태도는 궁극적으로는 '공유지의 비극'이라는 이론, 즉 지구를 불행의 나락으로 몰아갈 수밖에 없다. 두 나라의 자세에 기후안보가 달려 있다.

반기후세력들의
역습에 대비할 때

　미국의 반기후세력들은 2010년 2월 미국 동부를 강타한 기록적인 적설량과 혹한을 계기로 지구온난화와 기후변화 대책을 주창해온 환경론자들에게 상식 밖의 인신공격을 퍼부었다.

　뜻밖의 기상이변은 미국 내 성장지상주의자와 물신주의자들의 지적 수준과 인격이 어느 정도인가를 적나라하게 보여주는 계기가 되었다. 그들의 발언 내용은 지구온난화의 진실 여부를 떠나 연민의 정마저 느끼게 한다.

기후변화에 대한 보수세력의 뿌리와 반격

세계적인 부동산 재벌 도널드 트럼프는 2010년 2월 셋째 주에 열린 뉴욕 위체스터의 트럼프 내셔널 골프 클럽에서 "사상 가장 추운 겨울이 찾아왔고, 적설량이 해안 일대에 기록 경신을 거듭하고 있으니, 노벨위원회는 고어의 노벨평화상을 박탈해야 한다"고 주장하면서, "고어는 지구온난화를 막기 위해 공장과 시설을 친환경으로 바꾸길 바란다. 중국과 다른 나라들은 신경도 안 쓰는 문제로 이러면 제조업계에서 우리 경쟁력을 완전히 잃게 할 수 있다"고 말했다. 트럼프의 연설에 500여 명의 회원들이 기립박수를 보냈다고 한다.

2월 둘째 주 워싱턴DC를 비롯한 미국 북동부 지역에 폭설이 덮쳤을 때, 짐 드민트 공화당 상원의원은 "앨 고어가 앓는 소리를 낼 때까지 눈이 올 것"이라고 비아냥거렸다. 이런 부류들이 내뱉는 말의 뿌리는 같은 당 출신인 조지 부시 미국 대통령의 발언에서 찾아볼 수 있다. 그는 대통령에 취임한지 한 달 만인 2001년 3월 28일 "세계의 많은 국가가 온실가스 의무감축에서 배제된 기후변화협약은 미국의 국익을 위한 것이 아닐뿐더러 성과를 가져올 수 없다. 미국은 교토의정서를 실천하지 않을 것이며, 다른 대안을 모색하겠다"고 말했다. 이어서 부시행정부는 스스로 서명한 교토의정서를 일방적으로 탈퇴함으로써 국제규범을 휴지조각으로 만들어버렸다.

이것이 대통령에서 부동산 재벌에 이르기까지 기후변화 문제를 보는 미국 내 보수세력들의 한심스러운 수준이다. 그들은 원래 그런 존재들이라고 치자. 하지만 1995년 5월과 6월 미국 현지를 방문하여 워싱턴 DC를 비롯한 8개 주에서 활동하고 있는 20여 개의 환경관련 시민단체 활동가들과의 면담에서 그들의 기후변화에 관한 지적 수준에도 큰 문제가 있다는 것을 확인했다. 특히 '건전한 경제를 위한 시민의 모임 (Citizens for a Sound Economy)'의 웨인브로우(Wayne Brough) 연구실장에게 지구온난화에 가장 큰 기여를 한 미국의 책임과 대책을 묻자, 그는 리처드 린젠 교수의 연구 성과를 근거로 지구온난화에 이의를 제기하기도 했다. 즉 인간이 배출한 온실가스와 지구온난화는 관계가 없다는 논조였다.

미국 내 반기후세력들의 추악한 공작

왜 이 정도의 인식 수준밖에 안 될까? 2007년 8월 13일자 『뉴스위크』 기사에는 "1980년대 후반부터 온실가스 배출 주범인 에너지 기업들이 정책결정자들의 지구온난화 방지 노력을 저지하는 활동을 펴왔다"고 주장했다. 이 잡지에 따르면, "미국의 석유·석탄·철강·자동차 업체들은 세계기후연맹(GCC)과 환경정보위원회(ICE) 등 강력한 로비단체를 만들었고, 조지마셜연구소와 같은 보수적 싱크 탱크들을 포섭했다. 이들 조직은 리처드 린젠 매사추세츠공과대(MIT) 교수와 패트릭 마이클스 버지니아대 교수를 비롯한 많은 과학자들에게 거액을 지원해 지구온난화를 부정하는 연구를 수행하도록 했다"고 한다.

미국의 앨 고어 전 부통령도 2007년 8월 싱가포르에서 열린 국제환경회의에서, "엑손모빌 등 거대 에너지 회사들이 지구온난화에 관해 이의를 제기하는 연구에 연간 1,000만 달러의 자금을 풀어 조직적인 공작을 자행하고 있다"고 주장한 바 있다.

앨 고어가 출연한 기후변화 관련 영화『불편한 진실』을 놓고 벌이고 있는 오래된 기후논쟁은 앞으로도 쉽게 결론이 나지 않을 것이다. 지난 2월 미국 동부지역의 기록적인 폭설과 혹한도 지구온난화로 인한 기후체계의 불안정 탓이라는 주장도 있으니 말이다. 하지만 중요한 사실은 민주당 오바마 행정부 하에서도 '불편한 진실' 때문에 정말 불편하고 불이익을 당할 반기후세력들의 집요한 공작과 선동이 더욱 거세질 것이라는 점이다. 이에 공적 양심세력들은 글로벌 차원의 철저한 대책을 강구해야 할 것이다.

2

녹색포장 아닌
참다운 저탄소
녹색성장의 길

참 녹 색 국 가 의 길

유럽 최대 석유회사 그룹인 로열더취쉘의 예룬 판더르 베이르 최고경영자(CEO)는 "우리가 생산하는 에너지의 반 이상은 버려진다. 일례로 자동차가 굴러가는데 휘발유의 20%만 사용되고, 나머지는 열로 소모된다"면서 에너지 효율 향상이 신재생에너지 육성책보다 우선해야 한다고 주장했다. 수 년 내에 휘발유의 40%가 굴러가는데 사용되는 기술이 상용화된다면 에너지 시장에 엄청난 변화를 몰고올 것이며, 온난화에 대비할 수 있는 시간을 여유롭게 확보할 수 있을 것이다.

저탄소 녹색성장의
비전과 과제

　이명박 대통령은 2008년 8·15경축사를 통해 2030년
까지 111조 5,000억 원이 투입되는 '저탄소 녹색성장'이라는 비전을 선
포했다. 지식경제부는 9월 11일 태양광 발전을 2007년 40MW에서 2012
년 400MW(10배), 2030년에 1,600MW(40배), 풍력을 192MW에서
1,145MW(6배)와 7,104MW(37배)로 각각 확대 설치하고, 신재생에너지
를 사용하기 위한 100만호 그린홈 사업을 담은 '그린에너지 산업발전
전략'을 발표했다.

　신재생에너지 분야에 2007년 9,000명에 불과한 고용을 2030년까지

154만 명, 18억 달러에 불과한 생산규모를 3,000억 달러까지 각각 확대하겠다는 것이다. 총론적 수준은 거창하지만 각론은 모순투성이다. 한마디로 빛 좋은 개살구라는 지적을 받지 않을 수 없게 되어 있다. 그 이유를 자세히 살펴보자.

그린에너지 관련 핵심 기술에 국력 집중할 때

첫째, 기술 개발 없는 상태에서 신재생에너지 시설을 조급하게 확대할 경우 기술종속과 무역적자를 심화시킬 수 있다. 정부도 우리나라의 신재생에너지의 기술 수준은 71%에 불과하다고 평가했다. 특히 지금까지 설치된 태양광은 75%, 풍력은 99%를 해외에서 수입했다. 따라서 그린에너지 관련 핵심 기술 개발 및 보급·확산에 국력을 집중하되, 우리나라의 기술 수준에 맞추어 신재생에너지 보급 속도를 조절할 필요가 있다.

둘째, 재원 확보 방안이 없다. 국가에너지기본계획에 의하면 2030년까지 총투자비는 설비투자 부문에 민간 72조 원과 정부 28조 원 등 약 100조 원, R&D 부문에 민간 4조3,000억 원과 정부 7조2,,000억 원 등, 총 11조5,000억 원을 투자하겠다고 했다. 하지만 시장 창출의 불확실성이 큰 상태에서 민간 투자를 어떻게 이끌어낼 것인가? 한승수 총리가 2008년 9월 18일 한 특강에서 "저탄소 녹색성장은 절체절명의 과제이므로 고통이 따르겠지만 기업들의 동참을 바란다"고 호소했다. 호소만으로 어느 누가 천문학적인 돈을 투자하겠는가.

국토면적에 비해 원전 비중 너무 높아

셋째, 원전 발전량을 2007년 36%에서 2030년까지 59%로 확대하겠다는 것은 여전히 공급 위주의 낡은 에너지 시스템을 답습하겠다는 것이다. 우리나라는 국토 면적 대비 원전 발전 비중이 너무 높다.

만약 체르노빌 원전 사고 같은 것이 터지면, 좁은 국토에 비춰볼 때 국가 기능은 순식간에 올 스톱된다. 이런 여건을 고려하지 않는 무모한 원전 확대 정책은 국가의 지속가능한 발전을 고려하지 않았을 뿐만 아니라, 우리의 기술 수준과 가능한 모든 정책수단을 시뮬레이션 해본 결과가 아니라고 확신한다.

하나의 사례만 들어보자. LED(발광다이오드) 조명등의 효율은 현재 기술 수준으로 볼 때, 기존 전구에 비해 최대 80%에서 최소 20% 높다는 것이 전문가와 업계의 일치된 견해이다. 2030년까지 모든 조명등을 LED로 교체할 경우 272만kW(우리나라 전력생산 능력 6,800만kW × 0.2(조명용 전력소비량 20%) × 0.2(최소 효율 20% 적용))의 에너지를 절감할 수 있다. 하나의 사례만으로도 이정도의 에너지 절감을 거둘 수 있는 것으로 볼 때, 새로운 에너지 대안을 무력화시킬 무모한 원전 확대 대책은 수정되어야 한다. 석유와 원전의 중독에서 시급히 깨어나야 하는 이유가 바로 여기에 있다.

녹색융복합기술 개발에 대한 집중 투자 시급

넷째, 기후변화에 따른 사후적 환경재앙을 저감시킬 수 있는 관련 기술 개발 및 대응 전략이 없다. 우리나라의 지구온난화와 피해규모는 세계 평균을 크게 상회한다. 온난화로 인한 농작물 수확량 감소, 지상 및 수중 생태계 파괴와 교란, 가뭄과 홍수, 태풍, 질병에 대한 종합적인 대응전략과 관련 기술에 대한 R&D가 지속적으로 이뤄져야 함에도, 이를 추진할 구체적 액션 플랜과 실현 수단을 거의 찾아볼 수 없다.

다섯째, 녹색성장의 수단이 지나치게 신재생에너지를 비롯한 에너지 부문에 집중되어 있다. 저탄소 녹색성장을 강력히 추진하기 위해서는 산업체계를 저탄소 기후친화형 신산업구조로 전환할 수 있는 법제 정비가 먼저 단행되어야 한다. 또한 원료-생산-폐기 등 생애주기 사이클을 저탄소 녹색성장에 맞게 재편할 수 있는 녹색융복합기술 개발에 집중적인 투자를 단행해야 한다.

기후변화는 우리에게 절체절명의 위기와 절호의 기회를 동시에 주고 있다. 이명박 정부는 이제 '저탄소 녹색성장' 이란 거국적 담론에 대한 구체적 액션 플랜과 실현 수단을 국민 앞에 내놓아야 한다. 그리고 국민적 동의와 참여 속에서 '저탄소 녹색성장' 의 비전이 실현될 수 있도록 범국가적 노력을 경주해야 한다. 국민적 동의와 참여가 없이는 '저탄소 녹색성장' 은 구두선에 불과하다는 점을 명심해야 한다.

녹색포장 멈추고
저탄소 신성장동력에 국력 집중해야

독일은 신재생에너지를 '제3차 산업혁명'으로 규정하고 2020년까지 810억 유로, 영국은 '제4의 기술혁명'으로 규정하고 2020년까지 풍력발전에만 100억 달러, 프랑스는 녹색혁명을 위해 2020년까지 4,000억 유로를 각각 투입하겠다는 계획을 발표했다.

미국은 2009년부터 10년간 그린에너지 부분에만 1,500억 달러를 투입하기로 했으며, 오바마 대통령은 2009년 4월 22일 아이오와주의 한 풍력발전회사를 방문한 자리에서 '녹색혁명'의 필요성을 역설하면서 "새로운 에너지를 만들어내는 국가가 21세기 글로벌 경제를 선도할 것"이라고 역설했다.

선진국들은 브라질 리우에서 개최된 유엔 환경개발정상회의에서 기후변화협약이 채택된 해인 1992년부터 그린에너지를 비롯한 신성장동력을 이끌 녹색기술과 녹색산업 분야에 엄청난 재정투입을 계속해 왔다.

저탄소 녹색성장의 본질 직시해야

한국에서도 오늘날 '저탄소 녹색성장'이 국민적 화두가 되고 있다. 녹색의 개념과 본질은 무엇인가? 그 핵심은 바로 저탄소다. 탄소는 지구온난화를 일으키는 물질이다. 따라서 저탄소 대책은 지구 온난화로 인한 기후변화에 대처하는 핵심 과제다. 특히 세계 주요 국가들은 미국의 서브프라임 모기지 사태로 촉발된 세계적 차원의 경제위기에 대처하기 위해 그린 뉴딜을 국정의 최우선 과제로 설정하였다.

저탄소 녹색성장의 성패 여부는 고탄소를 야기한 기존의 낡은 에너지 시스템과 생산공정을 저탄소를 담보할 수 있는 그린 에너지 시스템과 청정생산공정으로 전환하는 녹색기술을 얼마나 빨리 개발·확산하는가에 달려 있다.

미국과 유럽연합 등 주요 선진국들은 이런 신기술을 통해 신성장동력 확보, 국가경쟁력 강화, 녹색일자리 창출, 녹색성장 등을 이룩하기 위해 천문학적인 재정을 투입하는 그린 뉴딜 정책을 내놓았다.

슈퍼 추경 대부분 저탄소와 무관

우리나라는 기후변화협약 대응의 핵심을 무엇에 두어야 하는가. 대한민국이 '저탄소 녹색성장'을 달성하려면 모든 정책을 녹색으로 포장하는 어리석음을 당장 멈추고, 저탄소를 담보할 수 있는 그린 에너지와 청정생산공정을 위한 기술개발에 국력을 집중해야 한다. 2005년도 기준 한국의 온실가스 총배출량 5억9,440만 톤 중에서 에너지 부문과 산업공정의 합이 94% 이상에 달하고, 향후 10년간 온실가스 증가율 가운데 이 두 부문의 증가율이 대부분을 차지하고 있기 때문이다.

이명박 정권은 2008년 8월 15일 이른바 '저탄소 녹색성장'이라는 국가적 의제를 제시한 이래, 모든 국가 시책과 정책을 '녹색으로 포장'하는 일에 밤낮이 없다. 하지만 포장과 내용, 본과 말이 전도된 것들이 너무나 많다. 지난 4월 국회에서 통과된 4대강 개발 사업비 약 5,000억 원을 포함하여 30조 원 가까운 슈퍼 추경의 대부분이 저탄소와 직접적인 관련이 없다는 것만 보아도 현 정권의 녹색에 관한 철학과 정책을 의심하지 않을 수 없다. 오히려 추경의 한 가운데는 회색 콘크리트 덩어리가 절대적으로 많이 포함되어 있다.

회색 토건 뉴딜에 중독된 정권

대한민국 국회는 '이명박 정권의 녹색포장의 한 가운데는 회색의 콘크리트 덩어리가 들어있다'는 일부 서방 언론들과 전문가들의 혹평도 듣지 못했단 말인가? 국내 대표적인 보수 언론들마저 '신성장 동력을 견인하는 기술개발 투자보다는 꿰맞추기식 낡은 토건뉴딜에 치중하는 경향이 있다' 고 비판하는 것을 정녕 보지 못했다는 말인가?

2009년 1월 6일 발표한 녹색뉴딜의 핵심이자, 현 정권이 전가의 보도처럼 휘두르고 있는 '4대강 살리기 사업' - 사실은 '4대강 토목사업' 을 녹색으로 세탁한 것, 즉 그린 워싱-의 정체를 제대로 알고 있는 국회의원이 정녕 없단 말인가? 2009년 4월 국민의 동의도 구하지 않고, 비밀군사작전 식으로 밀어붙이고 있는 4대강 토목사업에 대한 추경을 승인해주면서도, 본회의에서 어느 누구도 문제제기를 하지 않는 한심한 국회를 어떻게 해야 할까?

이상의 모든 문제에 국회의원들은 자문해야 한다. 그리고 국민들에게 그 이유를 솔직하게 답해야 한다. 저탄소 녹색성장이라는 지구적 의제를 위해서, 대한민국 국민이 10년 후에 먹고살 수 있는 새로운 성장 동력을 무엇으로 삼을 것이며, 결정된 부문에 무엇을 어떻게 집중 투입할 것인가에 답해야 한다. 대의정치의 순기능과 국회의원의 책무를 스스로 부정할 작정이 아니라면 말이다.

지구촌은 지금 경제위기, 고용위기, 환경위기라는 3각 파도에 직면해 있다. 여기에 우리는 남북간의 위기까지 맞고 있다. 총체적 국란의 시대다. 더 이상 머뭇거릴 시간이 없다. 이제 국민들이 두 눈 부릅뜨고 국정의 감시자로 나서는 길밖에 없다.

747이냐?
저탄소 녹색성장이냐?

1997년 12월 일본 교토에서 열린 기후변화협약 제3차 당사국총회는 일본을 비롯한 38개국이 1차 감축기간(2008~2012년)에 온실가스를 1990년 대비 최소 5.2% 감축한다는 내용의 교토의정서를 채택했다. 그리고 꼭 10년 후, 2007년 12월 인도네시아 발리에서 개최된 제13차 당사국 총회는 2009년 말까지 '포스트 교토체제', 즉 제2차 감축기간(20013년~2017년)에 온실가스 감축을 위한 새로운 국제적 대응체제를 만들기로 했다. 따라서 개도국들은 2009년 12월 코펜하겐에서 열릴 제15차 당사국 총회에서 결정될 감축목표량, 감축방법, 개도국과 선진국과의 차별적 적용 방안 등이 어떻게 결정되느냐에 따라 국가의 운영기조가 바뀔 것으로 본다.

MB노믹스의 딜레마, 747과 저탄소 녹색성장

우리나라는 이제 화석연료에 기반을 둔 에너지 다소비 고탄소 사회에서 에너지 고효율과 신재생에너지에 기초한 저탄소 사회로의 이행을 위해 산업구조를 재편하지 않으면 안 될 운명에 처하게 됐다. 2008년 8월 15일 광복절 경축사를 통해 이명박 대통령이 '저탄소 녹색성장' 이라는 새로운 경제성장을 위한 패러다임의 전환을 선언한 것도 바로 이와 같은 맥락에서 나온 고육책이라고 본다.

이것은 향후 국제사회의 주된 흐름으로 볼 때 불가피한 선택이지만, 엄청난 재원과 최첨단 신기술이 필요한 만큼, 단기간에 달성될 수 있는 사안이 아니다. 이런 중장기 미래비전은 현재 우리나라가 직면한 경제 위기를 단기적으로 타개하는 데 도움이 되지 않는다는 것에 문제의 심각성이 있다.

이명박 대통령은 지금도 후보시절 신주단지처럼 받들어 모신 '747 (7% 경제성장, 4만 달러 국민소득, 세계 7대 경제 강국)과 한반도 대운하의 헛된 장밋빛 꿈을 버리지 못하고 있다. 그럼에도 불구하고 광복절에 갑자기 고도성장이라는 경제운영 패러다임인 'MB노믹스' 와는 동시에 양립할 수 없는 '저탄소 녹색성장' 이라는 새로운 경제정책의 패러다임을 꺼내들었다. 바로 여기에 'MB노믹스' 의 심각한 딜레마가 있는 것이다.

스스로 딜레마에 빠진 이명박 대통령은 이제 선택의 기로에 직면해 있다. 각각의 선택에는 그에 따르는 위험과 비용, 잠재적 이익 등이 따라오게 된다. 경제정책을 비롯한 국정운영의 기조를 'MB노믹스'에 둘 것인가, 아니면 저성장을 감수하고라도 중장기적인 이익과 미래 비전을 내포한 '저탄소 녹색성장'에 둘 것인가를 결정해야 한다. 왜냐하면, 지금 우리나라가 직면한 현실로 볼 때, 단기적으로는 두 마리의 토끼를 동시에 잡을 가능성은 사실상 전무하기 때문이다.

저탄소 녹색성장 추진을 위한 컨트롤 타워 필요

MB정부가 출범한 지도 벌써 6개월이 흘렀다. 서민경제는 10년 이래 최악의 상황으로 치닫고 있다. 'MB노믹스'에 건 국민의 기대는 이제 물거품이 되었다. 수출을 늘리고 성장을 추진하기 위한 고환율 정책으로 외화가 순식간에 200억 달러나 사라졌다. 대신 성장은커녕 물가 폭등이 서민들의 생계를 한계상황으로 내몰았다.

이 와중에서 대통령이 들고 나온 것이 바로 '저탄소 녹색성장'이다. 일본 수상이 지난 6월 '저탄소사회, 일본을 향하여'라는 이른바 '후쿠다 비전'을 발표했던 것을 본받아, 이명박 대통령도 한번 따라서 말한 것은 아닐 것이다.

한승수 국무총리는 8월 25일 총리실 간부회의에서 "대통령이 8.15경축사에서 밝힌 '저탄소 녹색성장'이 앞으로 국정의 주요방향과 지표가 될 수 있도록 해야 할 것이다"라면서 "녹색성장이 국가정책 수립·집행의 기준의 되도록 국무총리실이 앞장서고 모든 부처로 확산되도록 노력해야 할 것"라고 말했다.

747, 한반도 대운하 깨끗이 지워야

이제 선택은 자명해졌다. 실현가능성도 없는 '747'과 한반도 대운하 같은 것은 이제 깨끗이 지워버려야 한다. 화석연료와 에너지 다소비에 뿌리를 내린 낡은 산업체계를 에너지 저소비와 고효율 그리고 신재생 에너지에 기초한 저탄소 녹색산업체계로 대전환을 완성해야 한다.

이명박 대통령은 제발 눈앞의 선거를 의식하지 말고, 스스로 강조했듯이, 우리 국민이 앞으로 60년 동안 먹고살 수 있는 새로운 성장 동력을 일구는 일에 매진해야 한다. 일차적으로 총리실을 '저탄소 녹색성장'을 강력히 추진할 수 있는 컨트롤 타워로 만들어야 한다. 동시에 여당의 일시적 경기부양책이나 백화제방식 포퓰리즘 정책을 철저히 배제해야 한다. '저탄소 녹색성장'으로 가는 길은 멀고도 험난하기에 국민적 동의와 참여를 구하는 일에도 최선을 다 해야 한다. 그리고 관련 입법도 신속하게 추진해야 한다.

기후변화 대응과 동떨어진
저탄소 녹색성장 정책

    지구는 지금 온난화로 인한 대규모 재앙 앞에 속수무책으로 당하고 있다. 그 빈도와 강도는 더욱 높아지고 있다.

    2005년 8월 말 1,069명의 사망자와 2,000억 달러에 달하는 재산 피해를 입힌 미국의 허리케인 '카트리나', 2008년 5월 초 사망자만 10만 명 이상을 가져온 뱅골만 사이클론 '나르기스', 이 두 개만 보아도 기후변화의 파괴력이 얼마나 큰가를 잘 알 수 있다.

기후변화는 세계경제 파괴할 수도 있어

2006년 10월 세계은행의 수석연구원을 지낸 바 있는 영국의 니콜라스 스턴은 '기후변화에 관한 스턴 보고서' 를 발표했다. 그는 여기서 "온난화 문제를 이대로 방치한다면 세계경제 성장률을 최대 20%까지 낮출 것" 이라고 경고했다. 영국은 '지구온난화 예측보고서' 를 통해 "지구온난화는 대공황에 맞먹는 규모로 세계경제를 파괴할 것" 이라면서, "21세기 중반 해수면 상승으로 2억 명 이상의 기후난민이 발생할 것" 이라고 주장했다.

소련 붕괴 16년 전에 소련의 붕괴와 냉전종식을 예견하고, 사건 발생 7개월 전에 뉴욕과 워싱턴에 대한 대규모 테러공습을 정확히 예견한 바 있는 미래학자, 피터 슈워츠는 최근에 세계안보를 위협하는 4대 요인으로 보호무역주의, 전쟁, 질병과 함께 환경을 꼽았다.

그는 특히 "1억6천만 명이 살고 있는 방글라데시는 홍수로 인해 이미 2천만 명이 삶의 터전을 잃었으며, 한 나라로서의 수명을 다 했다고 지적하면서, 그 많은 기후 난민이 어디로 갈 것인가를 우려 깊은 눈으로 지켜보고 있다"고 말한 바 있다.

기후변화는 인류에게 지금까지 한 번도 겪어보지 못한 새로운 총체적 위기상황을 안겨주고 있다. 기후변화로 인한 극심한 빈곤, 실업, 기아, 전염병, 대규모 기후난민 등 일일이 열거할 수 없을 정도로 많은 문제들을 일으켜 인류를 한계상황으로 몰아가고 있다.

새로운 기후안보 문제 대두

2006년 유엔 안보리 상임 의장국인 영국은 기후변화를 지구안보를 위협하는 요인으로 지목하고, 유엔 차원에서 대책을 논의하기 위한 중요 의제로 상정한 바 있다. 2008년에 반기문 사무총장도 유엔총회의 가장 시급하고 중요한 의제의 하나로 기후변화를 상정하여 세계 각국의 정상들에게 공동으로 대응할 것을 역설하였다.

기후변화와 화석연료의 고갈에 대한 위협은 국제경제 질서의 새로운 재편을 앞당기고 있다. 현대 산업사회는 새로운 성장 패러다임을 찾아 지난한 항해를 시작한 지 오래됐다. 2008년 8월 일본에서 열린 G-8정상회의에서 각국 정상들은 이구동성으로 기후변화와 화석연료 고갈에 대응할 수 있는 새로운 성장 동력으로 저탄소 청정기술에 국가적 사활을 걸어야 한다고 역설했다.

일본은 새로운 국제경제 질서의 재편 과정에서 주도권을 잡기 위해 2008년 6월에는 '저탄소사회, 일본을 향하여' 라는 이른바 '후쿠다 비전' 을 선포한 바 있다. 이에 뒤질세라 이명박 대통령도 8.15광복절 경축사를 통해 '저탄소 녹색성장' 의 비전을 제시함으로써 향후 국정운영의 기조에 일대 변화를 예고했다. 그는 "저탄소 녹색성장은 선택의 문제가 아니라 생존을 위한 필수적 사안" 이라고 강조했고, 한승수 총리는 최근 한 경제인 초청 강연에서 "저탄소 녹색성장은 철제절명의 국가적 과제" 라고 역설했다.

상대적으로 기후변화에 더 취약한 한반도

우리에게 기후변화는 무엇인가? 얼마나 절박한가? 기상관측이 시작된 1910년부터 2006년까지 우리나라 기온 상승 수치는 세계 평균(0.74)의 약 2배 높은 1.5도이며, 해수면 상승 비율은 1980년대 중반 이후 세계 평균의 1.5배에 달하고 있다. 기상이변으로 인한 국제통화기금의 자료를 보면, 전 세계 피해규모는 1960~1969년에 87조5,000억 원에서 1996~2005년에 575조5,000억 원으로 557% 증가했다. 우리나라의 소방방재청 자료를 보면, 우리는 같은 기간 1조670억 원에서 1,603% 증가한 18조1,814억 원에 달하고 있다. 이는 전 세계 평균 증가율의 약 3배에 이르는 수치이다.

대통령의 8.15경축사로 대한민국은 '저탄소 녹색성장' 신드롬에 빠져들고 있다. 정부와 지자체는 경쟁적으로 '저탄소 녹색성장'의 후속조치를 발표하고 있다. 2008년 8월 27일에는 최초로 2030년까지의 '국가에너지기본계획'을 확정하고, 이를 위해 111조5,000억 원을 투입하겠다고 발표했다.

9월 11일에는 태양광 발전을 2007년 40MW에서 2012년 400MW(10배)로 2030년에 1,600MW(40배)로, 풍력은 192MW에서 1,145MW(6배)와 7,104MW(37배)로 각각 확대 설치하며, 신재생에너지를 사용하는 100만호 그린홈 사업을 담고 있는 '그린에너지 산업발전 전략'을 발표했다.

특히 2030년까지 그린 에너지 분야의 2007년 현재 고용은 9,000명, 생산은 18억 달러에 불과하지만, 2030년까지는 고용 154만 명, 수출 2,100억 달러, 생산 3,000억 달러를 이룩하겠다는 거창한 목표를 제시했다.

이어서 9월 18일에 국무총리실장은 국정브리핑을 통해 2012년까지 '저탄소 녹색성장'을 실현하기 위해서는 2012년까지 최소 31조원의 재원이 필요하고 말하면서, R&D 분야에만 5조원을 투입하겠다고 역설했다.

하지만 여기에 중요한 과제와 문제점들이 내포되어 있다는 사실을 알아야 한다. 총론은 맞지만 각론을 들여다보면 모순투성이다. 국민적 반대를 묵살하고 왜 4대강 바닥을 5미터 이상 파내고 높이가 10미터가 넘는 보를 막는 일에 천문학적인 재정을 최우선적으로 투입하기 시작했다. 4대강을 죽일 수 있는 토목사업은 저탄소 녹색성장의 길에 최대의 장해물일 뿐이다. 참된 저탄소 녹색성장의 길이 어디에 있는가를 원점에서부터 다시 검토하기 바란다.

오바마의 그린뉴딜,
이명박의 녹색뉴딜

　세계는 지금 경제위기, 고용위기, 환경위기라는 초강력 삼각파도에 휩싸여 있다. 각국은 여기서 침몰하느냐, 순항하느냐는 절체절명의 위기와 기회를 맞고 있다. 중첩된 사상 초유의 글로벌 위기는 경제·사회적 패러다임의 일대 전환을 요구하고 있다. 선진국들은 이 삼각파도를 무사히 넘어가면서 '저탄소 녹색성장'의 비전을 실현할 수단인 그린뉴딜을 연일 쏟아내고 있다.

오마바, 청정에너지 기술과 녹색산업 육성에 집중

버락 오바마 미국 대통령도 2009년 2월 17일 청정에너지 산업의 집중 육성을 위한 7,820억 달러 규모의 경기부양법에 서명했다. 이로써 신성장 동력의 핵심 수단으로 청정에너지 기술개발과 산업을 집중적으로 육성할 수 있는 재정수단을 확보했다. 이로써 '미국적 위기를 극복하기 위한 단기적 처방은 물론 저탄소 녹색성장이라는 중장기적 발전을 강력히 추진할 수 있는 기틀을 마련한 셈이다.

석유에 중독된 미국 경제의 위기와 한계를 녹색투자로 극복하기 위한 오바마 리더십의 뿌리는 어디인가. 그것은 그가 당선된 직후에 내놓은 미국진보센터(CAP)의 '21세기 신뉴딜 정책'에 있다. CAP보고서는 "청정에너지에 대한 투자가 화석연료에 투자한 것보다 4배 많은 일자리를 창출할 수 있다"면서, "1,000억 달러를 신재생에너지에 투자할 경우 200만개의 일자리가 창출될 것"이라고 전망했다.

오바마는 취임 이후 미국 석유의 70%를 먹어치우는 자동차를 고효율 그린카로 바꾸기 위한 막대한 투자를 비롯해 전기의 40% 이상을 소비하는 건물의 에너지 효율 제고를 위한 스마트 그리드 사업, 풍력과 태양광 발전 등 신재생에너지산업에 집중적인 투자를 약속했다.

또한 부시는 거부했던 신생에너지 공급 의무할당제를 포함해, 청정에너지 기술투자와 신재생에너지 공급 확대를 위한 세금 공제를 5년간 연장하는 등 '오바마식 그린 뉴딜' 추진을 위한 각종 정책적 인프라 구축에도 심혈을 기울이고 있다. 이런 와중에서도 저소득층 에너지 효율 증대 지원 프로그램에 50억 달러를 투입하는 등 빈곤층에 대한 배려 또한 아끼지 않고 있다.

오바마, 참모를 녹색전사들로 임명

동시에 오바마는 자신의 그린뉴딜을 강력히 추진할 수 있는 확고한 철학과 실력을 갖춘 참모들을 임용했다. 백악관 기후변화와 환경문제 담당 정책실장으로 에너지 및 기후변화 관계 업무를 총괄할 에너지 차르(czar)에 환경보호청(EPA) 최장기 재임자 캐롤 브라우, 백악관 과학기술정책실장에 하버드대 물리학자 존 홀랜드, 에너지부 장관에 노벨물리학상 수상자이며 로렌스 버클리 국립연구소의 환경부장 출신인 스티븐 추, EPA 청장에 뉴저지 주지사 사무장 출신인 리사 잭슨, 국립해양 및 기후청장에 오리건주립대 교수 제인 루브첸코를 임용했다. 『월스트리트』지는 이들을 "탄소 파괴자들이자 극한 녹색주의자들로 기후변화에 관한 과제들을 공격적으로 수행해갈 수 있는 사람들"이라고 평가했다.

그는 향후 2년 내에 250만 개의 일자리를 창출하기 위한 단기적 처방 외에도 향후 10년 동안 500만 개의 일자리 창출을 위해 1,500억 달러를 투입한다는 중장기 처방도 제시했다. 이에 따르면 단기 및 중장기 그린 뉴딜을 통해 신재생에너지 비중을 2012년까지 에너지 공급의 10%, 2025년까지 25%를 공급할 수 있을 것이라고 한다. 또한 2050년까지 온실가스 배출량을 1990년 대비 80%까지 감축하겠다는 야심찬 계획도 발표했다.

이명박, 녹색을 덧칠한 공사판에 주력

우리는 어떤가? 이명박 대통령은 작년 8.15경축사에서 '저탄소 녹색성장'의 구상을 밝혔다. 그리고 지난 1월 50조원 짜리 'MB판 녹색뉴딜'을 발표했다. 2012년까지 4대강 정비, 녹색교통망, 숲가꾸기, 그린홈 및 그린스쿨 등 9개 핵심 사업에 39.4조 원을 투입하여 약 70만 개의 일자리를 창출하고, 재해예방 및 산림복원, 재해위험지구 정비, 바이오매스 에너지화 등 27개 연계사업에 10.7조 원을 투입하여 25만 개의 일자리를 창출하겠다고 했다. 대부분 녹색을 덧칠한 공사판을 벌이겠다는 뜻이다. 저탄소 신성장 동력 확보를 위한 전략은 없고, 꿰맞추기식 단기처방이 대부분이다.

오바마와 이명박은 참모 기용 측면에서도 극명하게 대비된다. 청와대, 지식경제부, 환경부, 녹색성장추진위원회 등 어디를 봐도 오바마의 녹색전사와 같은 인물은 찾아볼 수 없다. 환경부 장관은 최근까지도 환경재앙과 경제재앙을 몰고 올 수 있는 시대착오적인 대운하를 역설해왔고, 인수위 시절부터 대운하를 전가의 보도처럼 휘둘러온 실세들도 권력의 핵심으로 속속 복귀하고 있다.

이명박, 토건에 치중한 녹색뉴딜 재검토해야

오바마 그린뉴딜의 방점이 '저탄소 신성장 동력 확보'에 있다면, 이명박 녹색뉴딜은 토목공사를 통한 '꿰맞추기식 일자리 창출'에 있다. 누가 더 현명하다고 보는가? 이명박 정부는 건물 외벽만 녹색으로 칠해

놓고, 이것이 저탄소 친환경 건물이라고 우기는 꼴이다. 경제위기, 고용위기, 환경위기를 극복하면서 대한민국을 '저탄소 일류 녹색국가'로 재탄생시킬 수 있는 단기 및 중장기 녹색뉴딜을 다시 디자인하라. 이제라도 이명박 대통령은 비판을 귀담아 듣고, 반대자들과도 소통하려고 노력하는 새로운 리더십을 발휘하라.

CDM을 국가 전략 사업으로
추진하라

2007년은 선진국들의 지구온난화 가스 의무감축량과 이를 달성하기 위한 청정개발체제(CDM)와 배출권거래(ET) 및 공동이행(JI)이라는 교토매커니즘이 도입(1997년 11월)된 교토의정서가 채택된 지 만 10년이 되는 해이다. 또한 교토의정서가 발효(2005년 2월)된 지 2년이 되는 해이기도 하다. 교토의정서가 채택될 당시 CDM은 온실가스 의무감축 국가가 여타 국가에 기술과 자본을 투자하고, 그 사업으로 인해 획득한 '인정 감축분(CER)'을 자국의 감축 목표에 활용하도록 하였다. 그런데 2005년부터는 어느 국가를 막론하고 일방적으로 추진한 CDM 사업에 대해서도 인증 및 등록절차를 밟으면 CER를 인정하고, 이를 국제 거래시장에서 판매하거나 향후 감축 국가에 포함될 경우 감축 목표에 활용할 수 있도록 한 CDM(unilateral CDM)이 추가로 도입되었다. 이로써 현재 의무감축 국가에 포함되지 않은 우리나라도 CDM 사업에 참여할 수 있게 된 것이다.

선진국, CDM을 국가전략사업으로 채택

지난 10년을 돌아볼 때, 2001년 교토의정서를 탈퇴한 미국을 비롯한 호주를 제외한 나머지, 선진국과 선발 개도국은 조만간 온실가스 의무감축이라는 대세를 피할 수 없을 것이다. 특히 교토의정서가 발효된 2005년부터 선진국들은 제1단계 의무감축 기간(2008년부터 2012년까지)에 자국의 목표를 달성하기 위해 CDM 사업을 국가적인 전략 과제로 채택하여 자본과 기술을 집중적으로 투입해 오고 있다.

각국은 CDM 사업 국가승인기구(DNA)를 설립하고, 자국 기업들의 CDM 사업 진출과 인증 및 등록을 적극적으로 돕고 있다. 2006년 12월 26일 기후변화협약 집행위원회에 등록된 CDM 사업은 총 459건에 달했다. 다행히 우리나라도 발빠르게 에너지관리공단 내에 'CDM 인증원'을 설립하고 CDM 사업의 발굴과 기업들의 인증 및 등록을 돕고 있다. 2006년 12월 26일 현재 기후변화협약 집행위원회에는 7건이 등록 되었다. 비록 건수는 1.5%에 불과하지만 점유율은 10.3%에 이르고 있다.

하지만 CDM 사업은 이제 막 시작에 불과하다. 중국과 인도가 이 사업에 적극 뛰어들고 있기 때문이다. 이들 나라를 비롯한 개도국들은 신재생에너지를 개발할 수 있는 부존자원과 에너지 효율을 제고할 수 있는 기술적 대체 부문이 많아 CER를 획득할 수 있는 잠재량이 엄청나다. 그래서 선진국들도 매일 개도국 진출을 위한 전략 사업으로 설정하여 강력히 추진하고 있다.

경제성이 높은 세계 CDM시장 선점 시급

우리나라는 풍력발전, 조력발전, 태양광발전, 소수력발전 등을 등록한 데 이어, 2006년 12월12일 준공한 세계 최대 규모인 5만Kw급 수도권매립지발전소의 등록을 추진하고 있다. 하지만 국내 잠재 시장은 엄연한 한계가 있는 만큼 이제 해외로 눈을 돌려야 한다. 특히 제2단계 의무감축 기간 (2013~2018년)에는 우리나라도 의무감축을 피할 수 없는 처지가 될 것이 분명하기 때문에 CDM 사업의 해외진출이 더욱 절실하다. 또한 경제성 면에서도 세계 CDM 시장을 선점하는 것이 무엇보다 긴요하고 시급하다.

세계 각국은 에너지 전쟁을 혹독하게 치루고 있다. 세계 최대의 에너지 잠재 사용 국가로 부상한 중국은 작년에 아프리카 모든 국가의 정상을 동시에 자국으로 초청하는 등 에너지 외교에 총력을 기울이고 있다. 에너지원의 97%를 수입하고 있는 우리나라도 해외에서의 화석 에너지원 확보와는 별도로 CDM 사업의 확보와 기술개발을 국가 전략 사업으로 강력히 추진해야 한다. 이 길만이 국가 경쟁력 확보는 물론 기후변화협약에 효과적으로 대응하는 길이다.

71

자동차 온실가스
감축 기술 개발 시급

1998년 12월 'EU 집행위원회(European Commission: EC)' 와 'EU 자동차협회(ACEA)' 는 자동차 온실가스 감축과 관련하여 '신차로부터의 이산화탄소 배출 감축을 위한 협약' 을 체결했다. 핵심 내용은 승용차의 이산화탄소 배출량을 교토의정서에서 할당한 제1단계 의무감축 기간이 시작되는 2008년까지 km당 1995년 수준(186g) 대비 25%를 감축한 140g로 줄이고, 2012년까지는 120g까지 감축하는 방안을 검토하겠다는 것이다. 비록 자발적 형식을 빌렸음에도 사실상 이는 의무감축이나 다름없는 조치였다. 본 협약이 여타 국가의 자동차 업계에 미칠 파장은 매우 크다. 즉 ACEA는 이렇게 자발적 협정을 맺은 대가로 EU 회원국으로 자동차를 수출하는 한국과 일본 업계에도 자신들과 동일한 이산화탄소 감축을 요구하였다.

EU 자발적 감축에서 의무 감축으로

이에 EC는 한국자동차공업협회(KAMA)에 협상을 요구했고, KAMA는 1999년 6월 11일 승용차의 이산화탄소 감축 이행에 관한 자발적 협약서를 제출했다. 협약의 핵심은 우리나라의 감축 목표치를 ACEA와 동일하게 하되, 감축 목표 년도를 1년씩 유예시키고, EU 역내에서 새로 판매되는 승용차 전체 평균으로 관리하겠다는 것이다.

본 협약서는 1차년도 감축 목표량(140g) 달성 연도를 2009년으로 했지만, KAMA는 2000년 이후 가장 빠른 시일 내에 120g/km 모델을 출시하고, 교토의정서상 제1차 공약기간이 끝나는 2012년에 120g까지 추가로 감축하겠다는 내용을 담고 있다.

이어서 1999년 7월에는 EC와 일본자동차공업협회(JAMA)가 자발적 협약을 맺었다. 이것의 핵심은 2009년까지 EU 회원국에 수출하는 승용차의 이산화탄소 배출량을 킬로미터 당 140g까지 낮추기로 한 것이다. 대형 승용차를 많이 수출하는 JAMA의 입장에서는 심각한 부담으로 작용할 만한 내용이었다.

그런데 2007년 2월 7일 EU는 자발적 협약 시행 1년을 앞두고 신차의 이산화탄소 배출량을 당초 120g으로 줄이는 것을 130g으로 줄인다는 다소 완화된 내용을 포함한 법안을 금년 12월 말 공식 제안할 것이라고 밝혔다. 법안이 발의되면 유럽의회와 이사회의 승인을 거쳐 시행에 들어가게 된다.

EC와 ACEA가 1998년도에 맺은 자발적 협약의 기준보다는 다소 완화된 것이지만, 이번에는 EU가 법적 규제 장치를 만들겠다는 의지를 밝혔다는 점에서 자동차 업계의 부담 강도는 자발적 협약 당시보다 더욱 클 것으로 보인다.

이번 발표에 대해서 EU 자동차 업계는 감축목표를 이행하기 위해서는 차량 1대당 평균 3,000 유로의 추가 비용이 소요되는 등 높은 비용 증대로 공장폐쇄와 일자리 상실로 이어질 것이라며 강력히 반발하고 있다. 문제의 심각성은 우리나라를 포함한 모든 국가들의 자동차 업계에도 그대로 적용된다는 점이다. EU 역내 국가로 수출되는 우리 업계의 자동차 가운데 약 85%가 승용차란 점에서, 우리나라는 EU 국가들보다 더 큰 부담을 떠안게 될 것이다.

EU 자동차 온실가스 규제 더욱 강화할 것

이번 EU의 발표에 대해서 환경단체들은 업계의 로비에 밀려 당초 120g에서 130g으로 완화시켰다고 비난했다. EU 순회 의장국인 독일의 앙겔라 메르켈 총리가 차량 배출가스 감축 법규는 대형 승용차 생산업체를 고사시킬 법안이라며 반대했고, 페어호이겐 집행위원도 제동을 걸었다. 따라서 향후 환경단체들의 압력이 더욱 거세질 것으로 보인다.

게다가 스타브로스 디마스 EU 환경담당 집행위원이 "EU는 자동차 배출 이산화탄소를 줄이지 않고서는 교토의정서에 따른 의무감축 목표를 달성할 수 없다"고 밝힌 점으로 봐도, 갈수록 규제 수준이 강화될 것이 확실하다.

앞으로 국제사회는 자동차 온실가스 배출 규제를 포함하여, 자국의 환경문제 해결과 업계 보호라는 두 마리 토끼를 잡기 위해 EU라는 강력한 집단의 힘을 이용하거나, 미국과 같은 단일 초강대국의 일방적이고 불공정한 무역보복과 같은 국내법적 수단을 최대한 발동할 것이다. 이상에서 살펴본 대로 EU의 협약서 체결에 이어서, 법적 장치 마련까지 자국의 목표 달성을 위해서라면 모든 수단을 더욱 노골적으로 동원할 것이 확실하다.

이제라도 늦지 않았다. 국내 자동차 업계는 연비를 획기적으로 개선하기 위한 기술개발과 대체연료 자동차 개발 등 모든 수단을 동원해야 할 것이다. 정부와 자동차 업계는 긴밀히 협력하여 이번 EU 발표를 자동차 산업구조를 전면적으로 개편할 수 있는 절호의 기회로 활용해야 할 것이다.

온난화가스 배출권 확보 사업
적극 지원해야

1997년 12월 일본 교토에서 160개국 대표, NGO와 언론사 관계자 등 10,000여 명이 참석한 가운데 개최된 제3차 당사국 총회는 선진국의 의무 감축량 할당과 감축 목표량을 달성하기 위한 신축성 체제(Flexibility Mechanism)를 포함한 교토의정서(Kyoto Protocol)를 채택했다. 교토의정서에는 온실가스를 이산화탄소(CO_2), 메탄(CH_4), 아산화질소(N_2O), 수소불화탄소(HFCs), 과불화탄소(PFCs), 육불화황(SF_6) 등 6종류로 규정했다. 또한 온실가스 감축의무 대상 국가는 교토의정서상 '부속서 B(Annex B)'에 속한 38개국으로서 제1차 의무이행 기간인

2008년부터 2012년 사이에 온실가스 배출량을 1990년 대비 최소한 평균 5.2% 감축해야 한다.

교토 의정서의 가장 큰 특징은 자국 내에서만 의무감축 목표를 달성할 수 없다는 이유로 배출권거래제(ET), 청정개발체제(CDM), 공동이행(JI)과 같은 비용효과적인 시장경제 매커니즘을 도입했다는 점이다. 교토의정서는 2005년 2월 15일 미국의 탈퇴 하에서도 그 효력이 정식으로 발효됐다. 따라서 교토의정서상 의무감축 국가군에 속한 '부속서 B' 국가의 기업들은 의무감축에 따른 비용·편익분석을 통해 CDM이나 JI와 같은 프로젝트를 통해서 비용효과적인 온실가스 배출권(Carbon Credits)을 기업 생존을 위한 중요한 전략사업으로 삼고 있다.

배출권 거래시장의 사재기에 대비해야

이것은 이미 기업별 의무 감축량 할당이 이뤄지고 있는데 따른 것이다. 온실가스 배출권은 유럽연합 회원국과 일본 등 83개국에서 거래가 활발하다. 유럽연합 회원국에게 1990년 대비 2012년까지 최소 8% 감축을 의무화하였으며, 1만2,000여 기업별 배출량을 할당했다. 여타 국가들도 기업별 의무 감축량 할당을 위한 작업을 진행하고 있기 때문에 배출권 확보 경쟁은 갈수록 치열해질 전망이다.

게다가 더욱 심각한 문제는 2단계 감축 기간(2013~2017년)이 시작되는 2013년 이후 선진국의 추가 감축량 목표 달성, OECD 회원국인 한국과 멕시코를 포함하여 온실가스 배출량 세계 2위를 기록하고 있는 중국 등 여러 선발 개도국들이 의무감축 국가군에 가입하게 되면, 배출권 거래가격이 급등할 것으로 보고 배출권을 사재기하는 양상마저 보이고 있다.

선진국 기업들은 이산화탄소에 비해 지구온난화계수가 310배에 달하는 아산화질소의 감축을 위한 비료공장 등 산업공정의 개선에 기술과 자본을 집중적으로 투자하기 시작했다. 또한 21배에 달하는 메탄가스의 감축을 위해 대규모 매립지 사용권을 확보하여 매립지 가스 발전소 건설을 적극 추진하고 있다. 이밖에도 수소불화탄소(반도체 세정, 냉매 및 발포재에서 배출), 과불화탄소(반도체 제조 과정 배출), 육불화황(LCD모니터 제조 및 자동차 생산 공정에서 배출)을 감축하기 위한 프로젝트를 적극 추진하고 있다.

중국이 배출권 거래시장의 60% 차지

독일 RWE사와 도이체방크, 일본 미쓰이상사, 세계은행으로 구성된 국제컨소시엄은 지난해 중국 장쑤성(江蘇省)의 '상하이 3F 뉴머티어리얼' 등 2개 사와 10억 달러에 달하는 이산화탄소 배출권 계약을 맺었다. 수소불화탄소를 소각하는 기술과 자본을 투자하여 참여 기업 각자가 온실가스 배출권을 나눠 갖겠다는 것이다. 최근에 발표된 국제오염배출교역협회(IETA) 자료에 따르면, 중국이 배출권 판매 시장에서 2006년 1~9월에 벌어들인 돈은 129억 달러로 전체 거래규모의 60%, 인도는 15%에 각각 이르고 있다. 1997년 교토의정서에서 온실가스 배출권 거래제도가 도입된 이후 2002년 런던 증권거래소에 최초로 '이산화탄소 배출권 거래시장'이 개설됐다. 현재 운영 중인 온실가스 배출권 거래센터는 런던, 시카고, 파리에 있다. 세계은행 보고서에 따르면, 2006년 거래된 온실가스 거래규모는 1억700만 톤으로 2003년 거래량에 비해 33%가 증가했다. 한편 2007년 2월 6일에는 중국 주재 유엔 조정관, 할리드 말릭(Malic)은 "올 여름까지 온실가스 거래시스템을 갖추는 것이 목표"라면서 "세계 최대 철강 기업인 미탈이 향후 3년간 170만 달러의 재정 지원을 할 것"이라고 밝혔다. 유엔 차원의 거래센터를 만들겠다는 것은 이번이 처음이다. 이로써 중국은 온실가스 거래에 관한 주도권을 행사하여 선진국의 기술과 자본의 유치는 물론, 배출권을 나눠가짐으로써 '꿩도 먹고 알도 먹겠다'는 속셈을 드러낸 것이다. 전문가들은 거래소가 문을 열면 향후 베이징에서 수십억 달러 규모의 거래가 이뤄질 것이라고 내다봤다.

배출권 확보 사업에 기업과 정부가 긴밀히 협력해야

이제 환경 부문에서도 '못 팔아먹을 것은 아무것도 없는 시대'가 된 것이다. 그래서 '환경이 곧 경제요 돈이다'라는 명제에 더 이상 추가적인 설명이 필요 없게 된 지 오래이다. 우리 정부는 기업들이 배출권 확보 사업과 관련하여 국내외를 막론하고 비용·편익 효과를 극대화할 수 있는 사업 분야를 개척할 수 있도록 모든 지원을 아끼지 말아야 할 것이다. 세계 각국의 사활을 건 배출권 사업의 주도권 확보전에서도 보았듯이, 선진국 기업을 추월하기 위해서는 정부와 기업 간의 협력적 파트너십을 더욱 고양하고 강화하는 것이 절박하다.

에너지 고효율 기술,
핵심 신성장동력으로 육성해야

지구온난화는 우리에게 위기 뿐 아니라 동시에 절호의 기회를 주고 있다. 특히 교토의정서 제1차 의무감축 이행(2008~2012년)을 눈앞에 둔 유럽연합 회원국을 비롯한 각국 정부와 기업들은 온실가스 감축 차원에서 생산 공정은 물론 각종 기기에 대한 에너지 효율을 높이기 위해 관련 정책 및 신기술 개발에 박차를 가하고 있다. 온실가스 감축을 할당받은 유럽의 기업들은 내년부터 감축량을 달성하지 못할 경우, 온실가스인 이산화탄소 톤당 100유로의 벌금을 물거나, 목표 달성을 위해 배출권을 구매하지 않을 수 없게 되었다.

에너지 고효율, 온난화 대책 최우선 기술

에너지도 절약하고 온실가스도 줄일 수 있는 최대 과제는 바로 '고효율' 이다. 2006년 6월 22일 국제에너지기구(IEA)가 발표한 '에너지 기술 전망 2050' 보고서는 지속가능한 에너지 미래를 위해 최우선적으로 고려해야 할 첫 번째 순위는 '에너지 효율 향상 기술' 이란 점을 역설했다. 또 기술개발 강화 시나리오에 따르면, 산업·건설·수송 분야에서 발생하는 에너지 사용량을 2050년까지 17~33% 절감할 수 있으며, 이산화탄소의 배출량을 45~53% 줄일 수 있을 것이라고 주장했다.

유럽 최대 석유회사 그룹인 로열더취쉘의 예룬 판더르 베이르 최고경영자(CEO)는 "우리가 생산하는 에너지의 반 이상은 버려진다. 일례로 자동차가 굴러가는 데 휘발유의 20%만 사용되고, 나머지는 열로 소모된다" 면서 에너지 효율 향상이 신재생에너지 육성책보다 우선해야 한다고 주장했다. 수 년 내에 휘발유의 40%가 굴러가는데 사용되는 기술이 상용화된다면, 에너지 시장에 엄청난 변화를 몰고올 것이며, 온난화에 대비할 수 있는 시간을 여유롭게 확보할 수 있을 것이다.

이미 많은 유명 글로벌 기업들의 일대변화가 시작됐다. 구글, 인텔, 마이크로소프트, HP, 델 등 아이티기술(IT) 업체들은 최근 환경 친화적 컴퓨터 운동을 벌이기로 결의하고, 이를 위해 고효율 컴퓨터 개발을 통해 2010년까지 차량 1,100만대가 배출하는 온실가스 감축효과를 거두겠다는 것이다. 삼성전자와 LG전자도 세계 유명 기업에 결코 뒤지지 않은 선진기술을 보유하고 있음에도, 이에 만족하지 않고 더욱 높은 고효율 기술개발에 박차를 가하고 있다.

급격한 경영 및 소비환경 변화

엄청난 돈을 투입하여 최근 준공한 포스코의 파이넥스 공법에서 보았듯이, 유명한 글로벌 기업들은 지구온난화의 가속화로 급변한 경영 및 소비환경에서 살아남기 위해 고효율 기술개발 투자를 대폭 확대하고 있다. 미국에서는 하이브리드 자동차 시장이 지난 5년 동안에 20배로 성장했다. 도요타의 하이브리드 자동차 판매 대수는 2003년 4만 대에서 2006년 30만 대로 급증했다. 유럽연합에서는 고효율(A등급) 제품의 시장 점유율은 1993년 2% 수준에서 2003년 45%로 급상승했다. 기업들은 초고효율을 향한 무한투자를 통해 에너지 절감과 온실가스 감축이라는 '두 마리 토끼'를 동시에 잡겠다는 전략을 구사하고 있다.

그 배경은 너무나 간단하다. 기업들이 온실가스 의무감축 비용을 에너지 비용보다 더 많이 지불하는 상황으로 내몰리고 있기 때문이다. 소비자들 또한 점차 심각한 양상으로 다가오는 기후변화에 대한 대응책의 일환으로 친기후형 소비 패턴을 생활화하기 시작했다. 게다가 저효율 제품을 시장에서 강제 퇴출하기 위해 각국 정부도 효율관리기자재와 최소효율기자재에 대한 법률을 더욱 강화하고 있다는 점도 크게 작용하고 있기 때문이다.

에너지 고효율 기술, 미래 에너지자원

유럽연합은 2009년부터 역내 국가로 수입되는 승용차에 대해서 이산화탄소 배출량을 규제하는 방향으로 정책을 구사하고 있다. 하지만 이 것만으로 부족하다고 보고, 이행을 강제하는 법률을 올해 말경에 제정하겠다는 점을 이미 밝혔다.

2009년 이후 유럽연합으로의 수출시장에 적신호가 켜진 것이다. 일본의 도요타는 세계의 하이브리드 자동차 시장을 지배하기 시작했는데, 우리나라 자동차 회사는 아직도 상용화 단계에 이르지 못하고 있다.

2008년 8월 2일 정부는 과학기술 관계 장관회의에서 기후변화 대응을 위해 2010년까지 1조9천억 원이란 돈을 친환경에너지 기술개발에 투자해 온실가스 감축과 미래에너지원 확보에 투자할 것을 심의·의결한 바 있다. 정부는 신재생에너지 기술은 물론 에너지 고효율 기술이 곧 생존을 위한 친환경 자원임을 명심하고, 국가의 핵심 신성장동력 기술로 육성해야 한다. 1조9천억 원이 효율적으로 집행되어 온난화와 에너지 문제를 동시에 대처할 수 있는 유용한 종자돈이 되길 기대한다.

자동차산업 육성을 위한
전략적 선택

세계 자동차 산업은 지금 가장 큰 위기와 기회를 동시에 맞고 있다. 1년 전만 해도 배럴당 기름 값이 100달러가 될 것이라는 사실은 상상도 못했지만, 이제 100달러 시대는 눈앞의 현실이 되고 있다. 게다가 유럽연합을 비롯해 선진국들은 온실가스의 주범 가운데 하나인 자동차의 이산화탄소 배출량을 대폭 줄일 것을 법으로 강제할 준비를 서두르고 있다.

지금처럼 고유가 추세가 가속화되면 2020년 이전에 배럴당 200달러 시대가 될지도 모른다. 기후변화가 갈수록 심각한 수준으로 악화될 경우 자동차의 이산화탄소 배출량을 지금의 절반으로 줄여야 할지도 모른다. 그렇게 되면 석유를 태워 달리는 내연기관 자동차는 경쟁력을 상실하여 지구상에서 더 이상 굴러다닐 수 없을 것이다.

고유가와 기후변화 대응 자동차 개발 시급

우리나라 자동차산업의 운명은 고유가와 기후변화 대응이라는 두 마리 토끼를 잡을 수 있는 미래형 자동차를 시장에 얼마나 빨리 내놓을 수 있느냐의 여부에 달려 있다고 본다. 왜냐하면 지엠, 포드, 크라이슬러, 도요타 등 세계의 유수한 자동차 회사들은 두 마리 토끼를 잡을 수 있는 수소연료전지 자동차 시장을 선점하기 위해 시간과의 전쟁을 벌이고 있기 때문이다. 특히 미래형 자동차의 국제 기술표준화 프로젝트를 자사에 유리하게 이끌기 위한 치열한 경쟁도 병행하고 있다.

일본의 도요타 자동차는 수소연료전지 자동차 시장이 상용화될 것으로 예상되는 2015년까지 기다리기엔 너무나 긴 시간임을 들어, 이미 하이브리드 자동차 시장을 선점하기 위해 대량생산 설비를 갖추었다. 벌써 지구상에는 100만여 대의 하이브리드 자동차가 굴러다니고 있다. 이에 비해 우리나라 자동차회사의 하이브리드 자동차는 2004년에 50대를 시작으로 2005년에 350대, 2006년에 380대, 2007·2008년에는 3,390대를 생산·보급한다는 계획을 세워놓고 있다.

우리나라의 자동차산업이 생존하기 위해서는 이제 전략적인 선택을 하지 않을 수 없게 되었다. 「수송용 연료전지 실용화 클러스트」의 회장을 맡고 있는 울산대학교 김준범 교수는 지난 11월 14일 울산대학교에서 개최한 '에너지자원과 기후변화 대응' 세미나에서 "하이브리드 자동차는 수소연료전지 자동차가 상용화되면 시장 경쟁력을 상실할 것"이라면서, "우리나라 자동차 산업이 살아남기 위해서는 현재 선진국에 비해 상용화시기에서 결코 뒤지지 않을 수소연료전지 자동차 개발에 모든 역량을 집중할 필요성이 있다"고 강조했다.

수소연료전지자동차를 위한 인프라 구축 절실

다행스럽게 현대자동차는 2007년 12월 현재 34대의 수소연료전지차 모니터링 사업을 활발히 전개하고 있다. 그리고 향후 1단계(2009~2013년)로 1,800대, 2단계(2012~2015년)로 11,000여대를 확대·보급하겠다는 계획을 갖고 있다. 수소연료전지차 모니터링과 보급사업 계획이 차질 없이 수행되기 위해서는 관련 기관들의 유기적인 협력과 지원이 지속적으로 뒷받침 되어야 할 것이다. 또한 생산자와 소비자에 대한 세제 지원과 기술표준화 등 관련법과 제도적 장치도 구비되어야 할 것이다. 그리고 수소연료 충전소 설치 등 관련 인프라가 먼저 구축될 수 있도록 적극적인 지원이 있어야 한다.

자동차산업은 수많은 관련 첨단기술의 발전과 대규모 고용을 창출하는 규모의 장치산업이다. 특히 한국의 자동차산업은 세계에서 빅파이브(Big-5) 대열에 있는 국가의 중추적인 산업이다. 자동차산업이 무너지면 국민경제의 존립이 위태로울 수도 있다. 정부가 선택과 집중의 전략을 구사해야 할 미래형 자동차 산업분야 가운데 하나가 바로 수소연료전지 자동차 관련 산업임을 명심하길 바란다. 따라서 정부는 수소연료전지 자동차의 개발과 보급을 위한 가능한 모든 지원을 아끼지 말아야 할 것이다.

'일석삼조' LED 조명등
확대 시급

2006년 11월 당시 산업자원부는 'LED조명등 15/30보급 프로젝트'를 추진하겠다고 발표했다. 이 사업계획에 따르면 '전력 요금 1조6천억 원 절감을 위해 2015년까지 LED조명등 비중을 30%로 확대하겠다'는 것이다.

2007년 3월에는 에너지 효율이 높고 수명이 긴 반도체조명 국가표준 (KS)을 제정하기 위한 'LED조명 표준화 3개년 연구 계획'을 발표했다. 에너지관리공단은 그 후속 조치의 일환으로, 3·4월 중에 LED 조명등을 에스코(ESCO) 대상사업으로 인정하기 위한 고효율기기 검증 및 시험방법에 관한 최종안을 내놓을 예정이다.

30% 교체, 1조4천억 원과 온실가스 580만 톤 절감

한편 2008년 2월 13일 대통령직인수위원회 국가경쟁력강화특별위원회 산하 '기후변화·에너지대책TF팀(이하 '티에프팀')'은 에너지 효율화·신재생에너지·원자력 등을 기후변화 위기에 대처하는 3대 신성장 동력산업으로 지정하고, 2012년까지 에너지 효율화를 통한 에너지 수입액 감소 등으로 1.3%, 신재생에너지로 1%, 원자력으로 0.7% 등 전체적으로 GDP 3% 성장을 달성한다는 마스터플랜을 제시했다. 노무현 정부보다 목표 달성 시점을 3년이나 앞당기겠다는 것이다.

우리나라 실정으로 볼 때, 이번 마스터플랜에서 목표 달성에 손쉽게 접근할 수 있는 분야는 에너지 고효율화 부문이며, 그 중에서도 가장 효과를 낼 수 있는 분야가 조명등 교체사업이다. 이 분야 사업과 관련하여 티에프팀이 이번 마스터플랜에서 제시한 내용은 "국내 조명의 30%를 LED로 바꾸면 에너지 수입 비용 1조4천억 원과 지구 온실가스인 이산화탄소를 매년 580만 톤 절감할 수 있다"는 것이다. 지금까지 거래된 이산화탄소 평균 국제 거래가격을 20달러로 잡을 경우, 연간 1억1,600만 달러의 부가수입을 올릴 수 있다.

온실가스 감소로 기후안보 밝히는 LED 램프

LED조명등의 장점은 크게 네 가지로 요약할 수 있다. 첫째, 기존의 나트륨 등이나 메탈할라이드 등(이하 메탈 등)과 같은 밝기의 램프일 경우 전기사용량을 최고 90%까지 획기적으로 절감할 수 있다. 둘째, 현재 일반적으로 나트륨 등에 30mg, 메탈 등에 6mg의 수은이 함유되어 있는데, LED등은 수은을 함유하지 않는 친환경 램프다. 셋째, 발열량이 거의 제로에 가깝고 생애주기 동안 조도가 일정하고 수명이 획기적으로 길다. 마지막으로 사후 유지관리비가 획기적으로 적게 들어간다. 하지만 초기 투자비가 많이 들어간다는 단점이 있다. 그러나 이것도 가로등의 경우 대체적으로 4년 동안의 전기료만으로도 초기 투입비용을 회수할 수 있다는 장점을 갖고 있다.

LED등은 사용자에게는 전기료 등 각종 비용절감으로 돈을 벌어서 좋고, 국가적으로는 에너지수입 비용을 절감해서 좋고, 지구적으로는 온실가스를 줄임으로써 기후변화에 기여할 수 있어 좋다.

따라서 조명등을 LED 램프로 교체하는 프로젝트는 한마디로 일석삼조(一石三鳥)의 효과를 단기간에 거둘 수 있는 사업이다. 이명박 정부는 선택과 집중이 요구되는 'LED 조명등 프로젝트'에 예산을 집중 투입하고, 민간 섹터의 조명등 교체사업에 대한 지원 대책도 보다 전향적으로 제시해주길 바란다.

고효율 담보 위한 철저한 검증과 사후관리 필요

다만 고효율 기기로서 생애주기 내내 이름값을 다 할 수 있도록 하기 위해서는 시험 검증 방법을 잘 만들어야 할 것이다. 에너지 절감의 정도, 조도, 수명, 발열량 등 예상되는 모든 부분에 대한 철저한 검증과 사후관리가 병행되어야 한다. 아무리 목적이 좋은 정책도 집행 이전과 수행 과정에서 철저한 검증을 하지 않을 경우, 시장실패가 정책실패로 이어지는 실례를 많이 보아왔기 때문이다.

새로운 정책 집행으로 악화가 양화를 구축하는 일이 일어나서는 절대 안 된다. 에너지 효율성이 떨어지는 불량 덤핑 LED 램프가 시장을 선점하면 사용자에도, 국가에도, 지구에도 나쁜 결과를 가져다준다. LED램프 보급·확대에 더욱 박차를 가하되, 효율성 검증과 사후관리는 철저하게 이뤄져야 한다.

고효율화 기술개발 및 보급에
재정 집중 투입 시급

세계 석유 생산량이 정점을 지났다는 전망이 잇따르고 있다. 석유 전문가들은 지금 계속되는 유가 폭등은 생산량이 수요량에 비해 절대적으로 부족하기 때문이라는 진단을 내놓고 있다. 경제성을 고려한 가채 매장량이 곧 바닥이 날 것이라는 점이 현실화되면서 지구촌은 공포에 떨고 있다.

석유 생산량 정점 지나

CNN은 최근 에너지 위기를 다룬 특집 방송을 통해 "현재 개발된 유전의 석유 생산량이 매년 4%씩 줄어들고 있다"면서 "현재 상황대로라면 세계는 향후 10년 동안 매일 300만 배럴씩 석유가 모자라는 위기에 직면할 것"이라고 보도했다. 이미 석유를 비롯한 에너지원 확보를 위한 소리 없는 총성이 지구촌 곳곳에서 작열하기 시작했다는 보도가 잇따르고 있다.

작금의 국제 원자재 값의 폭등, 특히 에너지 자원의 유한성으로 인한 가격의 폭등은 화석연료에 기초한 현대문명의 존속 자체를 위협하는 상황으로 치닫고 있다. 특히 에너지 자원의 97%를 해외에서 수입하는 대한민국의 운명은 풍전등화처럼 위태롭다. 생존을 위한 근본적인 대책과 뼈를 깎는 실천적 노력 없이는 오늘의 에너지 전쟁에서 패할 수밖에 없다.

정부는 에너지 자원의 확보를 위해 거국적인 에너지외교를 펼치고 있다. 실현 가능성이 의심스럽지만, 신재생에너지 개발을 위한 거창한 계획도 발표했다. 하지만 엄청난 돈과 기술과 시간이 필요한 사업이다. 그러면서도 투입 대비 효과는 장담할 수 없다. 따라서 우리나라 특성에 비추어 우선 중단기적으로 효과를 극대화할 수 있는 에너지 고효율화 기술 개발 및 보급 사업에 재정을 집중적으로 투입할 필요가 있다.

에너지 효율 10%만 올려도 72억 달러 절감

지난 5월 26일 삼성경제연구소가 내놓은 '해외 에너지 효율화 기술과 정책 동향'이라는 보고서에 따르면, 우리나라는 '에너지 원단위' 지수가

0.351인데 비해 일본은 0.106로 나타났다. 에너지 생산성이 일본의 3분의 1에 불과하다. 또한 동 보고서에 따르면, 현재 수준에서 "에너지 효율을 10%만 올리면 72억 달러를 절감할 수 있다"는 것이다. 때문에 우리나라는 일본에 비해 기회요소가 훨씬 많은 셈이다.

서울산업대 장우진 교수는 "고효율 조명기기 사용으로 절감할 수 있는 국내 조명부하의 총량은 원자력발전소 3기(300만kW) 분량에 이를 것"이라면서 "매년 절감되는 전기료만도 1조3,200억 원에 달하고, 원전 3기 건설비용인 3~5조원을 절감할 수 있다"고 주장했다. 에너지 고효율화 기술 및 산업은 가장 효율적인 예산절감, 원전 대체, 온실가스 감축 등으로 국민의 생명과 환경을 지키는 효자임을 직시해야 한다.

노무현 정권은 2006년 'LED조명등 15/30 프로젝트'를 발표하고, "2015년까지 LED조명등 비중을 30%로 확대하여 1조6000억 원의 전력요금을 절감하겠다"고 발표했다. 이명박 정부도 이미 2008년 2월 13일 대통령직 인수위를 통해 '에너지 효율화·신재생에너지·원자력 등을 신성장동력 산업으로 선정하고, "에너지 효율화를 통한 에너지 수입액 감소로 GDP 1.3%를 끌어올리겠다"고 했다. 특히 "조명등 30%를 LED 램프로 바꾸면 에너지 수입비용 1조4,000억 원과 이산화탄소 580만 톤을 저감할 수 있다"면서, 조명등 교체사업을 대대적으로 추진하겠다고 했다.

MB정권의 투자 규모는 소도 웃을 일

2008년 5월 24일 지식경제부는 LED 산업 육성과 램프 보급을 위한 사업을 위해 정부가 올해 500억 원의 펀드를 조성하여 지원하고, 우선 서울을 비롯한 7개 신설우체국에 LED 조명 등 설치를 의무화 하겠다고 했다. 공공 부문에서 솔선수범을 보인 연후에 민간 부문을 유인하겠다는 것이다.

하지만 현장의 반응은 차갑기만 하다. 겨우 500억 원으로 이런 엄청난 사업을 하겠다는 것은 소도 웃을 일이다. 지자체 역시 예산 부족과 제도 미흡으로 미적거리고 있다. 이제 결론은 자명하다. 에너지 고효율화를 위한 기술개발과 보급 사업을 위해 정부의 집중적인 재정이 투입되어야 한다. 동시에 솔선수범한 자에게는 상을 주고, 법을 어기는 자에게는 벌을 주는 법제가 시급히 정비되어야 할 것이다.

더욱 중요한 것은 LED를 비롯한 고효율 제품의 시장진입 이전에 반드시 최대의 효율성을 낼 수 있는 제품을 준거로 인증기준을 세워야 한다는 것이다. 악화가 양화를 구축하는 어리석음을 범하면, 에너지 효율성의 제고는커녕, 예산 낭비와 폐기물만 양산하는 어리석음을 반복하기 때문이다. 정책 당국의 대책을 주시한다.

2 녹색포장 아닌 참다운 저탄소 녹색성장의 길

그린카 전쟁시대,
거국적 지원체제 구축 시급

지금 세계는 치열한 '그린 카 전쟁' 중이다. 유가가 다시 치솟고, 온실가스 감축의무가 선발 개도국으로 확대되며, 현재 추세로 기술개발이 이뤄지면, 향후 10년 이내에 화석연료만으로 달리는 자동차는 도로에서 찾아보기 힘들지도 모른다.

국제에너지기구(IEA)의 다나카 노부호 사무총장은 2009년 2월 28일 독일 쉬도이췌 자이퉁과의 인터뷰에서 "현재 석유회사들이 투자를 하지 않고 있기 때문에 2013년 경제회복과 함께 수요가 늘어 공급에 차질이 일어날 수 있어 배럴당 200달러를 넘을 수도 있다"고 경고했다. 이처럼 석유 고갈과 환경 문제는 '그린 카 전쟁'을 더욱 격렬하게 촉진할 것이다.

수소연지료전지차와 전기차가 승패 갈라

글로벌 경제위기는 화석연료와 환경의 위기로 이어지고 있다. 특히 석유수입 4위, 석탄수입 2위, 에너지 수입의존도 97%인 우리나라는 앞으로 닥칠 중첩된 위기의 연속으로 국가적 재앙을 맞을 수도 있다. 특히 자동차 산업의 운명은 대한민국호가 순항하느냐, 좌초하느냐를 결정할 주요한 바로미터가 될 것이다.

일본의 도요타는 이미 가솔린과 배터리로 가는 하이브리드차 시장을 석권했다. 독일은 디젤 하이브리드차 개발에, 미국은 배터리 비중을 기존 하이브리드보다 더 높인 플러그인 하이브리드차 개발에 주력하고 있다. 동시에 수소연료전지차와 전기차 등 무공해차 기술개발 및 상용화에 회사들이 사활을 걸고 전사적으로 대응하고 있다.

하이브리드차가 1.5세대 자동차라면, 수소연료전지차와 전기차는 2.0세대 자동차다. 전자는 후자로 가는 과도기적 자동차라고 보면 된다. 전문가들은 그 기간을 향후 10년 전후로 보고 있다. 따라서 10년 내에 수소연료전지와 전기로 가는 자동차 시장의 주도권을 먼저 잡는자가 그린카 전쟁에서 최후의 승자가 될 것이다.

배터리 충전을 통해 전기만으로 가는 전기차는 수소만을 연료로 사용하는 연료전지차에 비해 배터리 수명과 충전 시간 등 기술적으로 해결해야 할 사안이 더욱 많다고 한다. 때문에 일반 도로를 달릴 수 있는 전기차는 수소연료전지차보다 상용화가 더딜 것으로 본다.

최근 도요타가 한번 충전으로 750km를 달릴 수 있는 수소연료전지차를 선보임으로써 충전소 문제를 해결할 수 있을 것으로 기대된다. 주행거리가 대폭 늘어남으로써 충전소를 덜 만들어도 되기 때문에 상용화가 앞당겨질 수 있다. 현재 부생수소를 쓸 경우 연료값도 최소한도로 잡아서 휘발유의 3분의 1이면 충분하다. 이제 상용화 시기의 가장 큰 변수는 석유 값과 온실가스 규제 등 환경문제가 될 것이다.

우리나라의 그린 카 기술 수준은 어디까지 왔을까? 하이브리드차의 주도권은 이미 일본이 쥐고 있다. 우리가 자동차 강국으로 재도약할 수 있는 전략적 주력 상품은 수소연료전지차라고 본다. 동시에 다소 느린 속도로 단거리 이동이 필요한 경우나, 골프장 및 관광명소 같은 경우에 필요한 전기차를 틈새 상품으로 육성할 필요가 있다.

수소연료전지차 개발에 집중 지원 필요

특히 10년 전에 우리는 2016년부터 양산체제 구축을 목표로 수소연료전지차 기술개발에 심혈을 기울여온 결과, 현재 기술수준은 도요타나 GM에 뒤지지 않는다. 수소연료전지차에 대한 집중적 지원이 필요한 이유가 바로 여기에 있다.

정부가 2007년에 발표한 '비전 2030 자동차'에 의하면 금년까지 핵심부품 국산화와 도로운행 모니터링 사업을 완수하고, 2010년부터는

2012년까지 생산기반 구축과 대규모 실증사업을 추진하며, 2013년부터 일반인 보급을 통해 초기시장을 형성하고, 2016년부터 2020년까지 승용차 5만대, 버스 1천 대를 비롯하여 양산체제를 완수한다는 것이다.

하지만 국가 지원은 2006년 1,074억 원에서 2008년에는 오히려 450억 원으로 축소되어 정부의 의지가 의심스럽다. 미국의 오바마 대통령이 그린 카에 미국 자동차산업의 승부수를 띄우고 전폭적인 지원을 아끼지 않고 있는 것과 대조적이다.

자동차 업계는 최소한 2,000억 원의 지원이 필요하다고 했는데, 이번 '슈퍼 추경'에 지원액을 최대한 계상하길 바란다. 국회와 정부는 도로와 자동차 관계법 등 전기차 및 수소연료전지차 기술개발 및 보급을 촉진할 수 있는 법·정책적 인프라 구축을 서둘러야 한다. 확고한 법제가 뒷받침 될 때만이 민간 투자도 왕성하게 일어날 수 있기 때문이다.

2020년 이후 300만 대 이상 보급될 수소연료전지차 시장에서 누가 마지막에 웃을 수 있을까? 대한민국의 명운이 걸린 만큼 하루빨리 거국적 지원 체제를 구축해야 한다.

기후친화형 신산업구조
기틀 만들어야

정부는 2007년 12월 17일 국무총리 주재로 '기후변화 대책위원회'를 개최하여 '기후변화 제4차 종합대책'을 심의 · 확정하였다. 정부는 "이번 종합대책은 '국제적 위상에 부합하는 온실가스 감축 및 기술개발을 통한 기후변화 영향 최소화'라는 비전 아래 국가 온실가스 감축 목표 제시와 함께 구체적인 방안 등을 포함하고 있다"는 점을 강조하면서, "2008년에 중장기 국가 감축 목표를 제시하겠다"고 밝혔다.

참으로 부끄러운 대한민국의 자화상

한편, 기후변화에 대처하기 위해 모인 전 세계 300개 이상의 비정부 조직 모임인 CAN(Climate Action Network)이 2007년에 발표한 내용을 보면, 1990년부터 2005년까지 15년 동안 우리나라의 이산화탄소 배출 증가율은 OECD 국가 중 1위(98.7%)로 인도(90%)보다 높았다. 지난 1월 23일 스위스 다보스에서 '세계경제포럼'이 발표한 환경성과 지수(EPI) 가운데 이산화탄소 배출 분야 성적이 149개국 가운데 103위를 차지했다. 참으로 부끄러운 대한민국의 자화상이다.

정부는 현재의 산업구조 변화추세가 지속되고 획기적인 온실가스 감축 노력이 없을 경우, 2020년에 온실가스 배출량은 2005년 대비 37.7% 증가할 것이라고 추정했다. 현 배출량에서 동결되어도 부족할 판인데, 이런 엄청난 증가라니, 분명 우리나라 산업구조의 한계이자 기후시대의 최대 위기가 아닐 수 없다.

2007년 12월 인도네시아 발리에서 열린 제13차 당사국 총회에서 유럽 연합은 미국의 반대로 합의문 작성에는 실패했지만, "선진국은 2020년까지 1990년 대비 25~40%를 감축하자"고 강력하게 주장했다. 이보다 앞서 열린 유럽연합 정상회의는 2020년까지 최소 20%, 2050년까지 60~80%를 감축하겠다는 합의서를 채택했다. 특히 독일은 2012년까지 21%, 2020년까지 40% 감축을 위한 별도의 국가 정책 프로그램을 가동하기 시작했다.

우리나라는 어떻게 하고 있는가. 2006년 현재 2.3%인 신재생에너지 비중을 2011년까지 5%, 2030년까지 9%로 확대하겠다는 것이다. 2012년까지 12%, 2020년까지 20%로 확대하겠다는 유럽연합의 목표량 및 달성 기간에 비해 너무나 동떨어진 모습이다.

선진국 정부와 기업들은 똘똘 뭉쳐 기후친화형 고부가가치 산업구조 창출에 국가적 사활을 걸고 있다. 하지만 우리의 현실은 참으로 걱정이다. 곧 출범할 이명박 정권은 '한반도대운하사업' 을 강행할 태세여서 국력의 분산과 낭비는 물론, 국론 분열로 미래 국가목표마저 상실할 수 있지도 모른다. 기후변화시대의 진정한 저탄소 녹색성장의 기회마저 스스로 반납하는 어리석음을 저지르고 있다. 참으로 안타깝다.

'환경IMF사태' 위험 극복할 신산업구조 기틀 만들어야

이번에 발표된 '기후변화 종합대책 5개년 계획' 은 신재생에너지 비중 확대, 에너지원의 다양화, 에너지 절약과 고효율화를 위한 각종 규제와 인센티브제도 도입 등 선진국의 정책 프레임을 대부분 담고 있다. 동시에 에너지 다소비 산업구조에서 기후친화형 신산업구조로 유도하겠다는 점도 분명히 했다.

이명박 정권은 노무현 정권의 정책기조를 더욱 발전시키는 일에 전력을 기울여야 할 것이다. 따라서 국가 감축 목표를 어느 수준에서 제시할 것인지, 현재의 반기후적 산업구조를 어떻게 친기후적 산업구조로 개편할 것인지, 국제사회가 요구하는 감축 목표 달성에 어떻게 대응할 것인지에 관한 정책을 구체적으로 제시해야 한다. 따라서 새로운 정권은 이 점에 깊이 유의하여 향후 산업구조 혁신을 위한 로드맵을 구체적으로 제시해야 할 것이다.

다시 강조하지만, 이명박 정권은 온실가스 국가 감축 목표를 제시하고, 이를 달성하기 위한 각론을 구체적으로 수립하고, 액션 플랜에 따라 대책을 차질 없이 추진할 수 있는 법제를 가급적 빨리 마련해야 한다. 새로운 정권은 환경재앙을 초래하면서 경제도 죽이는 '한반도대운하사업' 보다는 기후친화적인 고부가가치 신산업구조의 기틀을 창출하는 일에 전력투구해야 한다. 신성장 동력산업을 통해 좋은 일자리를 창출하고, 환경경제를 동시에 살릴 수 있는 기틀을 놓았다는 평가를 받기를 기대한다.

기후친화적 신산업구조 기틀을 마련하는 일에 매진하면, 대통령 임기가 끝나는 2013년 2월 이후 우리나라는 온실가스 의무감축국가에 포함되어도 '환경IMF사태' 라는 공포로부터 해방될 수 있을 것이다. 이로써 환경도 살리고 경제도 살리는 길을 닦은 대통령으로 평가받을 수 있을 것이다. 이명박 당선인은 앞으로 임기 5년이 국가의 명운을 결정할 수 있는 시간임을 명심하시길 바란다.

3

4대강 토목사업,
정권재창출 향한
저주의 굿판

참 녹 색 국 가 의 길

지류에서 썩은 물이 본류의 보로 계속 흘러드는데, 본류가 어찌 깨끗하기를 바라는가. 4대강 토목사업은 본말이 완전히 전도된 것이다. 이런 식으로 망한 사업이 시화호이고, 망해가고 있는 곳이 새만금호이다. 시화호는 수질개선사업비 5,000억 원을 투입하고도 계속 썩어 들어가자 호언장담하던 관련자들이 사과 한마디 없이 2001년에 담수화 정책을 포기한 바 있다. 간장색깔로 변해가자 해수유통을 계속하고 있는 새만금호도 담수화가 본격적으로 시작되면 시화호의 전철을 밟을 수 있다.

30% 득표해놓고,
국민들이 운하에 동의했다고?

　지역균형발전이라는 기치를 실현하기 위한 노무현 정권과 국회의원들의 눈물겨운 경쟁 덕분(?)에 제17대 국회는 '개발 특별법'으로 시작해서 '개발 특별법'으로 마감하고 있다.

　지난 2004년 1월 '국가균형발전특별법' 제정을 필두로 '기업도시개발특별법'(2004년 12월)과 '공공기관 지방이전에 따른 혁신도시 건설 및 지원에 관한 특별법'(2007년 1월)을 제정·공포하더니, 급기야 2007년 12월에는 해상 국립공원을 포함하여 국토 면적의 29%에 대한 개발권을 지자체장의 손에 쥐어준 '동·서·남해안권 발전 특별법'의 제정 · 공포로 대미를 장식했다.

2008년 12월 현재 국회에 계류 중인 개발 특별법이 30여 건에 달한다. 특별법 제정을 통한 정부의 지나친 개발 욕구는 환경 파괴의 가속화는 물론 시장경제를 왜곡하는 현상마저 낳고 있다.

개발 특별법 만능주의에서 벗어나야

2007년 12월 19일 여야 정권교체로 오는 2월 25일 이명박 정권이 출범했다. 그런데 대통령직인수위원회(이하 '인수위'라 함)의 요즘 행태를 보면 노무현 정권의 실정을 미리 보는 듯 하여 참으로 안타까울 따름이다.

인수위는 얼마 전에 '한반도 대운하 특별법'을 제정하여 1년 정도 법적 절차를 밟아 기공식을 갖겠다고 했다. 이것은 '환경 · 교통 · 재해 등에 관한 영향 평가법'를 비롯한 현행 관련 법률에 의할 경우 사업계획 확정 이후 착공까지는 최소한 3년 정도 걸리는 법적 절차를 대부분 묵살하겠다는 의도를 드러낸 것이다.

인수위는 이명박 대통령 후보 공약 제1호라고 말하면서, 한반도 대운하에 대하여 이미 국민적 동의를 받은 것처럼 말한다. 전체 유권자 중 이명박 후보의 득표율은 겨우 30.7%(득표율 48.7 × 투표율 63.0)에 불과하다. 참고로 2002년 노무현 후보의 득표율은 약 34%다. 다른 많은 합당한 논거는 제쳐두고라도 이런 통계 하나만 보아도 '국민적 동의를 받은 것처럼' 주장하는 것은 어불성설이다.

또 현행법상 행정계획 수립단계에서 반드시 거쳐야할 '사전 환경성 검토' 도 받지 않은 초대형 토목사업을 특별법 하나로 밀어붙이겠다는 것은, 일개 정권은 물론 국민적 공멸을 초래할 수도 있음을 우려하지 않을 수 없다.

종합 검증하고 국민의 동의 받아야

한반도 대운하 사업은 원점에서부터 재검토해야 한다. 우선 각 분야 국내외 전문가들이 철저히 검증한 뒤 국민 앞에 모든 내용을 공개해야 한다. 검증을 위한 구체적 방안부터 내놓는 것이 순리라고 본다.

새로운 정권 출범 전까지 한시적 기구에 불과한 인수위는 대운하 사업에 관하여 이제 더 이상 불필요한 논란거리를 제기하지 말아야 한다. 특히 대한민국의 운명을 결정할 중차대한 사업을 5년 임기 내에 끝내겠다는 비민주적 발상부터 버려야 한다.

이명박 정권은 출범과 동시에 국민이 믿을 수 있는 연구조사팀을 구성하여 '환경성, 경제성, 재난 가능성 등에 관한 종합적 검토' 를 거친 후에 사업 추진 여부를 결정해야 한다. 새 정권은 대운하 사업의 규모와 복잡성 그리고 예측 불가성 등에 비춰 볼 때, 신중 또 신중을 기해야 한다.

이명박 정권은 노무현 정권의 '개발 특별법' 이 낳은 각종 문제점에서 소중한 가르침을 받아야 한다. 따라서 '개발 특별법' 의 압권이 될 '대운하 개발 특별법' 제정보다는 사업의 중대성으로 보아, 오히려 현행법에 따른 법적 절차를 밟아나가길 바란다. 물론 대운하사업을 당장 포기하는 것이 상책이지만 말이다. 이 길이 시화와 새만금 간척사업 등 각종 대형 국책사업에서 보아온 막대한 국고의 낭비와 환경파괴를 최소화할 수 있다.

정권은 유한하지만 국토는 영원히 존재해야 하고 강물은 영원히 흘러야 한다. 특별법 만능주의에 빠져 무리하게 사업을 추진하다가 천추의 한을 남기는 어리석음을 범하지 말길 바란다. 금수강산과 문화유산은 한 정권의 소유가 아닌 실로 자손만대에 물려주어야 할 유일무이한 자산이자, 지구상의 모든 인류의 귀중한 자산이기 때문이다.

● 오마이뉴스, 2008.2.16

한반도 대운하의
숨겨진 발톱과 총선전략

대통령직인수위원회(이하 "인수위"라 한다)의 '한반도 대운하추진티에프팀(이하 "티에프팀"이라 한다)'은 지금 크게 당황하고 있을 것이다. 인수위 출범 전에 실시한 한반도 대운하사업에 대한 몇몇 국민 여론조사는 찬성과 반대가 거의 반반 수준이었다.

하지만 최근 여론조사에서는 반대가 찬성보다 적게는 10퍼센트에서 많게는 20퍼센트까지 높게 나왔다. 작금 상황은 티에프팀에게 갈수록 전세가 불리해지고 있음을 보여주고 있다. 이에 이명박 당선인의 리더십으로 봐서 티에프팀을 크게 질책했을 것이라는 생각도 든다.

요즈음 티에프팀이 조용한 이유

그럼에도 불구하고, 작금에 티에프팀이 반대진영을 향해 적극적인 대응을 자제하고 있는 숨은 이유는 무엇일까? 인수위 출범 직전에 티에프팀은 '한반도대운하추진특별법'을 제정하여 1년 내에 착공하고, 4년 내에 준공까지 하겠다는 불타는 의지를 보여주었다. 그들의 기가 꺾인 것일까? 티에프팀은 이명박 정부의 보이지 않는 '총선전략기획팀'이 내린 전략에 입각하여 '대운하발톱'을 숨긴 채 다양한 전술을 개발하고 있을 것이다. 머지않아 단계적으로 그 발톱의 실체가 드러날 것이다.

그 실체가 언제 어떤 모습으로 드러날까? 4.9총선에서 한나라당이 압승을 거두면, 티에프팀은 '한반도대운하특별법' 제정을 위한 구체적인 작업에 착수할 것이다. 5월30일 출범할 제18대 국회는 6월 임시회에 특별법 제정을 추진할 것이다. 이때부터 원내외에서 찬성과 반대진영의 불꽃 튀는 홍보전과 실력행사가 펼쳐질 것이다. 티에프팀은 '초반 기세 싸움에서 밀리면 안 된다'는 절박함을 잘 알고 있기에, 일대회전을 앞두고 지금 철저한 준비를 하고 있을 것이다.

총선 압승 위해 이이제이 전법 구사할 것

작금에 티에프팀은 자신들의 위상과 역할을 제고하기 위해 반대진영에 맞설 대대적인 홍보전과 조직대오 구축에 박차를 가하고 있다. 티에프팀이 직접 나서기보다는 이명박 후보시절 외곽조직인 '한반도대운하연구회'가 주축이 되어 일종의 국민 참여 운동방식을 이끌고 갈 어용조직 결성을 서두르고 있다. 그 이유는 오는 4.9총선에서 과반의석 아니 개헌선에 가까운 200석 내외의 의석을 확보하려는 이명박 정권이 반대진영의 직접적인 화살을 피하면서 선거전에서 이이제이(以夷制夷)를 위한 전국민적 세력 확대를 꾀할 수 있는 양수겸장의 전술이기 때문이다.

오는 2월 25일 이명박 정권이 출범하면 대통령 직속의 티에프팀을 확대개편하고, 총선이 끝나면 대운하를 구체적으로 추진하기 위한 '관련부처 합동회의체' 비슷한 것을 구성할 것이다. 국내외 투자자와 관련 회사들을 초청하여 각종 이벤트도 기획할 것이다. 대운하가 완공되면 국운이 융성하고 선진 강국으로 가는 기틀이 마련될 것이라는 대대적인 홍보전을 펼칠 것이다. 헛된 망령에 사로잡혀 국민을 선동하는 도가 갈수록 극심해질 것임은 불을 보듯 훤하다.

국민들은 찬성과 반대 진영의 누구 말이 맞는지 갈수록 헷갈릴 수밖에 없다. 전세가 역전되면 반대진영의 목소리는 '반대를 위한 반대'로 국민들에게 들릴 것이다. 바로 이때 여당 국회의원들에게 현행법을 묵살한 '한반도대운하특별법' 제정을 위한 동원명령이 하달될 것이다.

하지만 전망은 지극히 불투명할 수도 있다. 총선 결과가 뜻대로 나오지 않을 수도 있기 때문이다. 이럴 경우 지루한 공방전은 계속되고, 이로 인한 국력의 분산과 낭비, 나아가 심각한 국론분열로 대한민국호는 타이타닉호와 같은 무모한 항해를 계속할 것이다. 한나라당 정권이 망하는 것은 국가적 문제가 되지 않지만, 한반도 대운하 때문에 대한민국호가 풍전등화의 운명에 처할 수도 있다.

국민의 목소리 경청하는 큰 귀와 민주적 리더십 필요

이명박 당선인이 즐겨 읽었다고 자랑한 제임스 번스 교수의 저서, 『역사를 바꾸는 리더십』에서 교훈을 얻어야 한다. 역사를 그릇된 길이 아닌 올바른 길로 바꿀 수 있는 리더십의 본질이 무엇인가를 정확히 인식하길 바란다. 이 책에서 번스 교수가 역설한 바와 같이, 올바른 리더는 '시대와 국민이 무엇을 갈망하고 있는가를 정확히 들을 수 있는 큰 귀와 민주적 리더십'을 가져야 한다.

이명박 당선인과 한나라당은 히틀러의 절대적 카리스마와 그를 맹목적으로 칭송한 나치 일당이 독일 국민을 어떻게 조작했으며, 그것이 낳은 세계사적 대재앙이 무엇이었던가를 깊이 명심해야 한다. 히틀러와 그 추종자들이 무오류의 도그마에 빠졌듯이, 이명박 당선인과 그 추종자들도 '이명박 사전에 실패는 없다'는 맹목적인 '이명박 불패신화'의 포로가 된다면, 그릇된 카리스마로 국가적 재앙을 초래할 수도 있음을 깊이 인식해야 한다.

'꼭 해야 될 일'과 '꼭 해서는 안 될 일' 가릴 줄 알아야

지식정보사회에서 살아남기 위한 핵심적인 전략적 키워드는 '속도와 변화'이다. 생존전략의 핵심은 오류를 신속하게 인정하고 수정하는 유연성을 가진 리더십이다. 현대 경영학의 태두인 피터 드러커는 진화론의 창시자 찰스 다윈의 말을 인용하여 "진화의 역사에서 살아남은 것은 가장 강하고 거대한 생물이 아니라, 변화에 신속하게 적응한 생물이었다"고 역설했다.

속도와 변화의 지식정보시대에 한반도대운하와 같은 시대착오적인 낡은 수법에 계속 얽매인다면, 대한민국호는 거대한 세계사적 흐름에 여지없이 난파당할 운명에 처하게 될 것이다. 이제부터라도 이명박 정권은 국민과의 진솔한 소통과 교감을 통해, '꼭 해야 될 일' 과 '꼭 해서는 안 될 일' 을 정확히 인식하는 현명한 정부가 되어야 한다. 국민은 '한반도대운하' 공약을 그래서 더욱 주시하고 있다.

한반도대운하,
차라리 국민투표에 부쳐라

대한민국 헌법 제72조는 "대통령은 필요하다고 인정할 때는 외교·국방·통일 기타 국가안위에 관한 중요정책을 국민투표에 부칠 수 있다"고 규정하고 있고, 헌법 제35조 제1항은 "모든 국민은 건강하고 쾌적한 환경에서 생활할 권리를 가지며, 국가와 국민은 환경보전을 위하여 노력하여야 한다"라고 규정하고 있다.

헌법상의 책무 다 하고 있나?

대한민국 헌법 규정에 따라, 대한민국 국민은 이명박 대통령에게 건강하고 쾌적한 환경에서 생활할 수 있는 환경을 보전해야 할 헌법상의 의무를 다 할 것을 요구할 수 있다. 물론 국민도 환경보전의 의무를 준수할 헌법의 책무를 져야 한다.

한반도 대운하와 관련하여 이명박 정권이 보여준 작금의 언행은 경제 만능주의를 앞세워 엄중한 국민의 환경권과 환경보전의 책무를 다 하지 않겠다는 속내의 일부를 드러냈다. 실로 개탄스럽고 안타까울 따름이다. 이명박 대통령과 그를 보좌하여 국정을 이끌어가는 신임 내각의 총리와 주무 장관이 잇따라 헌법적 책무를 묵살하는 발언을 서슴지 않고 있음에, 이제 국민들은 모든 가능한 수단을 동원할 필요가 있음을 절감한다. 이명박 대통령 취임과 동시에 대통령과 새 내각의 각료들이 보여준 언행에서 그 연유를 찾을 수 있다.

이명박 대통령은 2008년 2월25일 취임사를 통해서 한반도 대운하 추진을 시사한 바 있으며, 한승수 국무총리와 정종환 국토해양부 장관도 인사 청문회와 각종 언론 인터뷰를 통해서 '한반도 대운하를 반드시 추진하겠다'는 결연한 의지를 밝힌 바 있다.

이명박 대통령이 서울시장 재직시 스스로 이름 붙인 '청계천 복원사업'은 많은 하자를 안고 있는 자신을 한나라당 대통령 후보가 될 수 있도록 결정적인 계기를 제공했고, 그 여세를 몰아 2007년 12월 대선에서는 압도적인 표차로 대통령에 당선되는 데 큰 기여를 했다. 그의 '청계천 복원' 업적을 평가한 뉴욕타임스는 최근 이명박 대통령에게 '환경영웅상'을 수여하기도 했다.

하지만 '환경영웅상'의 잉크가 채 마르기도 전에 이명박 정권은 청계천 복원과는 반대로 온 국토를 갈기갈기 찢어 파헤치는 대운하 프로젝트 추진에 시동을 걸고 있다. 그 추종자들만이 전자가 '살림의 정치'라면 후자가 '죽임의 정치'라는 사실을 모르고 있는 듯이 말이다. 참으로 답답할 노릇이다.

정권의 문제 떠난 국가의 안위에 관한 문제

이명박 정권의 어느 누구도 한반도 대운하 사업은 경제성·환경성·재난 가능성 등 모든 면에서 분명 헌법에서 규정하고 있는 바와 같이 '국가 안위에 관한 중요 정책'이라는 사실을 부정하지 못할 것이다.

한반도 대운하 사업은 '건강하고 쾌적한 환경에서 생활하고자 하는 국민의 환경권'을 심각하게 파괴할 수도 있음을 아무도 부정하지 못할 것이다. 한반도 대운하 사업은 '국가의 환경보전 책무'를 스스로 차버리는 행위이기 때문이다.

한반도 대운하는 일개 이명박 정권의 문제가 아니라, 국가와 국민 나아가 후손 모두의 안위와 직결되는 문제임을 어느 누구도 부정하지 못할 것이다. 그것은 우리 후손에게 온전한 국토를 물려줘야 할 현세대의 환경보전 책무와도 맞닿아 있기 때문이다. 따라서 한반도대운하 사업은 국민투표의 대상이 되고도 남는다.

나는 여러 차례 기고를 통해서 한반도 대운하를 추진하려면 특별법이 아닌 현행법의 테두리 내에서 모든 법적 절차를 밟아나갈 것을 촉구한 바 있다. 하지만 이명박 정권은 4월 9일 총선 승리의 여세를 몰아 6월에 출범할 제18대 국회 개원과 동시에 '한반도대운하특별법' 을 제정하여 임기 내에 준공까지 하겠다는 참으로 무모한 의도를 드러내고 말았다.

국운융성이라는 막연한 선동적 슬로건으로 국토의 보존과 국민의 안위를 이런 식으로 다루겠다는 것은 하책 중의 하책이다. 5천만 국민은 말할 것도 없고, 이 땅에 영원히 삶을 영위해나갈 후손들의 안위를 한낱 '실험실의 쥐' 처럼 다루겠다는 것인지 묻지 않을 수 없다.

민간 건설업체가 아닌 국민의 찬반 의사에 맡기길

이명박 대통령은 헌법이 규정한 대로 '한반도대운하 사업의 추진여부를 민간 건설업자들의 보고서에 의지하겠다' 는 무책임의 극치를 보이지 말고, 대한민국 헌법이 규정한 대로 국민투표에 부치는 방안을 강구하라.

가능하다면 오는 4월 총선에서 한반도대운하 사업에 대하여 별도의 투표용지를 통해 국민의사를 묻는 방안도 있다. 이제 이명박 정권도 출범했으니 이 문제를 심도 있게 검토할 수 있다고 본다. 4월 국회의원 총선 이후로 미룰 것이 아니라, 당당하게 이번 총선에서 국민의 찬반의사를 묻고, 그 결과를 바탕으로 사업 추진 여부를 결정하는 것이 국민에 대한 의당한 도리라고 본다.

이명박 정권과 한나라당은 한반도대운하 사업이 총선의 핫이슈로 부각되는 것을 달갑지 않게 생각할지도 모른다. 하지만 당당하게 국민의 의사를 묻는 방법이야말로 '항상 국민을 섬기겠다' 는 이명박 대통령의 말을 실천하는 최선의 방책이라고 본다. 이명박 대통령은 헌법이 부여한 '국민투표' 발의권을 행사하는 방안을 적극 검토하길 거듭 촉구한다.

누가 한반도대운하로
'제2의 MB' 가 되고자 하는가?

　　먼저, 한반도 대운하 사업을 찬성하는 측은 아래의 물음에 정직하게 답해주길 바란다. 답하기 전에, 반대하는 측의 주장이 나올 때마다, 그것에 대하여 말을 바꾸지 않아야 국민이 그 답을 신뢰할 수 있음을 명심해야 할 것이다. 왜냐하면 한나라당 대선후보 경선 때부터, 이명박 당선인을 비롯한 찬성측은 반대측의 문제 제기에 대한 답변을 수시로 바꿔왔기 때문이다.

대홍수 때, 다리 밑 어떻게 통과?

홍수가 나면 한반도 대운하를 오르내리는 배는 어떻게 지나갈 것인가? 예측을 불허한 대홍수가 나면 한강의 잠수교가 잠기고 수위는 더욱 올라간다. 상류 댐은 엄청난 물을 방류하기 시작한다. 낙동강을 비롯한 4대강에 있는 대부분 다리의 교각은 거의 홍수에 잠기게 된다. 이때 배는 어떻게 통과할까? 낙동강과 한강의 모든 다리를 과거 부산의 영도다리처럼 개폐식으로 개조해야 한단 말인가?

그러면 차는 또 어떻게 다리를 통과하나? 우리나라는 유럽과 달리 홍수가 6월부터 9월 사이에 집중하고, 기후변화의 심화로 대홍수가 갈수록 빈발하고, 그 강도가 심하기 때문에, 이런 문제는 결코 간과할 수 없다. 특히 기상예측이 갈수록 어려워지는 상황에서 4대강에 대형 컨테이너 운반선을 띄우게 되면 심각한 사고로 이어질 수 있다.

한반도 대운하를 빨리 만들자고 주장하는 측의 주장은 바지선이 통과할 수 없을 정도로 교각이 낮은 다리는 모두 열여섯 개 정도라고 한다. 이 다리를 개폐식으로 만들면 된다고 한다. 그렇다면 케이티엑스(KTX)를 비롯한 수많은 열차가 다니는 철교도 개폐식으로 만들 수 있을까? 배가 지나갈 때 열차는 서야만 한단 말인가? 홍수가 났을 경우 수위가 오를 경우 개폐식이 아닌 다리 밑은 어떻게 통과할 것인가? 심각한 문제가 한두 가지가 아니다.

강변여과방식, 유류 독성과 악취 제거 못해

유류 오염사고가 났을 경우 식수는 어떻게 할 것인가? 찬성하는 측은 낙동강 하류(아마 창원의 상수원수 취수방식을 말한 듯)는 이미 강변 여과수를 이용하고 있다고 주장한다. 그런데 유류오염 사고가 발생할 경우, 우리나라 강변의 사력층(대부분 지역 20미터 내외)을 통과한 여과수가 유류의 독성과 악취까지 흡수할 수 있는 것은 결코 아니다. 특히 나 강변여과수 방식에 의한 수량은 아무리 많이 개발해도 그 양이 턱없이 부족한 실정이다.

찬성측은 급기야 그 대안으로 한강의 경우 현재의 팔당호와 그 하류의 취수구를 북한강으로 옮기고, 낙동강의 경우 진주 남강을 비롯한 그 지류로 옮기면 된다는 주장을 펴기도 한다. 다른 엄청난 문제를 제쳐두고라도, 우선 천문학적인 돈과 수량을 고려하지 않은 참으로 한심한 발상에 지나지 않다.

배가 다니면 수질이 개선된다고 한다. 그렇다면 항구마다 떠다니는 기름띠는 무엇이란 말인가? 배가 많이 다니는 항구에서 배의 운항으로 수질이 개선되었다는 사례는 눈을 씻고 보아도 없다. 오히려 유럽의 운하를 답사하고 돌아온 어느 전문가의 말은 강물의 기름띠를 육안으로도 볼 수 있었다고 말한다. 찬성하는 측은 이것을 어떻게 설명할 것인가? 참으로 안타까울 뿐이다.

제2의 청계천 효과를 노리는 사람들

심각한 개인적 하자와 온갖 비리 의혹에도 불구하고, 이명박 대통령 당선인이 2007년 8월 한나라당 후보가 될 수 있었던 가장 큰 이유는 자신들이 명명한 '청계천 복원사업' 덕이었다는 것은 누구도 부인하지 못할 것이다. 그래서일까.

어느 최고 실세 정치인 가운데 한 사람이 이를 이명박 대통령 5년 임기 내에 완공하여 '제2의 이명박'이 되겠다는 꿈을 꾸고 있지는 않을까. 나아가 일단 공사를 시작해놓으면 향후 다가올 모든 선거전의 이슈 파이팅에서 주도권을 장악할 수 있다고 생각하고 있지 않을까. 더 나아가 일단 공사를 벌려놓으면, 그것의 마무리를 위해서라도 자신이 대통령이 되어야 한다는 정치적 계산을 하고 있지 않을까. 4대강을 정권재창출의 제물로 삼아보겠다는 저의에 연민의 정마저 갖게 한다. 참으로 걱정이 앞선다.

자연과 문화재를 정권재창출의 제물로 삼지 말길

필자는 이상의 모든 것이 진심이 아니길 바란다. 정치적 야심의 발로가 아니라, 찬성측이 주장한 대로 '국운의 융성을 위한 애국심의 발로'라는 진정성을 입증하는 유일한 방법은 현행 관련법을 묵살하고 공사를 1년 내에 착수하기 위한 '한반도대운하특별법'을 제정하겠다는 무모한 기도를 포기하는 것이다. 현행법에 따라 행정계획 확정 이전에 반드시 거쳐야 하는 '사전 환경성과 경제성 검증'부터 하겠다는 것을 국민 앞에 천명해야 한다.

환경성뿐만 아니라, 국가의 사활이 걸린 사업의 중대성에 비추어, 경제성·생태계 교란과 대홍수를 포함한 모든 재난 가능성 등 종합적인 검증사업부터 시작하길 바란다. 검증사업 자체를 이해 당사자인 대형 건설업체들에게 맡겨서는 결코 안 될 것이다. 국민의 신뢰를 받기 위해서는 찬성하는 측과 반대하는 측의 경제·환경(수질·생태·대기 등)·토목·문화재 등 국내외의 각계 전문가들이 참여하는 기구를 구성해야 한다.

이명박 정권이 후대에 천추의 한을 남기지 않는 것은 이 길뿐이라는 사실을 깊이 명심해야 한다. 국민으로부터 지구촌 시대 모든 인류의 소중한 자산인 '자연과 문화재를 정권재창출의 제물로 삼으려 한다'는 국민적 의구심을 불식시켜야 한다. 이 길만이 우리 모두가 사는 길이다.

곽승준 청와대
국정기획수석에게 묻는다

　2008년 4월 16일 청와대가 "이명박 후보의 대선 공약 제1호인 한반도 대운하 건설을 연내에 추진하지 않겠다"는 입장을 정리했다는 보도를 접했다. 그 보도에는 "관련 총괄업무도 청와대가 아닌 한나라당이 맡도록 하는 방침을 확정했다"는 내용도 있다. 여권의 고위 관계자는 "대운하 사업을 완전히 포기한 것은 아니며, 경제 살리기 등 시급한 과제들을 먼저 추진한 뒤 국민들과 국회를 설득해 추진하기로 했다"는 말도 전했다.

　곽 수석께서는 대학에서 경제학을 강의한 교수답게 이명박 대통령 후보 시절부터 한반도 대운하의 경제성을 자세히 역설해 왔다. 이재오 의원과 함께 '한반도대운하연구회'의 핵심 요원으로 새정부 출범 전에 대통령직인수위에서 한반도 대운하를 국정 최우선 추진 과제로 선정한 장본인으로 알려져 있다. 이에 이번 결정과 관련, 곽 수석께서는 가장 핵심적인 위치에 있을 것으로 확신하기에 다음과 같이 묻고자 한다.

대선 공약 1호를 국정 최우선 추진 과제에서 뺀 이유?

청와대가 "연내에는 대운하 사업을 추진하지 않고, 추진 주체도 한나라당으로 바꾸겠다"는 요지의 입장을 밝힌 이유가 무엇인가? 왜 갑자기 국정 최우선 추진 과제에서 한반도 대운하 문제를 제외한 건가?

아니라면 금년에는 특별법 제정이 불가능하기 때문에 여당이 중심이 되어 대대적인 홍보전을 전개해 국민의 반대 여론을 역전시켜 내년에 특별법을 제정해 다시 본격적으로 추진하겠다는 건가? 그것도 아니라면 잘못된 공약임을 자성해 한반도 대운하 사업에서 발을 완전히 뺐겠다는 것인가? 대통령 해외 순방 중에 대선 공약 1호인 한반도 대운하 추진 계획을 연기하고, 추진 주체를 당으로 바꿀 특별한 이유라도 생긴 것인가?

최근 시판되기 시작한 『한반도 대운하 희망 스토리』라는 책에 실린 곽 수석의 '모두가 함께 누리는 물길 경제'라는 글을 잘 읽었다. 곽 수석께서 대운하의 경제적 효과를 역설한 내용과 관련하여 몇 가지 의문이 들어 공개 질의를 하고자 한다.

외국의 운하 유람선이 파리만 날리는 이유?

첫째, 곽 수석께서는 "대운하가 건설되면 주변의 친수 환경이 마련되고 관광 및 레저 시설이 주변에 들어서면 유람선을 통해 관광객을 끌어들여 지역 경제 활성화에 이바지할 것이다"고 했다.

그런데 왜 미국이나 유럽에서 대부분 운하 유람선이 출발 초기와 달리 현재는 파리만 날리고 있다고 보는가? 왜 지역경제 활성화는 안 되고 사람들이 항구를 떠나고 있다고 보는가? 우리나라만 유람선이 만원사례라도 붙이고 운행할 특별한 이유라도 있다고 보는가?

세계적인 습지보전 연구의 석학인 오하이오 주립대의 윌리엄 미치 교수는 "미국 플로리다 키미시강 운하가 무용지물이 되어 복원에 100배 이상의 돈을 투입하기 시작했다"면서, "인공 운하보다 자연형 하천이 더 관광효과가 있다"고 주장했는데, 이에 곽 수석은 어떤 견해를 갖고 있는가?

물류비 계산을 잘못한 것?

둘째, 곽 수석께서는 "바지선을 통해 지속적이고도 안정적인 운송을 통해 화물차 운송비보다 3분의 1의 비용으로 획기적인 물류비를 절감할 수 있어 기업의 경쟁력을 높일 수 있다"고 역설했다. 그러면서 속도는 물류에서 중요한 요소가 아니라고도 했다.

그러나 반대론자들은 대구-부산간 제2의 철도가 완공되면 가장 환경 친화적이면서도 저렴한 비용으로 부산항 컨테이너 부두까지 신속·정확하게 화물을 운송할 수 있기 때문에 대운하와 바지선은 무용지물이 될 것이라고 주장하고 있다. 이에 대한 견해는 무엇인가? 만일 화물 운송에서 속도가 문제될 게 없다면 왜 비싼 비행기를 이용하고 있다고 보는가? 곽 수석께서는 우리가 중세 암흑기에 살고 있기라도 한다는 말인가?

삼면이 바다인 우리나라는 화물차와 열차 그리고 해운과 항공을 적절히 조합하여 이용하면 대운하는 아무 필요가 없다. 바지선에 화물을 싣고 산을 넘고 강을 건너 540km나 되는 경부대운하를 따라 화물을 운송할 필요가 없다고 보는데 어떻게 생각하는가?

모든 것을 양보해도, 운송비 3분의 1에는 동의할 수 없다. 그 이유는 열차와 인천항·평택항의 해운은 제쳐놓고 왜 화물차에만 비유했는가? 또한 물류비 계산은 생산지에서 출하, 선착장까지 이동, 선적, 하역을 포함하여 운송 지체시간 및 보관비 등을 종합적으로 고려해야 하는데, 이 모든 것을 생략하고 단순 거리만 계산한 것은 엉터리가 아닌가?

내륙개발 부진은 운하가 없어서?

셋째, 곽 수석께서는 "내륙개발이 활성화되어 지역균형발전의 초석이 될 것이다"고 역설했다. 하지만 과연 운하가 없어서 내륙개발이 활성화되지 않았다고 보는가? 경제학자라면, 가장 큰 문제는 자본과 기술 그리고 인력이라는 3대 요소를 효율적으로 배분하지 못한 결과라는 것을 잘 알고 있을 것이다.

기업도시와 혁신도시 사업이 지지부진한 이유도 바로 여기에 있다고 보는데, 여전히 운하가 없어서 그렇다고 보는가? 국토의 동서남북간 교통망도 이제 비교적 잘 갖춰져 있다. 운하가 없어서 내륙 발전이 안 된 것처럼 주장하는 것은 경제학자답지 못한 것이다.

비용–편익 분석은 엄청 뻥튀기 된 것?

넷째, 곽 수석께서는 "우리나라 교통 혼잡 비용은 23조 7,000억 원에 달할 것이며, 14조~17조원이 소요되는 경부대운하로 막대한 편익이 발생할 것이다. 운하 건설로 인한 부가가치 약 6조2,000억 원, 타 부문 부가가치 약 5조5,000억 원 등 총 11조7,000억 원의 부가가치도 발생한다"고 주장했다.

일찍이 귀하가 몸담고 있는 대운하연구회는 비용에 대한 편익이 2.3배에 이른다는 주장도 내놓은 바 있다. 이를 그대로 믿는 전문가는 거의 없을 것이다. 관동대 토목공학 전공인 박창근 교수는 건설비만도 40조원이 넘을 것이라는 주장을 펴고 있다. 솔직히 곽 수석의 비용편익 분석은 뻥튀기가 너무 심한 것 아닌가? 또한 환경파괴 비용, 수질오염으로 인한 식수대란 등 각종 비용은 포함도 하지 않은 것 아닌가?

환경친화형 운하 어디에?

다섯째, 귀하와 함께 한반도대운하TF에 몸담고 있는 이화여대 박석순 교수는 "대운하 사업은 배 스크류 회전으로 수질이 개선되고, 주운 수로 수심 확보를 위한 19개의 댐이 건설되어 10억 톤의 수량 확보와 수질 개선 및 홍수 조절, 골재 채취를 위한 하상을 순설하면 수질이 개선

될 것"이란 주장을 펴고 있는데, 이에 동의하는가?

곽 수석께서 "운하건설로 골재를 채취하면 산과 바다 골재 채취를 줄일 수 있다. 바다 골재 채취를 위한 준설로 해양생태계 파괴는 물론 연안침식과 해저 지형의 변화 등으로 경기 지역의 경우 꽃게와 까나리, 저어성 어류가 보금자리를 잃었고, 전남지역의 경우 역시 자연산 해초, 꽃게, 바지락 등의 어획량이 감소하고, 연안침식 현상이 심각하게 나타난 바 있다"고 주장했다.

나는 이런 현상이 4대강에서도 똑같이 발생할 것이라고 본다. 특히 수심 9m 정도를 확보하려면 암반층을 수중 폭파해야 하는데, 이때 지하수맥이 터지면 인근 지역의 지반침하와 습지파괴가 불가피하다. 이렇게 될 경우 주변 지역은 거주가 불가능한 지역으로 전락할 우려가 있다. 실제로 현재는 복원 작업 중에 있는 미국 플로리다 키미시강 운하에서 매년 2.5cm 침하가 일어나 거주지와 습지가 파괴된 일이 발생했다고 한다.

곽 수석께서 역설하는 내용에 대한 의문이 꼬리를 물어서 물어볼 것이 너무나 많다. 하지만 이만 접으면서, 모름지기 성공한 대통령을 만들고자 한다면, 역사에 길이 남을 '정관의 치'를 이룬 당 태종의 이 말을 잊지 마시길 바란다.

"천하는 한 사람의 천하가 아니라 만인의 천하다. 백성은 물이요, 황제는 배다. 물은 배를 띄울 수도 있지만 전복시킬 수도 있다."

한반도 대운하 추진
굿판을 당장 멈춰라

　2008년 4.9총선 결과 한나라당이 과반 의석에서 세 석이 많은 153석을 차지했다. 하지만 한반도 대운하 전도사이자 추진 선봉장인 이재오 의원을 비롯한 박승환 · 윤건영 의원 등 이른바 '대운하 3총사'는 모두 낙선의 고배를 마셨다. 한반도 대운하에 반대하는 민심이 파도가 얼마나 무서운가를 여실이 보여준 교훈적 사건이다.

국민 대다수가 반대하는 일에 집착하는 이유?

　4.9총선에서 당선된 예비 국회의원들을 상대로 실시한 여론조사 결

과, '대운하를 조기에 추진해야 한다'는 의견은 10%에도 못 미쳤다. 선거전에서 민심의 무서움을 스스로 체득한 결과가 아닌가.

일반 국민을 상대로 한 여론조사에서도 대운하 반대는 이제 거역할 수 없는 대세를 이루어가고 있다. SBS와 중앙일보가 실시한 4월 10~11일 한반도 대운하 관련 여론조사 결과, '재검토 혹은 중단해야 한다'가 62.3%이고, '여론수렴 후 신중하게 추진해야 한다'는 32.4%에 이르렀다. 이와 별도로 같은 모집단을 상대로 한반도 대운하 찬반을 물어본 결과 반대 의견이 지난해 12월 대선 직후 45.6%에서 57.9%(3월), 66.6%(4월)로 계속 높아지고 있다.

경제성 전무, 환경적 대재앙 몰고 올 일에 집착하는 이유?

경제성도 전무하고 환경적 대재앙을 몰고 올 백해무익한 한반도 대운하 공약은 이쯤에서 전면 백지화하는 것이 마땅하지 않은가? 이 길만이 국론 분열을 막고, 보다 시급한 민생 경제를 살릴 수 있는 상책임을 깊이 명심해야 한다. 모름지기 '경제 하나는 살려보라'는 국민의 지상명령을 받들겠다면, 이명박 정권은 한정된 재화를 가장 효율적으로 배분하고 관리하는 일에 전념해야 한다. 대운하 사업으로 일시적인 고용은 창출될지 모르지만, 재화 배분의 엄청난 왜곡으로 경제성장의 기회요소를 박탈할 수도 있다. 게다가 더욱 불행한 일은 생태 환경적 대재앙과 재난가능성을 높일 게 불을 보듯 훤하다는 점이다.

4월 16일 청와대가 대선공약 제1호인 "한반도 대운하 건설을 연내에 추진하지 않겠다"는 입장을 정리하고, 대운하 관련 총괄업무도 청와대가 아닌 한나라당이 맡도록 하는 방침을 확정했다. 여권의 고위 관계자는 "대운하 사업을 완전히 포기한 것은 아니며, 경제 살리기 등 시급한 과제들을 먼저 추진한 뒤 국민들과 국회를 설득해 추진하기로 했다"고 말했다. 이것은 대대적인 홍보전을 감행해서 국민의 여론을 뒤집어보겠다는 속내를 드러낸 것에 불과하다. 한마디로 여론 반전을 위한 시간 벌기 전술에 불과한 것이다. 청계천처럼 4대강을 정권재창출의 제물로 삼겠다는 것인가? 하지만 청계천은 '살림의 정치'라면 대운하는 '죽임의 정치'임을 알아야 한다.

당장 대운하 전면 백지화해야 한다

민심을 거역해보겠다는 무모한 정권의 오만과 독선을 당장 걷어치우기 바란다. 당장 '한반도 대운하 티에프팀'을 해체하고, 차출한 각 부처와 국책연구기관의 실무자들을 원대 복귀시켜라. 국민 세금으로 대대적인 홍보전을 감행하겠다는 무모한 계획들을 당장 철회하라. 이미 한반도 대운하는 선거와 여론조사 등을 통해 국민적 심판이 내려졌기에 이제는 국민투표에 부칠 일도 못된다. 이제 결론은 너무나도 자명하다. 당장 한반도 대운하 공약이 잘못되었음을 솔직히 시인하고, 대운하 관련 모든 사업계획을 전면 백지화할 것을 강력히 촉구한다.

아직도 MB 측근들은 이른바 '이명박 신화'에 함몰되어 있는 듯하다. 그들은 'MB 사전에 불가능은 없다'는 'MB 불패신화론'을 탐닉하는 오류를 범하고 있는 듯하다. 그들은 인류 역사에서 이처럼 어리석음의 노예가 되어 지도자와 국민을 어떻게 불행하게 만들었는가를 되돌아보아야 한다. 이명박 대통령이 대선 후보 경선 시절 즐겨 읽었다는 책『역사를 바꾸는 리더십』이 깨우쳐주고자 했던 것이 무엇인가를 제대로 알아야 한다. 성공한 지도자가 되려면 민심과 천심을 들을 수 있는 큰 귀를 가지라는 것이다.

대운하는 절망과 통곡의 물길이다

모름지기 정치 지도자는 역사에 길이 남을 정관의 치세를 이룬 중국의 당 태종이 한 말을 잊지 말아야 한다. 그는 "천하는 한 사람의 천하가 아니라 만인의 천하다"라면서 "백성은 물이요, 황제는 배다. 물은 배를 띄우기도 하지만 전복시킬 수도 있다"고 했다. 민심과 천심을 두려워하는 현군으로서 가져야 할 위민과 애민의 정신을 함축한 명언으로, 위정자들이 항상 되새겨야 할 경구다.

MB측근들은 '한반도 대운하는 희망의 물길이다'라고 주창한다. 하지만 '한반도 대운하는 절망과 통곡의 물길이 될 것이다'라는 국민 대다수의 목소리를 들어야 한다. 국민의 외침을 들을 수 있는 큰 귀를 갖지 못하면 이명박 대통령 자신은 물론 민족의 미래마저 전복시킬 수도 있음을 깊이 명심해야 한다. 이명박 정권은 한반도 대운하 추진 계획을 당장 백지화하고, 이 땅의 서민과 무너져가는 중산층을 살리는 일에 주력하라.

시대착오적인 'MB식 운하' 필요 없어

　이명박 대통령 방미 중에 청와대는 "대운하 관련 총괄 업무를 한나라당으로 이전하겠다"면서 "올해는 규제 혁파와 경제 살리기에 주력하겠다"는 요지를 발표한 바 있다.

　한나라당 내 국회의원 당선자들 가운데 대운하 반대론자들이 만만치 않은 수가 버티고 있는데, 이른바 '이명박 대선공약 제1호' 추진 업무를 당으로 이전하겠다는 사실에 국민들은 갈수록 어리둥절해 하고 있다. 한 걸음 더 나아가 청와대는 어제 외국 순방에서 귀국한 대통령에게 올해 193개 우선 추진 국정 과제를 보고하면서, 대운하 사업을 완전히 빼버렸다.

이에 일부 언론은 "대운하 사업에서 청와대가 완전히 발을 빼기 위한 명분을 축적하는 과정이 아닌가"라는 해석을 내놓기도 했다. 하지만 청와대는 대변인을 통해 "대운하 사업은 현재 '한다, 안한다'는 결론이 난 것이 아니다"면서 "전문가들의 의견을 취합하여 최종 결론을 내겠다"는 입장을 밝혔다.

대운하는 경선 및 대선용 혹세무민

북한(1,000km)을 포함하여 총연장 약 3,000km에 달하는 한반도 대운하는 처음부터 추진 자체가 불가능한 것으로서, 오늘날 청와대가 보여준 행태는 대운하가 '혹세무민을 위한 당내 경선 및 대선용'임을 자복한 것이나 다름없다. 일시적으로 국민을 속일 수는 있어도 영원히 속일 수는 없다는 진리를 여지없이 확인시켜주고 있다. 만일 자연의 순리를 거역하면 국민적 저항에 직면할 것임을 인식한 듯하다.

그런데 더욱 웃기는 것은 대운하 대신 소운하 쪽으로 방향으로 틀어가고 있다는 사실이다. 대운하 반대는 이제 거역할 수 없는 국민적 대세가 형성되었음을 의식하여, 낙동강은 부산에서 대구까지, 영산강은 목포에서 광주까지, 금강은 군산에서 대전까지 각각의 소운하를 먼저 건설하겠다는 속셈을 내보였다는 점이다. 일단 소운하를 먼저 건설한 연후에 국민 여론을 살피면서 대운하 건설로 연계하겠다는 속내를 드러냈다고 본다.

MB 측근들은 여전히 '청계천 효과'의 미몽에 사로잡혀 있다. 소운하를 만들어 정권을 재창출하고, 그런 연후에 대운하를 만들어보겠다는 정략적 구상을 하고 있음을 자인한 셈이다.

우리 국민은 국토를 정권 재창출의 제물로 삼겠다는 헛된 망령이 한반도를 배회하는 한, 이 땅의 금수강산도 절단 내고 경제도 망칠 수 있음을 알아야 한다. 다시는 헛된 공약에 속아서는 안 된다. 때문에 우리는 온 몸으로 소운하 추진도 막아내야 한다.

시대착오적인 'MB식 운하' 필요 없어

이명박 정권은 대운하 사업을 당장 백지화하고 '경제 좀 살려보라'는 국민적 명령을 잘 섬기길 바란다. 특히나 대운하로 가는 징검다리로 소운하를 먼저 추진하겠다는 정략적 발상을 당장 버리길 바란다. 이명박 정권은 운하에 투입할 시간과 정력과 재화가 있다면, 서민과 중산층을 살려내는 일에 매진하길 바란다.

MB측근들은 삼면이 바다에다가 표고차가 심한 지형적 특성과 우기가 3개월 정도에 집중된 기상 특징상 한반도에는 'MB식 운하'가 절대 필요하지 않다는 점을 깊이 통찰하길 바란다. 19세기와 20세기 전반기의 유물인 대운하를 21세기에 도입하려는 것 자체가 엄청난 시대착오적 사업이라는 점을 깨닫길 바란다.

대운하든 소운하든 당장 전면 백지화하라. 그 길만이 국론 분열과 시간 및 혈세 낭비를 막을 수 있다. 이제 국민이 직접 나서야 할 때이다.

4대강 토목사업,
전면 재검토해야 할 6가지 이유

2009년 4월 27일 모습을 드러낸 정부의 '4대강 살리기 사업' 계획을 보니 참으로 어처구니가 없다. 말은 '4대강 살리기' 사업이라고 분칠을 하고 있지만, 사실은 '4대강 개조사업'이다. 애당초 '한반도 대운하'가 '4대강 정비사업'으로 바뀌고, 이제 '4대강 살리기 사업'으로 또 다른 탈을 쓰고 나타난 것을 보니, 한마디로 아연실색(啞然失色)할 뿐이다. 지금 이대로 가면 4대강 '살리기'가 아니라 '죽이기'나 다름없다는 생각이 든다. 왜 그럴까?

4대강 토목사업, 수질 오히려 악화 시켜

첫째, 정부가 환경 관련법을 철저히 묵살하겠다는 의도를 백일하에 드러냈다. 단군이래 최대 토목사업을 추진하면서, 단 4개월 만에 환경영향평가와 주민 공람 및 의견수렴을 마치고, 오는 9월에 착공하겠다고 했다. 법적으로는 정확한 사업계획을 갖고 최소한 4계절 환경영향평가를 해야 하고, 주민 공람과 의견수렴을 위한 공청회, 관계기관 협의 및 보완을 해야 한다. 스스로 국토를 개조하는 사업 운운하면서, 군사작전식으로 공사를 감행하겠다는 진짜 의도가 과연 무엇인가?

둘째, 4대강 살리기 사업의 가장 중요한 일은 무엇보다 '양질의 물'을 확보하는 것이다. 썩은 물을 수십억 톤 확보한들 무슨 소용이 있겠는가. 하지만 일단 강을 살리겠다면 '4대강 살리기추진본부'의 본부장을 환경부 인사가 맡아야 한다. 그러나 국토해양부가 맡고 있는 것부터 소가 웃을 일이다. 더욱 웃기는 것은 환경부가 7억6천만 톤의 물을 가둘 16개의 보(洑)를 만든다는 사실을 2009년 4월 27일에야 통보받았다는 것이다. 정부조직법상 강을 죽이느냐, 살리느냐하는 수질을 책임지는 부서가 환경부인데도, 환경부를 철저히 배제한 이유가 과연 무엇인가?

셋째, 수질을 보장할 수 없다는 것이다. 환경부와 국토해양부 사이에 수질을 담보할 수 있는가에 대한 전망도 크게 엇갈리고 있다. 환경부의 한 관계자는 "낙동강의 경우 하천 바닥의 경사가 완만한데다가 보(洑)가 8개나 들어설 경우, 각종 유해물질이 바닥에 가라앉으면서 심각한 수질 악화를 초래할 것"이라고 말하고 있다.

전체 준설량(5억4천만 m³)의 80%인 4억2천만 m³(폭 200m와 깊이 4.2m로 총 500km를 파내는 양임)를 파내면 낙동강의 수질은 돌이킬 수 없는 최악의 상황을 맞을 수도 있다. 국립환경과학원의 수질 예측 시뮬레이션 결과, 4대강의 수질은 오히려 악화되는 것으로 나왔다. 그럼에도 불구하고 '4대강 개조사업'을 조기에 감행하는 이유는 무엇인가? 게다가 각종 오염물질덩어리인 준설토는 어찌할 것인가?

거꾸로 가는 수질개선 대책

넷째, 본류를 살리기 위해서는 지천과 샛강을 먼저 살려야 하는데, 이를 위한 대책과 예산확보 방안이 없다는 사실이다. 4대강 토목사업은 2010년부터 2012년까지 약 22조 2천 억원의 천문학적인 돈을 투입하는 것으로 설계되었다. 경부고속전철 사업을 비롯한 여러 국책사업에서 보았듯이, 앞으로 잦은 설계변경으로 이보다 몇 배나 더 많은 예산이 투입될 수도 있다.

4대강 살리기가 아니라는 것은 수질대책과 예산에서도 자명하다. 환경부가 내놓은 수질개선 대책이란 것은 기존의 정책을 되풀이하는 것 말고는 아무 것도 없다. 4대강 토목사업은 '윗물이 맑아야 아랫물이 맑다'는 자연의 순리를 거역하는 것에 다름 아니다.

다섯째, 물 부족과 물난리를 동시에 해결할 수 있다고 주장했는데, 그 효과가 대단히 의심스럽다. 2011년 8억 톤, 2016년 10억 톤의 물이 부족하다는 주장도 엉터리 통계를 근거로 했다. 정부의 지하수 사용량 통계가 연간 37억 톤이라고 하지만, 몇몇 지자체의 실제 사용량을 조사한 결과, 통계의 절반에도 미치지 못한다는 결과도 있다.

또한 생활용수와 농업용수로 사용하겠다는 시화호가 썩어버리자, 단한마디 사과도 없이 슬그머니 해수호로 정책을 되돌린 것처럼, 강물이 썩어버리면 물 부족에 대비한다는 것도 공염불에 그치고 만다.

홍수량 조절도 강물을 비워놓는다면 몰라도, 2002년 8월 5조5천억 원의 재산피해와 180여 명의 인명피해를 앗아간 태풍 '루사' 때처럼 2~3일 사이에 집중적으로 비가 쏟아질 경우, 일시에 밀려오는 첨두유량을 조절하는 효과는 별로 없을 것으로 보인다. 그럼에도 16개 보(洑)의 총 저수량 7억6천만 톤보다 더 많은 8억9천만 톤의 홍수조절능력을 갖게 된다고 주장하는 근거는 무엇인가?

TV 화면에 자극적인 홍수사태를 보여주니, 국민들은 강둑을 높이고 보(洑)나 댐을 건설하는 것이 최선이라고 생각할지 모르나, 이것은 문제 해결의 본질을 호도하는 것이다.

먼저 소운하 추진하려는 저의 드러나

서울시가 시정개발연구원에 용역을 주어 2002년도에 나온 『서울시 상습 침수지역 관리 시스템 구축 방안』이라는 보고서에 의하면, 서울시의 도시 홍수 및 침수 피해의 90%는 내수, 즉 하수관 통수 능력 부족, 역류, 노면수(路面水) 침입 등의 피해가 90%라고 주장하고 있다.

또한 동 보고서는 한강 수위 상승 등에 의한 외수 피해는 10%가 안 된다고 주장한다.

　홍수 피해를 줄이기 위해 가장 먼저 할 일은 불투수층(서울시의 경우 전체 면적의 84%)의 확대로 빗물의 일시적 유입에 따른 첨두유량을 줄이기 위한 시설을 대폭 보강해야 한다.

　즉 빗물이용 시설과 도심 곳곳의 저류 및 지하 침투시설 설치에 이번 예산의 5% 만이라도 투자한다면 홍수 피해를 대폭 줄일 수 있을 것이다. 물은 하늘과 지표와 지하를 순환하는 물질로서, 이를 통합적으로 관리하는 일이 물 부족과 홍수 예방에 최선이라는 사실을 MB정권은 정녕 모른다는 말인가?

　여섯째, 이번에도 MB정권은 우선 소운하로 가다가 대운하로 방향을 틀기 위한 위장전술이라는 일각의 주장을 해소해주지 못하고 있다. 지금 사업 계획대로라면 사실상 소운하를 만들겠다는 것이다. 이것은 조금만 사업계획을 변경하거나 보강하면 대운하로 직행할 수도 있다는 것을 보여준다. 현재 상황에서 국민적 의구심을 씻어낼 수 있는 길은 대통령이 직접 운하 포기를 국민 앞에 천명하는 길뿐이다.

4대강 토목사업, 환경재앙 초래

　홍수를 예방하고, 물 부족에 대비하고, 친환경 복합 레저공간을 만들겠다는 웅장한 국가적 사업을 반대할 사람은 아무도 없다. 하지만 예견될 수 있는 환경적 재앙을 주도면밀하게 살피지 않는 MB정권의 '4대강 토목사업'은 천추의 한을 남길 수도 있음을 명심해야 한다.

지금처럼 군사작전 하듯이 무식하게 밀어붙이면 '4대강 살리기 사업'은 '4대강 죽이기 사업'으로 전락할 가능성이 농후하다. 이번에 발표한 '4대강 개조사업'은 자연의 복원능력을 무시하고 넘어서는 안 될 폭발 직전의 임계점을 넘어버리겠다는 인간들의 자연에 대한 무례와 오만의 극치를 보여주고 있다.

MB정권의 발원지는 청계천이다. 이제 그들은 4대강을 놓고 또 다른 권력 게임을 시작하려고 한다. 이른바 '청계천 효과'에 이어 '4대강의 대박'을 꿈꾸고 있는지도 모른다. 4대강 공사 로드맵이 2012년 총선과 대선에 맞춰져 있다는 점이 이런 의구심을 더욱 짙게 한다. 4대강에 유람선이 떠다니는 모습을 보여주고, 내친김에 한반도 대운하까지 추진함으로써 정권의 재창출을 노리는 책략의 일환이라는 의구심을 들게 한다. 제2의 MB가 되어보겠다는 군상들은 이제 4대강 개조라는 무모한 도박장을 펼치려고 한다. 하지만 이것은 스스로를 죽이는 부메랑이 될 수도 있다. 우리를 더욱 슬프게 하는 것은 대자연의 순리를 거슬러 이 땅에 살고 있는 모든 생명체를 죽이는 강력한 변종 바이러스를 만들어 낼 수도 있다는 것이다.

이제 우리와 우리의 후세들은 진정 누구를 믿고 살아나가야 하나. 이제 우리는 무엇을 해야 하나. 민의의 전당이라는 대한민국 국회는 이 문제를 놓고 지금 무엇을 하고 있는가?

09

● 오마이뉴스, 2009.6.11

4대강 삽질 당장 멈추고,
신성장동력에 국력 집중하라

처음에는 3,000km에 달하는 '한반도대운하'를 만든다고 했다가, 어느 순간에 '4대강 정비사업'으로 바뀌더니, 어느 날 갑자기 '4대강 살리기'라는 이름을 쓰고 나타났다. 이런 일련의 이름 바꾸기는 혹세무민의 극치에 다름 아니다. 여기에 무비판적으로 편승한 찬성론자들의 자연에 대한 오만과 무례는 임계점을 넘어섰다. 왜 그럴까?

4대강 마스터플랜은 혹세무민의 극치

첫째, 이명박 대통령은 후보 시절 "한반도 대운하는 돈 한 푼 안들이

145

고 민자로 건설할 수 있다"고 호언장담했다. 주요 근거의 하나로 강바닥의 골재 판매권을 참여 기업에게 주면 가능하다고 했다. 그렇다면 이번에 발표한 22조2천억 원짜리 『4대강 마스터플랜』에서 적시한 대로 5억7천만m³의 준설토사 판매권을 참여 기업들에게 주면, 현 정권이 하고자 하는 4대강 초대형 토목사업을 국민 혈세 한 푼 안들이고 건설할 수도 있지 않겠는가?

아니, 현 정권이 이번 사업은 대운하 건설이 아니라고 주장하니, 공사비가 더욱 줄어들어 준설토사를 팔면 오히려 남는 장사가 아닌가? 그런데 왜 이명박 정권은 발표할 때마다, 천문학적으로 증가한 국민 혈세인 국가 재정만을 투입하겠다고 말하고 있는가?

둘째, 왜 비밀 군사작전 하듯이 밀실에서 마스터플랜을 만들고, 왜 단군 이래 최대 토목사업을 전광석화처럼 해치우려고 작정하는가? 환경영향평가와 관계기관 협의, 주민공람과 공청회, 환경영향평가의 수정과 보완 등을 규정한 관련법의 절차만 지켜도 최소한 1년 6개월은 걸릴 것이다. 그럼에도 이런 절차를 철저히 묵살하겠다는 것은 정녕 무엇 때문인가?

2011년 말까지 본 사업(16조9천억 원)을 완료하고, 2012년 말까지 연계사업(5조3천억 원)을 끝내겠다는 진짜 이유는 무엇인가? 그것은 2012년 4월 총선과 12월 대선을 겨냥한 또 다른 '청계천 효과'를 4대강에서 극대화하겠다는 고도의 정략적 산물이 아닌가? 그렇지 않고서야 어찌 생명의 강을 죽일 수도 있고, 천추의 한을 남길 수도 있는 단군 이래 최대 토목공사를 정권 임기 안에 끝내겠다고 하는가. 그 의도가 무엇인가? 어떻게 정략적 산물이 아니라고 설명할 수 있는가?

돌이킬 수 없는 생태적 대재앙 초래

셋째, 배를 띄우지 않겠다면서 5억7천만m³의 4대강 본류 강바닥을 파헤치고, 16개의 보를 만들겠다고 하는지 도저히 이해할 수 없다. 특히 낙동강의 경우 길이 500km, 너비 200m, 깊이 4.2m에 달하는 엄청난 양(4억2천만m³)의 토사를 파내겠다고 하는데, 이는 배를 띄우기 위한 의도가 아니고 무엇인가? 강 본류의 자연적인 순환과 역동적 흐름을 인위적으로 차단하면 돌이킬 수 없는 생태적 재앙과 오염을 초래할 수 있다는 전문가들의 지적을 묵살하면서, 이렇게 많은 보를 본류에 설치하겠다는 진짜 의도는 무엇인가? 그것은 바로 소운하를 만들어 배를 띄우겠다는 의도를 드러낸 것에 다름 아니다.

넷째, 천문학적인 양의 토사 준설과 16개에 달하는 보는 엄청난 2차 환경 오염문제를 야기할 것이다. 오염물질로 범벅된 5억7천만m³의 준설토사의 처리는 또 어떻게 할 것인가? 본류에 보를 설치하면 몇 년 내에 엄청난 오염물질이 강바닥에 퇴적될 것이고, 이것은 강물을 썩게 만들 것이다. 때문에 주기적으로 준설을 해줘야 하는데, 여기에 들어가는 천문학적 비용과 오염된 준설토사는 또 어찌할 것인가?

팔당댐의 경안천 유입부 수역에 현재 엄청난 오염 퇴적물이 쌓여 있다. 그런데 준설을 할 경우 2차 오염은 물론 오염된 준설 토사의 처리 문제로 준설은 엄두도 내지 못하고 있다. 앞으로 4대강의 16개 보의 오염 퇴적물은 이보다 수십 배에서 수백 배에 달할 수도 있는데, 본류에 이렇게 많은 보를 만들어 무엇을 하겠다는 말인가? 정녕 4대강 물을 썩게 하여 온 나라를 악취로 진동하게 만들겠다는 말인가?

다섯째, 나는 이미 특별 기고한 '4대강 살리기 사업, 전면 재검토 할 것'이라는 글을 통해서도 지적했듯이, 앞으로 잦은 사업 계획 및 설계 변경 등을 통해서 4대강에 들어갈 국민의 혈세가 눈덩어리처럼 불어날 것이다. 이런 우려는 지난 6월 8일 발표한 『4대강 마스터플랜』을 통해서도 현실화 됐다. 지난 1월 녹색뉴딜 발표 당시에는 13조 8,776억 원이 소요될 것이라고 했는데, 6개월 후에 22조2,498억 원으로 급증했다. 벌써 일각에서는 추가로 들어갈 사업비까지 더하면 30조~40조 원에 달할 것이라는 주장까지 나오고 있다. 경부고속전철 건설비가 최초 계획보다 3배 이상 불어난 것만 보아도, 4대강 혈세 투입도 이렇게 안 된다고 누가 보장하겠는가? 이것을 어찌 한단 말인가?

총선과 대선 일정에 맞춰진 4대강 토목사업

현 정권은 3년 동안 4대강 사업을 통해서 34만 개의 녹색일자리와 연간 40조 원의 생산유발 효과를 거둘 것이라고 주장한다. 혹세무민하지 말라. 최근 "한국의 녹색 뉴딜 개념 한 가운데는 콘크리트 덩어리가 있다"는 파이낸셜타임스의 지적도 듣지 못했는가? 막노동이 어찌 녹색일자리며, 국가경쟁력을 제고할 수 있는 신성장동력이란 말인가? 소도 웃을 일이다. 2012년 총선과 대선이라는 정치일정에 맞춰진 졸속 강행 처리는 머지않아 당신들의 장밋빛 청사진을 온통 썩은 잿빛 거품으로 만들 것임을 똑똑히 알아야 한다. 국민과 소통하지 않고 관련법을 묵살한 채 밀실에서 군사작전 하듯이 밀어붙이면, 4대강 토목사업은 훗날 한나라당에게는 치명적인 부메랑이 될 것이고, 4대강과 국민에게는 치명적인 독이 될 수도 있음을 명심하라. 제발 '경부고속도로 건설 당시도 반대를 했다' 는 얼토당토않은 참으로 어리석은 비유를 하지 말라.

진정한 녹색혁명의 길, 그린에너지 개발에 주력해야

오바마 미국 대통령은 지난 4월 22일 지구의 날에 '녹색혁명' 의 필요성을 역설하면서, "새로운 에너지를 만들어내는 국가가 21세기 글로벌 경제를 선도할 것" 이라고 주장했다. 그렇다. 진정한 국가경쟁력은 강바닥이나 파헤치는 초대형 토목사업이 아니고, 1차 에너지의 97%를 수입에 의존하고 있는 우리나라로서는 진정한 '그린 에너지 혁명' 을 이루는 것임을 알아야 한다. 이제라도 시대착오적인 권력놀음을 당장 멈추어라.

현 정부가 구두선처럼 역설하는 '저탄소 녹색성장' 의 핵심 전략은 그린에너지 기술개발에 있다. 토건사업에 국력을 지나치게 집중하는 것은 녹색혁명 시대를 거역하는 일이다. 신성장 동력을 확보하는 첩경이 무엇인가를 명심하고, 4대강 개발을 위한 초대형 토목사업을 원점에서부터 전면적으로 다시 검토하라. 그것만이 자연과 국민 모두가 사는 길임을 명심 또 명심하길 바란다.

149

10

거꾸로 흐르는 MB강?
4대강은 바로 흘러야

2009년 6월 29일 이명박 대통령은 정례 라디오 연설에서 "대운하 필요성에 대한 소신에는 변함이 없지만 임기 내에 대운하 사업을 추진하지 않겠다"고 했다. 꼭 1년 전 6월 촛불정국 와중에서 한 사과 성명에서 "국민이 반대하면 대운하 사업은 추진할 수 없는 것 아니냐"는 요지의 말을 했다.

1년간의 시차를 두고 나온 대운하 관련 대통령의 발언은 국민을 향해서 '똑 같은 종이를 두고, 작년 6월에는 흰색이라고 했다가 올 6월에는 백색이다'라고 말하면서, 흰색과 백색 종이는 서로 다르다고 말한 것과 똑

같다. 본질 면에서 새로운 것은 하나도 없는데도 말이다.

임기내에는 소운하부터 개통하겠다는 의미

그런데 왜 이런 말을 지금 되풀이 하는 것일까? 그것은 바로 '내 임기 중에는 대운하 완공할 시간이 없으니 임기 내에 강별로 소운하부터 개통하겠다' 는 것이나 다름없다. 대통령의 복심인 류우익 전 대통령비서실장의 다음과 같은 말에서도 이명박 대통령의 현재 의도와 최종 목표가 어디를 향하고 있는가를 명확히 알 수 있다.

대통령이 라디오 연설을 하던 6월 29일자 조선일보의 '현 정권의 설계사 류우익 대통령비서실장' 이라는 제하의 인터뷰에서, "4대강 살리기는 분명하게 대운하인가 아닌가" 라는 기자의 질문에 류우익 전 비서실장은 "4대강 살리기는 대운하와 많이 겹치지만, 정식으로 운하를 하려면 별도의 공사가 더 필요하다" 면서 "대운하를 '절대 안 한다' 는 식으로, 정치인은 단정적인 말을 할 수가 없다. 지금은 그렇지만, 상황이 어떻게 바뀔지 알 수 없다" 라고 말했다.

여기서 우리가 확인할 수 있는 것은 대운하든 소운하든, 그것도 아니면 4대강 살리기든, 본질 면에서는 아무것도 변하지 않았다는 사실이다. 즉 임기 내에 우선 국민적 저항이 적은 소운하부터 만들고, 이를 통해 제2의 '청계천 효과' 를 등에 업고, 2012년 4월 총선 승리와 12월 대선에서 정권을 재창출한 연후, 때가 무르익으면 한강과 낙동강을 연결하는 대운하로 피날레를 장식하겠는 의도를 드러낸 것이다.

MB강이 거꾸로 흐르는 근거

여기서 가장 큰 쟁점은 4대강 토목사업이 과연 4대강을 살리는 사업인가, 아니면 4대강을 죽이는 토목사업인가이다. 결론부터 말하자면, 이것은 4대강을 절단내는 - 물론 일부는 긍정적인 측면도 있고 개발로 인한 후광으로 착시적 눈부심도 있겠지만 - 사업으로 장기적으로는 4대강을 죽이는 사업으로 전락할 가능성이 너무 크다는 것이다. 그것은 다음 두 가지 근거만 보아도 자명하다.

첫째, MB정권이 명명한 대로 '4대강 살리기'라면 사업 완료의 시차적 순서가 지천과 지류로부터 본류로 내려와야 한다. 그러나 사업 완료 시점을 보면, 2011년까지 4대강 보(20개)와 준설 등 본류의 사업을 먼저 완료하고, 2012년까지 지류정비와 댐·저수지 신·증설 등 지류의 사업을 완료하겠다는 것이다. 이것은 '윗물이 맑아야 아랫물이 맑다'는 자연계의 순리를 거역한 것이다. 오호 통재라! 정녕 'MB江'은 거꾸로 흐른다는 말인가. 이 정권이 지금 이대로 밀어붙인다면, '4대강 살리기 사업'은 결국 자신들의 목을 치는 부메랑이 될 것임을 명심해야 한다.

둘째, 본말이 완전히 전도된 사업비 내역을 보면, '4대강 살리기 사업'이 아니라, 4대강 토목사업이라는 점이 더욱 명백하다. 2012년까지 투입될 총사업비 22억2,000억 원 가운데 2011년까지 투입될 본 사업비 16조9천억 원의 내역을 보면, 5.7억 m³ 준설비 5조1,600억 원(31%), 16개 보(현재 4개 더 늘어 사업비는 이보다 훨씬 더 늘어날 것임) 설치비 1조5,100억 원(9%), 제방보강 9,300억 원, 댐·조절지 1조7,200억 원, 농업용저수지 2

조7,700억 원, 생태하천 2조1,800억 원 등이고, 물을 살리는 직접적인 수질대책비는 5,000억 원으로 전체의 2.9%에 불과한 실정이다.

특히 대형 배를 띄울 수 있는 평균 수심 4~11m 확보를 위한 준설과 보 설치에 예산의 40% 이상을 투입하겠다는 것은 결코 '살리기'가 아닌 '운하 만들기'를 위한 사전 정지작업이라는 것을 반증한다. 앞으로 설계변경으로 인해 돈이 대폭 증가할 부분도 바로 준설과 보 설치인 점을 보면, 강별로 일단 소운하부터 만들고 보자는 것이 더욱 분명해지고 있다.

4대강 토목사업은 2012년을 겨냥한 정략적 산물

군사작전 하듯이 밀실에서 계획을 세우고, 수시로 사업계획을 바꾸는 4대강 토목사업은 자연과 국민에 대한 무례와 오만의 극치를 보여주고 있다. 불과 6개월 전인 2008년 12월, 4개의 보는 20개로, 1~2m의 소형 보는 낙동강의 경우 댐에 버금가는 10m 안팎의 대형보로 바뀌었다.

준설 후 수심도 2m 이하에서 낙동강의 경우 4~11m로 바뀌었다. 준설 대상도 강 측면과 주변에서 거의 모든 구간에 걸쳐 300~500m로 바뀌었다. 특히 낙동강의 경우 92개 큰 지류에 수십 미터에서 최대 1,120미터에 달하는 콘크리트 낙차공을 92개소에 설치한다는 것도 언론에 폭로됐다. 작은 지류까지 합하면 콘크리트 낙차공은 그 수를 헤아리기 힘을 정도로 많다.

뭐가 두려워 이렇게 국민을 계속해서 속이려드는가. 꼭 이렇게 하면서까지 초대형 토목사업을 국민의 혈세로 임기 내에 끝장을 내겠다는 진짜 저의가 무엇인가? 현명한 국민들은 그 저의를 이제 알았다. 2012년 총선과 대선일정에 맞춰져 있다는 것 이외에 무엇으로 설명할 수 있단 말인가? 국민은 MB측근들이 관련 법의 절차마저 묵살하고 정치일정에 맞춰 공사를 끝내려는 것이야말로, 4대강 토목사업이 바로 정략적 산물이라는 사실을 분명히 알게 됐다.

이것 하나만은 명심하라. 1990년 중반에 수질개선비 5,000억 원을 추가로 투입하면 - 실제로 투입했으나 결과는 수질이 더욱 악화되었음 - 시화호 수질개선을 이루어 당초 목적대로 농업용수와 생활용수로 쓸 수 있다고 호언장담하다가, 어느새 슬그머니 해수호로 만들어버렸듯이, 이대로 두면 새만금호도 머지않아 시화호의 전철을 밟을 위기에 처해 있듯이, 4대강도 현 정권에 의해 악취가 진동하는 썩은 물로 넘쳐날 수도 있음을 말이다. 선험적 교훈을 망각한 채, 또다시 악취를 막기 위해 그 이후로도 얼마나 많은 돈과 시간을 허비해야 할지 벌써부터 심장이 멎을 것 같다.

2012년 준공 나팔 덕분에 한나라당의 정권재창출에 도움은 될 수 있을지도 모르지만, 몇 년 후 강을 파괴해서 물을 썩게 한 공로(?)로 한나라당 정권은 자연의 대반격을 받아 공중분해 될지도 모른다. 정권과 당은 유한하지만, 4대강은 영원히 흘러야 한다. 물은 항상 아래로 아래로 흐른다. MB江처럼 거꾸로 흐르지 않는다. 지금이라도 4대강을 살리고 홍수를 예방하고 진짜 가용할 물을 확보하려거든 본류의 바닥부터 파헤치고 댐 같은 보부터 막는 무모한 짓을 당장 멈추고, 지천과 지류의 수질을 개선하는 사업부터 추진 하라.

이명박과 오바마, 누가 현명한 지도자?

세계 각국은 글로벌 경제위기 속에서 촌각을 다투면서 신성장동력의 주도권 확보를 위한 녹색기술과 녹색산업에 국가적 명운을 걸고 동원 가능한 모든 재원을 투입하고 있다. 오바마 미국 대통령은 지난 4월 22일 지구의 날에 "새로운 에너지를 만들어내는 나라가 21세기 글로벌 경제를 선도할 것"이라고 말하면서, "향후 10년간 그린에너지 분야에만 1500억 달러(약 200조 원)을 투입하겠다"고 했다.

그런데 우리는 생명줄인 강바닥이나 파헤치고 보나 설치하는 일에 국가 재정과 천금 같은 시간을 쓸어 넣고 있다. 미래에 밥먹여줄 신성장동력은 4대강에서 나올까, 그린에너지에서 나올까? 오바마와 이명박, 누가 더 현명한 지도자인가?

최근 세계적 신문인 『파이낸셜 타임스』는 "한국 녹색뉴딜의 한가운데는 콘크리트 덩어리가 있다"고 조롱했다. 현명한 정치지도자의 리더십 중에는 '하지 말아야 할 일을 하지 않는 결단력'도 있다. 그것이 무엇인가를 지금 하늘이 보고, 4대강이 보고, 국민이 눈 부릅뜨고 지켜보고 있음을 명심하라. 청계천사업과 4대강 토목사업은 본질적으로 다르다는 것을 국민은 알고 있다. 당장 4대강에서 삽질을 멈추어라.

"4대강사업이 정권 재창출에 절대적 도움이 된다"고?

이청준의 소설 『당신들의 천국』이 떠오른다. 고흥반도 남단에 갯벌을 농토로 만들어 소록도에 강제 수용한 한센인들의 천국을 만들려는 영웅들(?), 그들이 추진한 무리한 간척사업은 영웅을 꿈꾸는 자의 헛된 명예와 욕망 덩어리의 산물이라는 것을 그들만 모르고 있었다.

4대강 토목사업은 정략적 산물

4대강에 천국을 만들어 정권을 재창출해보겠다는 MB책사들의 자칭

'4대강 살리기 사업'은 결국 정권의 생명을 단축하는 부메랑이 될 것이라는 것을 그들만이 모르고 있는 것 같다. 국민과 자연에 대한 무례와 오만의 극치를 보여주고 있는 '당신들의 천국' 만들기 사업으로 4대강은 지금 수많은 생명들이 죽음을 기다리는 생지옥으로 변해가고 있다.

지난 달 이명박 대통령은 "한반도 대운하에 대한 소신은 변하지 않았지만, 임기 내에 한반도 대운하를 추진하지 않겠다"면서, "4대강 살리기 사업을 정치적으로 해석하지 말라"고 역설했다. 과연 이 말씀이 솔직하다고 믿는 국민이 얼마나 될까?

며칠 전 한나라당 정책의장은 4대강 토목사업에 대한 당내 일각의 반론을 잠재우기 위한 차원에서, "4대강 살리기 사업은 정권 재창출에 절대적 도움이 될 것이다"라고 역설한 바 있다. 이 분의 말씀이야말로 4대강 토목사업의 목적이 어디에 있는가를 솔직하게 자복하는 것이 아니고 무엇인가?

해괴망측한 이름 바꿔치기의 꼼수

나는 수차에 걸쳐 언론에 기고한 칼럼을 통해서 '한반도 대운하사업'은 환경적 대재앙은 말할 것도 없고, 경제적 재앙마저 몰고올 시대착오적인 사업이기 때문에, 환경도 살리고 경제도 살리려면 이것을 당장 포기해야 한다고 주장해 왔다.

그 사이에 각종 여론조사 결과 '한반도 대운하 사업'은 국민의 70~80%라는 절대다수의 반대에 직면했다. 그러자 어느 순간에 '4대강 정비사업'으로 이름만 바꾸어 국민 앞에 또 나타났다. 이것도 대다수 국민의 반대에 직면하자, 어느 순간에 또다시 이름을 바꾸어 '4대강 살리기 사업'으로 국민 앞에 모습을 드러냈다.

참으로 해괴망측한 '이름 바꿔치기의 꼼수'가 아닌가. MB정부의 '4대강 살리기 사업'에 반대하는 국민과 환경 전문가 및 활동가들이 이제는 '4대강을 죽이는 사람'으로 몰리게 된 것이다. 역사상 이처럼 모순의 극치를 보여준 말장난도 없었고, 앞으로도 없을 듯하다.

이명박 대통령께서는 '한반도 대운하 사업' 공약 이래 오늘날까지, 이것을 '정치적으로 해석하는 사람들이 있어 안타깝다'는 요지의 말씀을 곧잘 하신 것으로 기억한다. 맞다. 현명한 국민들은 이것을 정치적으로 해석하는 것이 아니라, 정권재창출이라는 '정략적 책략'이 숨어 있다는 것을 이미 알고 있다. 4대강에 당신들의 천국을 만들려는 사람들만이 모르고 있었던 것은 아닐까.

본말이 전도된 사업의 극치

지난 2년 사이에 이름이 몇 번 바뀌었지만, 당신들이 최근에 명명한 '4대강 살리기 사업'의 저의가 '정권 재창출 전략'의 일환이라는 점을 더욱 노골화하고 있다. 여당 정책위의장의 솔직한 자복이 아니라도, 다음과 같은 당신들이 천명한 사업계획의 한 면만 보아도, 이것이 정략적 산물이 아니라는 점을 어떻게 설명할 것인가.

진정 4대강을 살리려면 본류의 상류인 지류부터 수질개선 사업을 완료해야 한다. 그러나 4대강 토목사업은 5억7천만 m³에 달하는 강바닥 파내기와 댐에 버금가는 20여 개의 보를 만드는 일에 17조 원을 투입하여 본류사업부터 완료하겠다는 것이다. 이 가운데 구색 갖추기 용으로 수질개선 대책비 5천억원을 책정하는 배려(?)도 아끼지 않았다. 2011년까지 본류 파괴를 완료한 연후에 2012년에 지류의 수질개선사업을 완료하겠고 했다.

지류에서 썩은 물이 본류의 보로 계속 흘러드는데 본류가 어찌 깨끗하기를 바라는가. 이것은 본말이 완전히 전도된 것이다. 이런 식으로 망한 사업이 시화호이고, 망해가고 있는 곳이 새만금호이다. 시화호는 수질개선사업비 5,000억 원을 투입하고도 계속 썩어 들어가자, 호언장담하던 관련자들이 사과 한마디 없이 2001년에 담수화 정책을 포기한 바 있다. 간장색깔로 변해가자 해수유통을 계속하고 있는 새만금호도, 담수화가 본격적으로 시작되면 시화호의 전철을 밟을 수 있다.

2012년 4월 총선의 빅카드로 활용

그렇다면 그들은 본말이 전도된 이 사업을 이처럼 전광석화처럼 밀어붙일 수밖에 없는 불기피한 사정이라도 있단 말인가? 왜, 하필 2년밖에 남아 있지 않은 2011년까지 본류 공사를 완료하지 않으면 안 된다는 말인가? 그것은 바로 완공 후 3개월 뒤에 올 정권 재창출의 분수령이 될 2012년 4월 국회의원 총선 일정에 맞추기 위해서가 아닌가.

총선 전에 4대강에 유람선도 띄우고, 수상스키도 즐기게 하는 등 거창한 토건사업의 치적을 국민에게 전시할 필요가 있는 것이다. 정권재창출의 전초전인 4월 총선에서 4대강 사업을 선거전의 빅카드로 활용하려는 속셈이 엿보인다. 그 여세를 몰아 12월 대선에서 정권재창출이라는 대미를 장식하겠다는 정략적 술책이 숨어 있는 것이다. 그렇지 않고서야 단군 이래 최대 토목사업, 그것도 가장 위험한 4대강 파괴사업을 무리하게 밀어붙이는 이유를 달리 설명할 길이 없다.

바로 이런 정략적 술수가 아니라면, 다른 무슨 논리로 이처럼 본말이 완전히 전도된 사업계획을 설명할 수 있단 말인가? 아, 슬프도다! 하지만 어찌 할 것인가? 물이 심각하게 썩어가는 시점은 이미 2012년의 4월 총선과 12월 대선 게임이 끝난 뒤에 시작될 사태임을 말이다. 이렇게 환경재앙은 서서히 다가올 것이지만, 강물을 치고 후회한들 이를 어떻게 옛 모습 그대로 되돌려 놓을 수 있단 말인가?

4대강 토목사업을 추진하는 것이 칼자루를 쥐고 있는 권력자의 기득권이라고 치부하자. 그래도 한가지만은 분명히 알아야 할 것이다. 당신들의 정책위의장 말씀처럼 권력재창출에 '절대적 도움'은 아니라도 조금의 도움은 될지도 모른다. 하지만 4대강에 만들려는 천국은 당신들만의 것이 될 것이고, 자연과 국민에게는 돌이킬 수 없는 대재앙을 불러올 암덩어리가 될 것임을 말이다. 그것은 결국 머지않아 당신들 정권의 생명마저 단축하는 부메랑이 될 것임을 명심해야 할 것이다.

4대강 기공식 축포는
조종 소리다

2009년 11월 23일 이명박 대통령은 광주광역시에서 열린 '영산강 살리기 사업' 기공식에 참석했다. 국민적 동의와 국법 절차를 묵살하고 강행하고 있는 4대강 토목사업의 국민적 반대를 의식하여 이날 행사에서도 MB는 "정치적 논리로 4대강 살리기 사업을 반대해서는 안 된다"는 논지의 말씀을 구두선처럼 되풀이했다. 이것을 뒤집어보면, 반대하는 쪽이 불순한 정치적 의도를 갖고 있는 것처럼 몰아붙이고 있다. 하지만 대통령의 말씀은 천부당만부당하다.

4대강 토목사업은 정략적 산물

누가 그런 논리를 갖고 반대하고 있다는 것인가? 4대강 토목사업을 반대하는 쪽의 주장은 크게 두 가지다. 하나는 "4대강 살리기가 아닌 죽이기 사업"이며, 다른 하나는 "녹색성장이 아닌 미래 성장 동력 신장의 기회요소를 빼앗고 궁극적으로 경제마저 망치는 회색 토목사업"이라는 것이다. 다시 말해서 2012년 4월 국회의원 총선과 12월 대통령선거를 겨냥한 고도의 정략적 사업으로 환경도 죽이고 경제도 망치는 결과를 가져올 수 있다는 것이다.

정작 정치적 논리보다 더 나쁜 고도의 정략적 술수 차원에서 4대강 토목사업(한반도대운하사업 -〉 4대강정비사업 -〉 4대강살리기사업으로 이름을 계속 바꿈)을 서두르고 있는 쪽이 누구인가? 지난 9월 말경에 한나라당 정책위 의장은 4대강 토목사업에 대한 당내 일각의 반론을 제압하려는 차원에서 "4대강 살리기 사업은 정권 재창출에 절대적 도움이 될 것이다"라고 역설한 바 있다. 이 말은 제2의 청계천 효과를 4대강에서 낚을 수 있다는 의미가 아니고 무엇인가. 이것은 정략적 산물임을 자복한 결정적 증거가 아니고 무엇인가.

6개월 만에 환경영향평가와 협의까지 완료해준 환경부, 내년도 예산안이 국회에서 논의도 되기 전에 메이저급 건설회사에게 4대강 본류의 대규모 보 축조공사를 턴키 발주로 사이좋게 나눠 준 국토해양부, 비용편익분석은 말할 것도 없고, 역사유적에 대한 조사도 제대로 하지 않은 정부, 그리고 본격적인 공사 강행, 4대강에서 MB정부는 완전 불통정권으로 전락하고 말았다.

녹색성장 이끌 신성장동력에 집중해야

최소한의 법적 절차마저 묵살한 채 2012년까지 22조2천억 원(설계변경 등으로 30조 원 이상 들어갈 것이라고 주장하는 전문가도 있음)이 들어가는 초대형 토목사업을 군사작전 하듯이 화급하게 감행하는 진짜 이유가 무엇인가? 한나라당 일부 비주류 의원들도 주장하듯이, 4대강을 진정 살리려면 지류부터 하는 것이 순서인데, 본류부터 파헤치고 있는 진짜 이유는 무엇인가? 3년 안에 모든 공사를 끝내야하는 무슨 절박한 이유라도 있다는 말인가? 그것은 2012년 12월 대통령 선거의 전초전인 4월 국회의원 선거전에 이용하겠다는 저의가 아니고 무엇인가? 외국 지도자들이 녹색성장과 신성장 동력을 확보하기 위해 국가 재정을 어떻게 투입하고 있는가를 진정 모르고 있단 말인가?

미국 오바마 대통령은 지난 4월 22일 '지구의날'에 아이오와주 풍력발전설비 제조회사를 방문한 자리에서, "새로운 에너지를 만들어내는 국가가 21세기 글로벌 경제를 선도할 것"이라면서, "향후 10년간 녹색기술 개발에 1,500억 달러(약 200조원)를 투입하겠다"고 천명했다. 며칠 전에는 2010년도에 에너지 절약을 담보할 첨단 융합기술인 스마트그리드(IT접목 지능형 전력망) 사업에만 81억 달러(약 10조원)을 투입하겠다는 계획을 발표했다. 그는 새로운 녹색기술과 녹색산업을 통해서 500만 개의 녹색일자리를 창출하겠다는 비전도 발표했다.

163

어디 미국뿐인가? 중국과 인도를 비롯한 신흥 개도국들도 국가적 명운을 걸고 녹색융복합기술 개발을 강력하게 추진하고 있다. 새로운 성장동력을 찾기 위한 녹색기술혁명의 주도권을 잡기 위한 국가간 불꽃 튀는 경쟁이 벌어지고 있는 절박한 시기에 MB정부는 국론분열을 자초하면서 엄청난 국가 재정을 4대강 파헤치기에 쏟어 넣고 있다. 그것도 4대강을 살릴 수 있다는 믿을만한 어떤 검증 결과도 없는데 말이다.

4대강 파괴는 변종 바이러스 만들 수 있어

권력게임의 제물로 전락한 4대강, 그 곳의 무수한 생명체들은 기공식을 알리는 무례한 인간들의 축포와 함께 목 놓아 대성통곡하기 시작했다. 4대강은 당대를 살아가는 5천만 국민은 물론 후세들의 생명이며 혼을 지탱해주는 생태계다. 하지만 정말 불행하게도 오늘의 기공식 축포는 머지않아 생태계의 죽음을 알리는 조종 소리로 돌변할 것이다. 임계점을 넘는 생태계 파괴는 어떤 항생제도 무용지물로 전락시킬 돌연변이성 바이러스를 만들어 낼 수 있으며, 이것이 언제 이 땅의 생명체를 공포의 도가니로 몰아넣을지도 모른다.

무지한 선출직 공직자들(물론 공적 양심가도 있음)이 표를 모으기 위해 지역개발이라는 명목으로 얼마나 많은 생태계를 파괴하고 국민의 혈세를 낭비했는가를 돌아보라. 예컨대 담수화를 포기하고 바닷물로 만든 시화호(파괴자들은 당초 담수화를 포기하고 해수호로 만들었는데, 이것을 갖고 수질이 개선됐다고 호도하고 있음), 또 그럴 운명에 처하게 될 새만금호, 여러 지방 공항들… 그럼으로써 고통은 누가 떠안았는가?

오호통재라, 시일야사대강방성대곡(是日也四大江放聲大哭). 4대강의 포크레인과 콘크리트 덩어리에 짓밟혀 죽어가는 무수한 생명체의 통곡 소리를 누가 멈추게 할까? 누가 피눈물을 멈추게 할까?

4

기후변화시대,
참 녹색국가의
정치 리더십

참 녹 색 국 가 의 길

우리나라는 과연 '기후안보' 로부터 자유로울까. 절대 그렇지 못하다. 한반도의 평균기온이 같은 기간 세계 평균 기온보다 2배 이상 상승했고, 지금처럼 온난화가 지속될 경우, 서울시 면적의 3.7배가 바닷물에 침수될 가능성이 있다. 정부가 4월 6일 발표한 '기후변화에 의한 한반도 영향 예측' 에 따르면, 지난해 제주도와 부산 등 남부지방은 물론 대구 · 전주 · 광주 같은 대도시도 이미 아열대 기후대로 접어들었다. IPCC의 '기후변화 시나리오' 를 한반도에 적용 · 분석한 결과, 2080년도엔 국내 평균 기온이 지금보다 섭씨 5도 이상 올라갈 것으로 전망했다. 한반도가 세계 최악의 지역 가운데 하나가 될 것임을 예고한 것이다.

'기후안보' 통합대응 시스템 구축 서두르자

유엔 산하 '정부간 기후변화위원회(IPCC)'는 2월 2일 프랑스 파리에서 '기후변화 2007'과 관련한 1차 보고서를 발표했다. 이 보고서에 따르면 최악의 경우 지구 기온은 6.4도 높아지고, 해수면은 59cm 상승한다. 이어서 IPCC는 4월 6일 벨기에 수도 브뤼셀에서 1차 보고서에 근거해 과학적인 기후변화 예측 모델을 이용, 인간과 동식물에 구체적으로 미칠 충격적인 2차 보고서를 내놓았다.

이 2차 보고서에 따르면 2050년까지 평균 기온이 1.5~2.5도 상승해 동식물의 20~30%가 멸종될 위기를 맞을 것이다. 2080년까지 3도 이상 상승, 대부분의 생물이 멸종 위기를 맞게 될 것이다. 또 1억2,000만 명이 기아에 처하며, 32억 명이 물 부족에 시달리고, 해안의 30% 이상이 물에 쓸려 사라지며, 전 세계 인구 20% 이상이 홍수 위협에 노출될 것임을 강력히 경고하고 있다.

IPCC의 이번 보고서는 '선진국 책임론'을 직접 거론했다. 보고서 작성에 참여한 과학자들은 일부 국가의 정치인들이 과학적인 결과를 수정할 것을 요구하는 초유의 일이 발생한 사실에 강한 불쾌감을 드러내기도 했다. 『뉴욕타임즈』는 "열대지역에 가까운 나라들은 지구온난화에는 거의 책임이 없는데도, 그로 인해 더 고된 삶을 살아가게 될 것"이라고 지적했다. 그럼에도 불구하고 미국은 이번 보고서 내용에 불만을 품고 내용을 완화할 것을 요구하는 추태를 보임으로써 발표 시간이 지연됐고, 일부 내용이 수정되는 일이 벌어지기도 했다.

대규모 기후난민 월경, 기후안보 문제 대두

이런 경고가 현실화되면 인류의 미래와 국제평화는 초유의 암울한 사태에 직면할 것이다. 기후변화를 둘러싸고 각국은 환경주권을 지키기 위한 목소리를 더욱 높이고 있다. 미국을 비롯한 온실가스 대량 배출 국가들은 온실가스 감축으로 인한 경제적 피해를 최소화하기 위해, 기후변화에 대한 책임이 거의 없으면서도, 이로 인해 가장 많은 피해를 입고 있는 국가들은 생존을 위해 국제사회의 충돌도 갈수록 격화될 것이다. 지구온난화의 악화로 인한 기아와 질병 그리고 사막화 등의 가속화로 삶의 터전을 잃은 '기후난민' 이 대량으로 발생할 수도 있다. 이들은 오로지 살아남기 위해 바다와 육지에서 국경을 넘는 사투를 벌일 것이다.

우리나라는 과연 '기후안보' 로부터 자유로울까. 절대 그렇지 못하다. 한반도의 평균기온이 같은 기간 세계 평균 기온보다 2배 이상 상승했고, 지금처럼 온난화가 지속될 경우, 서울시 면적의 3.7배가 바닷물에 침수될 가능성이 있다. 정부가 4월 6일 발표한 '기후변화에 의한 한반도 영향 예측' 에 따르면, 지난해 제주도와 부산 등 남부지방은 물론 대구ㆍ전주ㆍ광주 같은 대도시도 이미 아열대 기후대로 접어들었다. IPCC의 '기후변화 시나리오' 를 한반도에 적용ㆍ분석한 결과, 2080년도엔 국내 평균 기온이 지금보다 섭씨 5도 이상 올라갈 것으로 전망했다. 한반도가 세계 최악의 지역 가운데 하나가 될 것임을 예고한 것이다.

이로 인해 말라리아 같은 아열대성 전염병 환자가 급증하고, 침엽수림이 사라지는 등 돌이킬 수 없는 생태계 파괴를 가져올 것이다. 기온 상승은 해수 온도의 상승으로 이어져 바다의 생태계 파괴는 물론, 비브리오균과 같은 병원성 미생물이 증가해 해산물 섭취로 인한 질병이 지금보다 훨씬 많이 발생할 수 있다. 게다가 해수면 상승으로 인한 해안가 침수로 막대한 인명과 재산 피해를 가져올 것이다.

기상이변에 의한 자연재해 피해 증가 규모는 한반도에서 훨씬 심각한 수준이다. 국제통화기금 자료에 따르면 1960~1969년 전 세계 피해규모는 87조5,000억 원, 1996~2005년에는 575조 5,000억 원(557% 증가)이었다. 같은 기간 우리나라는 1조670억 원에서 18조1,814억 원,(1603% 증가)으로 급증했다. 전 세계 평균 증가율의 약 3배에 달한다.

강력한 통합대응 시스템 구축을 위한 입법 절실

우리나라는 '기후안보'와 관련 내우외환에 직면할 가능성이 높다. '기후난민'의 월경은 물론, 다른 나라에 비해 상대적으로 더 충격적인 온난화의 재앙에 직면할 것이다. 그럼에도 불구하고 정부는 아직도 '기후안보'에 대응할 통합시스템도 구축하지 못하고 있다. 정부 관련 부처는 아직도 각개약진식 처방에 주력함으로써 기후변화에 대한 대응력의 효율성과 유효성을 떨어뜨리고 있다. 이제라도 기후변화 종합대책 마련을 위한 관련법을 제정해서라도 강력한 통합대응 시스템을 구축해야 할 것이다. 국회와 정부의 책무가 시급하고도 막중한 이유가 바로 여기에 있다.

대선후보들,
기후안보에도 관심 가져야 한다

유엔의 정부간기후변화위원회(IPCC)는 2007년 5월 4일 '기후변화 재앙의 억제·완화 방안을 담은 3차 보고서'를 발표했다.

이 보고서는 "지금처럼 온실가스 배출을 강력히 통제하지 않으면, 2100년까지 지구온도가 최고 6.4상승하여 대부분의 생물종이 멸종할 것"이라고 경고하면서, "대기 중 온실가스 농도를 445~535ppm 이내로 억제(현재 425ppm)하면 20~30% 멸종 범위 내에서 피해를 최소화하고, 이를 위해서 2020년까지 세계 GDP의 3%, 2050년까지 5.5%에 달하는 재원이 소요될 것"이라는 전망을 내놓았다.

한반도 지구온난화로 치명상 입을 수도

미래의 지구 전망은 그렇다고 하지만, 한반도의 현 상황은 더욱 암울하다. 최근 기상청 분석에 따르면 1910년도에 비해 한반도의 최근 연평균 기온이 섭씨 1.5도 상승했다. 같은 기간 지구 전체는 0.74도 올랐다.

한반도의 온난화 정도가 빠르게 진행되고 있다는 불길한 징조들이 많이 발생하고 있다. 입추와 말복이 지난지도 오래되었건만, 전국 대부분이 계속되는 열대야로 몸살을 앓고 있다. 이대로 가면 머지않아 서울 지역도 아열대 기후대로 바뀔지 모른다. 전문가들의 예측대로, 금세기말 한반도의 평균 기온이 6도 가량 상승하면 소나무와 전나무는 남한 지역에서 거의 사라질 것이다.

최근 한국해양연구원 조사 결과, 지난 100년 동안 동해의 해수 온도는 섭씨 2도 상승했으며, 특히 80년대 중반 이후 상승 온도는 0.06도로 급격히 커졌다. 전 세계의 0.04도보다 1.5배 높은 수치다. 이런 결과는 동해의 생태계를 엄청나게 변화시켰다.

동해의 대표적인 한류 어종인 명태의 경우 1980년대 13만 톤의 어획량이 2006년도에는 60톤으로 급감했다. 사실상 자취를 감춘 것이다. 반면 난류성 어종인 오징어 어획량은 1981년에 비해 4배 이상인 19만여 톤으로 급증했다. 강릉대 정일웅 교수는 "지구 온난화가 계속되면 금세기말까지 한반도 바닷물 수위가 42cm 상승하여 연안과 섬지역 등 서울시 면적의 3.7배가 바닷물에 침수될 것"이라고 주장했다.

한국환경정책 · 평가연구원의 이상엽 실장은 "기상재해로 1960년대에는 연간 1,000억 원대에서 2000년에는 2조7,000억 원으로 증가하였으며, 황사일수가 1980년대 4일에서 2000년대 12일로 늘어났다"고 주장하고, 그것은 "기후대 이동으로 산림생태계가 파괴되었기 때문이며, 이 같은 현상은 동북아시아에 집중되는 양상을 보이고 있다"고 주장했다. 소방방재청 자료에 의하면 1960~1969년 사이 우리나라 자연재해 피해 규모는 1조670억 원이었는데, 1996년~2005년에는 18조1,814억 원으로 같은 기간에 비해 1,603% 증가했다.

국제통화기금 자료에 의하면 전 세계의 피해규모는 동기간에 87조5,000억 원에서 575조5,000억 원으로 557% 증가했다. 우리나라가 세계 평균 증가율에 비해 약 3배에 달하고 있음을 보여준다. 실로 가공할만한 증가 속도다. 남북정상회담 연기의 주된 이유가 된 북한의 최근 수해에서 볼 수 있듯이, 북한 지역의 산림파괴와 난개발 등 취약한 환경은 그 피해 규모를 엄청나게 키웠다. 세계에서 실례를 찾을 수 없을 정도로 좁은 수도권에 인적·물적 자원이 집중되어 있고, 국가의 지속가능성 지수가 세계 120권 이하에 머물고 있는 남한 지역도 언제든지 기상이변으로 인한 자연재해라는 치명상을 입을 수 있다.

온난화 대책 키워드는 지도자의 리더십

엄청난 돈이 들어가는 지구온난화 대책의 키워드는 정치 지도자의 의지와 올바른 리더십이다. 모름지기 21세기에 필요한 참다운 지도자라면 대한민국을 넘어 지구온난화가 가장 심각하게 진행되고 있는 동북

175

아시아의 안전과 공영을 실현하기 위한 선도적 주체로 나설 수 있는 리더십을 발휘해야 한다.

지금 12월 대통령선거를 향해 100여명의 예비 후보들이 뛰고 있다. 하지만 지구온난화에 대한 통합적 대응방안을 진지하게 고민하고 제시한 후보는 없다. 반면에 경제성도 없고 환경만 파괴하는 혹세무민형 대규모 개발 공약, 누구를 위하고 무엇을 위한 것인지도 불분명하면서도 실현 불가능한 장밋빛 경제성장 공약만이 난무하고 있다. 불명예스럽게도 세계 최대라고 자랑하는 새만금간척사업 같은 충격요법으로 표를 구걸하려는 경쟁이 날로 격화되고 있을 따름이다.

부시 대통령에게 석패한 앨 고어 부통령은 최근 환경 영화, '불편한 진실'에 출연하여 지구온난화로 인한 대재앙을 경고하며 정치 지도자들의 대오각성을 촉구했다. 이제는 그와 대척점에 섰던 조지 부시 미국 대통령도 조금씩 변하고 있다.

2001년 교토의정서를 일방적으로 탈퇴한 미국의 부시 대통령마저 뒤늦게나마 지구온난화 대책을 위한 정책과 기술개발을 역설하기 시작했다. 부시 대통령은 2007년 1월 국정연설을 통해 "2017년까지 석유소비량을 20%까지 줄이고 연간 소비량 중 15%를 바이오에탄올로 대체하겠다"고 말했다. 온실가스도 줄이고 에너지 안보도 확보하겠다는 것이다. 부시가 교토의정서를 탈퇴한 주된 이유 가운데 하나는 한국과 중국을 비롯한 개도국들이 의무감축에 참여하지 않았기 때문이라는 것이다. 바꾸어 말하면 한국과 중국 등이 참여하면 미국도 교토의정서에 복귀하겠다는 의미로 볼 수 있다. 내년 2월 출범할 새정부는 5년 후 한국도 온실가스 의무감축을 지게 될 것임을 직시하고 대책을 서둘러야 한다. 대선 후보들이여, 지구상의 수많은 공적 양심세력들은 이구동성으로 지구온난화와 관련하여 '이제는 부시도 인정하고 대책을 서두르고 있는데⋯' 라고 말하고 있음을 직시하라. 이 땅에서 더 이상 개발이라는 미명하에 환경 파괴를 제물로 삼아 표를 낚을 수 있는 낡은 개발 시대가 저물고 있음을 명심하라. 개발과 돈에 눈이 멀어 핵무기보다 더 위협적으로 다가오고 있는 지구변화의 대재앙을 방관하는 어리석은 지도자가 되지 않길 고대한다.

참다운 녹색시대가
열리길 고대한다

2008년 새날이 밝았다. 대통령선거전도 끝났고, 오는 2월 25일에는 새로운 정부가 출범한다. 이어 4월 9일에는 제18대 국회의원 총선이 기다리고 있다.

도전과 기회의 한 해

2008년은 국외내적으로 새로운 정치적 리더십에 대한 도전과 기회의 장이 열리는 첫 해가 될 것이다. 국내적으로는 새로운 정부, 새로운 국회가 출범하면서 국민들의 기대가 폭발하는 한 해가 될 전망이다. 따라서 세대간, 지역간, 계층간, 남북간의 갈등과 대립이 더욱 커질 수 있다. 특히 4대강을 축으로 개발과 보전을 주창하는 두 진영 간의 대치전선은 더욱 확장되고 격화될 것임이 분명하다.

2008년은 지구환경 차원에서 볼 때도 대단히 중요한 한 해이다. 1997년 채택한 기후변화협약 교토의정서에 규정한 대로 선진국의 온실가스 의무감축 이행이 시작되는 첫 해이기 때문이다. 특히 지난해 12월 인도네시아 발리에서 개최된 기후변화협약 제13차 당사국총회에서 채택된 '발리 로드맵'에서 규정한 바와 같이, 선진국의 온실가스 추가 감축 목표와 개발도상국에게 의무감축을 지우려는 '포스트 교토' 협상이 2009년까지 본격적으로 전개될 것이다. 이 과정에서 우리나라는 의무감축 국가군에 포함될 가능성이 높으며, 그렇게 될 경우 국내 산업은 초유의 심각한 도전과 기회를 동시에 맞게 된다.

나라 안팎에서 이처럼 거세게 밀려드는 최악의 파고를 어떻게 넘을 것인가? 경제도 살리고 환경도 살려야 하는 길은 멀고도 험난한 여정이 될 것이다. 하지만 경제와 환경은 동전의 양면과 같다. 경제를 살리고자 환경을 죽인다면, 그 동전은 쓸모가 없어진다. 따라서 2008년은 인간과 자연이 공존하는 녹색시대의 새로운 상생과 통합의 리더십이 발휘되어야 한다.

지구는 하나의 생명체

1973년에 출판한 『작은 것이 아름답다』라는 책으로 유명한 슈마허는 현대문명과 현대인의 사고에 관한 문제점을 다음과 같이 날카롭게 지적했다. 현대인은 자신을 자연의 일부로 여기지 않고, 자연을 지배하고 정복할 임무를 띤 자연 밖의 군세(軍勢)로 착각하고 있다. 게다가 자연과 싸운다는 따위의 어리석은 말을 입에 올리지만, 그 싸움에서 이기면 자연의 일부인 인간도 결국은 망한다는 사실을 잊고 있다. 그는 결국 인간이 스스로 쳐놓은 끝없는 탐욕의 그물에 걸리는 제물이 될 것임을 지적한 것이다.

제임스 러브록은 슈마허와 거의 같은 시기인 1972년에 '지구는 하나의 거대한 생명체'라고 주창했다. 그는 지구상의 모든 유기체와 무기체는 서로 상호작용을 하여, 어느 한 쪽이 충격을 받아도 균형을 찾는 조정력을 갖고 있지만, 그 도가 지나칠 경우 자체 조정력을 상실하여 지구상의 생명체가 모두 파괴될 수 있다는 '가이아 이론'을 주창했다.

슈마허와 러브록의 지적처럼, '나'는 곧 '자연'이고 '자연'은 곧 '나'라는 사실을 알아야 한다. 두 사람은 자연을 돌이킬 수 없을 정도로 파괴하는 일은 곧 나를 죽이는 어리석은 짓임을 일깨워주고 있다. 따라서 자연은 정복의 대상이 아니라, 인간의 생명을 내포한 하나의 거대한 생명체라는 발상을 가져야 한다.

양생과 상생의 공동체 기원

새해에는 모두들 부자가 되고 행복하길 빈다. 그 길은 의외로 너무나 간단할지도 모른다. 일찍이 춘추시대에 노자는 '인간의 가장 큰 재앙은 만족을 모르는 탐욕'이라고 설파했다. 그는 만족을 아는 자가 부자(知

足者富)라고 했다. 만족할 줄 모르는 자는 아무리 많은 금은보화를 갖고 있어도 부자가 아니며, 따라서 행복할 수 없다는 것은 자명한 이치다.

새해에는 평화와 생명에 대한 노자의 끝없는 사랑의 길인 무위자연의 도가 언 땅을 뚫고 나온 들꽃처럼 온 누리에 만발하길 기원한다. 그리되면 2500여 년 전 중원을 떠돌며, 그가 그토록 목마르게 찾았던 양생(養生)과 상생(相生)의 공동체가 열릴 것이다.

2008년 한 해 동안 "자연은 인간을 필요로 하지 않는다. 하지만 인간은 자연을 필요로 한다"는 경구를 잊지 말아야 한다. 또한 자연이 병들면 우리 모두가 병든다는 사실도 잊어서는 안 된다. 인간은 자연이라는 유기체의 한 부분이기 때문이다. 이런 인식이 정치·경제·사회·문화 등에 스며들어 실천으로 승화될 때, 이 땅에 지속가능한 녹색세상이 열릴 수 있을 것이다.

미국의 기후변화
대응전략을 직시하자

　미국 조지 부시 대통령은 2001년 3월 28일 갑자기 "세계의 많은 국가가 온실가스 의무 감축에서 배제된 것은 미국의 국익을 위한 것이 아닐뿐더러, 성과를 가져올 수 없다"면서 기후변화협약 교토의정서를 일방적으로 탈퇴했다. 국제간의 신의를 묵살한 미국의 일방적인 조치를 유인한 배후의 실체가 백일하에 드러났다. 이들은 바로 온실가스 배출의 최대 주범인 미국의 석유, 철강, 석탄, 자동차 업체들이다.

　미국의 앨 고어 전 부통령은 최근 싱가포르에서 열린 환경회의에서, "엑손모빌 등 거대 에너지 회사들이 지구온난화에 관해 이의를 제기하는 연구에 연간 1,000만 달러의 자금을 풀어 조직적인 공작을 자행하고 있다"고 주장하면서, "지난 2월 '지구온난화 원인은 90% 이상이 인간의 경제활동으로 인한 것'이라는 유엔 정부간기후변화위원회(IPCC)의 보고서를 부인하는 쪽에서 동 보고서에 대한 논란을 제기하는 글 1편당 1만 달러의 장려금을 제공했다"고 폭로했다.

기업들의 배후 공작에 놀아난 지식인들

2007년 8월 13일자 『뉴스위크』는 1980년대 후반부터 온실가스 배출 주범인 에너지 기업들이 지구온난화 방지 노력을 저지하는 활동을 펴 왔다고 주장했다. 이 잡지에 따르면, 미국의 석유·석탄·철강·자동 차 업체들은 세계기후연맹(GCC)과 환경정보위원회(ICE) 등 강력한 로 비단체를 만들었고, 조지마셜연구소와 같은 보수적 싱크 탱크들을 포 섭했다. 이들 조직은 리처드 린젠 매사추세츠공과대(MIT) 교수와 패트 릭 마이클스 버지니아대 교수를 비롯한 많은 과학자들에게 거액을 지 원해 지구온난화를 부정하는 연구를 수행하도록 했다.

1995년 5월 나는 미국 워싱턴에서 '건전한 경제를 위한 시민의 모임' 의 연구실장을 만났는데, 지구온난화에 가장 큰 기여를 한 미국의 책임 과 입장을 묻자, 그는 리차드 린젠 교수의 연구 성과를 근거로 지구온난 화에 이의를 제기한 바 있다. 기후변화 관련 영화 『불편한 진실』에 불편 해하는 미국의 보수적 인사들의 인식수준이 바로 기업과 결탁한 일부 지식인들의 연구 성과에 비롯되고 있음을 알 수 있다.

『뉴스위크』는 "이들 기업들은 2001년 조지 부시가 집권했을 때, 온실 가스 배출을 줄이겠다는 선거 공약을 취소하도록 영향력을 행사했고,

그해 3월 미국의 교토의정서 탈퇴를 이끌어냈다"고 보도했다. 지난해 여론조사에서 미국인의 '64%가 기후변화에 관해 상당한 과학적 이견이 존재한다'고 답한 것은 바로 이들의 공로(?)가 주효했을 것으로 본다.

한국의 지구온난화 부정 세력들

상지대학교 홍성태 교수는 지난 8월 22일 프레시안에 기고한 글을 통해서, 우리나라에도 지구온난화를 부정하는 세력들이 존재하고 있음을 증언했다. 그는 "얼마 전 '자유기업원'이라는 곳에서 공공연히 지구온난화를 부정하고 있다는 것을 알게 됐다. 지난 봄 어떤 토론회에서 지구온난화현상을 부정하는 교수를 직접 만나기도 했다. 그는 『사이언스』에 지구온난화를 부정하는 논문이 실렸다며, 지구온난화로 공공연히 '협박'하고 있다고 내게 외쳤다"고 말했다. 이런 부류들의 배후에 미국과 같은 기업들이 없길 바라는 것은 순진한 생각일까?

2004년 2월 영국의 『옵서버』는 "미 국방부의 비밀보고서에서 급격한 기후변화가 지구촌 안전을 해체하는 가장 큰 위협이 될 것"이며, "펜타곤의 저명한 전략가인 앤드루 마셜 자문역이 작성한 또 다른 비밀보고서에는 미래의 전쟁은 종교나 이념, 국가의 자존심이 아니라, '생존' 그 자체의 문제 때문에 야기될 것"이라고 보도했다. 이것은 결과적으로 기후변화 자체를 부인해 왔던 부시 대통령에게 치욕을 안겨준 꼴이 됐다. 자신이 대통령으로 있는 미국의 행정부에서 발간한 보고서를 읽어보지도 않았거나, 알고도 묵살한 것이기 때문이다.

부시 행정부와 기업들의 숨은 전략

교토의정서 탈퇴 이후 국내외적으로 집중적인 공격을 받아온 부시 행정부가 올해 들어 갑자기 "기후변화의 원인이 90% 이상 인간에게 있다"는 IPCC 보고서를 인정하기 시작했다. 부시는 올해 초에 석유 사용 감축, 신재생에너지 개발 및 보급 확대, 온실가스 포집·저장 프로젝트 추진 등에 막대한 예산을 투입하겠다고 말했다. 기후변화를 부정해 온 기업들은 한편으로는 지구온난화에 이의를 제기하는 세력들을 고무·지원하고, 다른 한편으로는 온실가스 감축을 위한 각종 프로젝트에 엄청난 돈을 투자하겠다는 계획을 경쟁적으로 내놓기 시작했다.

이제 부시 행정부와 기업들의 전략은 명백해졌다. 그것은 자기들의 온실가스 감축에 비용 효과적으로 대응할 수 있는 적정한 시간을 벌면서, 동시에 온실가스 시장을 장악하겠다는 것이다. 미국은 국가 목표를 달성할 수 있다는 계산이 맞아떨어지면, 교토의정서에 언제든지 복귀할 것이다. 그 첫 번째 조건은 한국과 중국 등 주요 개도국을 의무감축 국가에 포함시키는 것이 될 것이다.

2007년 8월 22일 노무현 대통령은 국가에너지위원회 회의를 개최하고 '기후변화 대응 신국가전략'을 채택했다. 범정부 차원의 지속적이고 통합적인 기후변화 대책을 수립하기 위해서 법제 정비가 필수적이다. 이를 통해서 자연과학은 물론 사회과학에 이르기까지 여러 부문의 학제간 연구를 위한 민간-학계-산업계-정부간의 협력체제를 구축하고, 국가적 지원을 강제할 수 있는 법적 장치가 절실하다.

'에너지비전2030'에
거는 기대가 크다

2006년 10월 영국 정부는 『스턴 보고서』를 공식적으로 인정했다. 이 보고서에 따르면, 지구온난화가 세계대전이나 대공황에 맞먹는 규모로 경제를 파괴할 것이라는 것이다. 또한 21세기 중반에는 온난화로 인해 해수면이 상승하여 2억 명 이상의 영구 난민이 발생하고, 미국의 허리케인은 풍속이 10%까지 증가해 피해액이 매년 두 배로 증가하며, 유럽에서는 매년 수만 명이 사망하고, 아마존 열대우림은 회복 불능 상태에 빠진다.

영국의 토니블레어 총리도 "머잖아 기후변화로 매년 전 세계 국가의 국내총생산(GDP)을 모두 합친 것의 5-20%에 해당하는 피해가 발생할 것"이라는 스턴보고서를 인용하면서, 기후변화의 대충격을 경고한 바 있다. 영국은 이런 경고를 내놓기 훨씬 이전인 2000년도에 "2010년까지 온실가스를 20% 감축하고, 신재생에너지 보급률을 10%까지 끌어올리겠다"는 계획을 발표한 바 있다.

지구적 차원의 돌이킬 수 없는 환경적 대재앙에 대한 경고와 국가의 생존을 건 기후변화프로그램이 잇따라 나오고 있는 가운데, 우리 정부는 2006년 11월 대통령을 위원장으로 하는 '국가에너지위원회'를 발족했다.

산업자원부(현 지식경제부)는 이와 동시에 2030년까지 국내 에너지 소비량의 35%를 국내기업이 개발한 에너지로 충당하고, 신재생에너지 보급률을 9% 수준까지 확대하며, 석유의존도를 35%까지 줄이는 내용을 골자로 한 '에너지비전 2030'을 발표했다. 여기서 특히 눈길을 끄는 것은 우리 기업이 생산통제권을 갖는 에너지 자주 개발률을 현재의 4%에서 35%까지 끌어올리고, 이를 실현하는 주요한 수단으로 풍력, 태양열, 연료전지 등 신재생에너지 보급률을 현재 2.1%에서 9%로 확대한다는 것이다.

신재생에너지 부문에 대한 우리 정부의 비전은 유럽연합 회원국의 계획에 비하면 턱없이 부족하다. 특히 선진국에 비해 신재생에너지 부문의 기술개발 투자비는 수십 분의 일에 불과하다. 풍력이나 태양열 에너지에 대한 기술 수준도 많이 뒤떨어져 있다. 특히 우리나라가 교토의정서상 온실가스 감축 의무 국가군에 포함될 것이 확실시되는 제2단계 의무감축 기간(2013-2018년)에 비해, 목표달성 년도를 2030년으로 너무 멀리 잡았다. 그럼에도 불구하고, 뒤늦게나마 범정부 차원에서 중장기 국가 에너지비전을 선포하고, 기후변화 대책 가운데 가장 중요한 신재생에너지 개발과 보급에 관한 국가적 의지를 천명한 것을 다행스럽게 생각한다.

문제는 화려한 비전이 아니다. 가장 중요한 관건은 '에너지비전 2030'에 관한 구체적인 실행계획을 짜고, 이를 계획대로 수행하기 위한 재원을 지속적으로 투입하고, 관련 인력을 육성하는 일이다. 이것만이 지구적 대재앙에 대비하고 국가의 지속가능한 발전을 보장할 수 있다. 따라서 이번만큼은 제발 용두사미로 끝나지 않기를 간절히 기대한다. 국가에너지위원회의 활동에 거는 국민의 기대가 어느 때보다 큰 이유가 바로 여기에 있다.

신재생에너지
혁명시대에 필요한 리더십

우리에게 2008년은 국내외적으로 매우 유의미한 해가 될 것이다. 2008년 2월 25일은 대통령 이취임식이 있고, 2012년까지 5년간 대한민국호의 항해를 책임질 선장을 축으로 한 새로운 정부가 출범한다.

나라 밖으로는 기후변화협약 교토의정서상 온실가스를 1990년 대비 평균 5.2% 감축할 선진국들의 의무감축이 시작되는 해이며, 이 감축 목표는 2012년까지 달성해야 한다. 이래서 2008년은 우리에게 새로운 패러다임을 창출할 수 있는 기회가 시작되는 해가 될 것이다.

유엔 차원에서 2007년 2월 2일 프랑스 파리에서 발표된 '기후변화 2007'과 4월 6일 벨기에 브뤼셀에서 발표된 '지구온난화 영향'에 관한 각각의 보고서는 인류문명의 발전과 생물의 생존 자체마저 위협하는 충격적인 내용들을 담고 있다. 보고서를 작성한 전문가들은 인류가 이런 충격으로부터 피해를 최소화할 수 있는 준비 시간이 2015년까지 약 8년밖에 남아 있지 않다고 강조했다. 결론적으로 기후변화로 인한 치명적인 지구안보의 위협으로부터 인류를 지켜내기 위해서는 바로 온실가스 배출을 대폭 줄여야 하며, 이를 위해서 무엇보다 선진국이 솔선수범할 것을 역설했다.

세계적인 다국적 기업들의 대변신

일찍이 이런 경고를 예견한 바람은 몇 년 전부터 선진 대기업에서부터 거세게 일어났다. 우리는 세계적인 석유기업으로서 온실가스 배출기업의 대명사로 빛나는 BP와 액슨모빌의 일대변신에서 이것을 실감하고 있다. 석유회사인 BP가 2003년 새롭게 내건 슬로건은 '석유를 넘어서'이다. BP는 녹색경영의 기치를 실현하기 위해 '2015년까지 에너지효율, 신재생에너지, 온실가스 저장 기술 분야에 80억 달러를 투자하겠다'는 계획을 발표했다.

세계 최대의 석유회사로서 전 세계에서 매출 1, 2위를 다투는 액슨모빌은 한 때 온실가스에 의한 지구온난화 주장에 강력한 의문을 제기하고, '지구온난화는 과학적인 근거가 없다'는 연구에 막대한 돈을 지원하기도 했다. 환경단체들에 의해 '지구환경 공적 1호'로 지목된 액슨모빌도 작금에 지구온난화를 심각한 문제로 인식하고 일대 변신을 서두르고 있다.

2007년 1월에는 GE, GM, 듀폰 등 세계적인 다국적 기업들이 '미국 기후변화 행동연대'를 결성해, 미국이 연방정부 차원에서 탄소배출 규제 방안을 마련해야 한다고 촉구했다. 이런 배경에는 미국도 온실가스 감축을 피해갈 수 없다는 것과 함께 '온실가스 감축량이 바로 돈이다'는 인식이 급속히 확대되고 있으며, 이미 이 분야에 막대한 투자를 시작했기 때문이다.

한때 '제3의 산업혁명'을 이끌어낸 아이티 벤처기술의 메카인 미국의 실리콘 밸리는 이제 신재생에너지와 관련된 청정기술(GT : Green Technology) 벤처기업 단지로 탈바꿈하고 있다. 지금은 70여 GT 관련 업체들이 투자자들의 돈으로 기술개발에 박차를 가하고 있다. 이런 GT 벤처 창업 붐은 온실가스 감축을 위한 국제규범이 본격적으로 시행되고, 청정기술의 상용화로 인한 온실가스 감축량은 바로 돈과 맞바꿀 수 있는 국제적 환경이 무르익었기 때문이다. 이른바 교토의정서에 규정한 청정개발체제(CDM 사업)와 배출권거래(ET)가 활발히 이뤄지고 있기 때문이다.

온실가스 감축 = 돈

유럽연합은 이미 15,000여 기업에 배출권을 할당했다. 이들 기업들은

2012년까지 감축 목표량을 달성하기 위해 자체 공정을 개선하거나 외부에서 배출권을 구매해야 한다. 거래 첫해인 2005년 거래규모는 110억 달러이던 것이 작년에는 300억 달러에 달했다.

독일은 2007년까지 할당량을 초과하면, 이산화탄소 톤당 40유로를 벌금으로 내야 한다. 이런 흐름에 금융기관들도 투자 차원에서 배출권을 사들이고 있다. 영국의 한 은행은 한국의 풍력발전 회사로부터 이산화탄소 1톤당 13유로(약 1만6천 원)에 구매하기도 했다.

기후변화는 이제 '제4의 산업기술 혁명'을 꿈꾸게 한다. 석유와 석탄, 원자력 등 낡은 에너지에 뿌리를 박고 있는 지속 불가능한 현대문명은 점차 폐기물, 태양, 바람, 바닷물, 지열 등과 같은 새로운 에너지에 기반을 둔 평화롭고 지속가능한 미래문명 시대로 나아갈 것이다. 대한민국호도 이런 혁명에 동참해야 한다. 어느 나라도 기후변화의 거센 파고를 피해갈 수는 없다. 작금의 파도는 에너지 집약산업이 밀집해있고, 온실가스 배출 10위의 나라인 대한민국호의 피할 수 없는 도전이자 위기이다. 우리는 이것을 기회와 희망으로 바꾸어야 한다.

2008년 2월 25일 새롭게 출범할 대한민국호의 선장이 지녀야 할 시대정신에 주목해야 한다. 인간과 지구가 공존해야만 하는 기후변화시대는 에너지 혁명을 선도할 철학과 의지를 갖춘 리더십을 절실히 요구하고 있다.

○ 이투뉴스, 2007.11.12

기후변화에 따른
'물안보' 대책 시급하다

　　여러 권위 있는 보고서와 전문가들이 내놓은 전망을 볼 때 지구적 차원의 안보에 관한 패러다임 자체가 변하고 있다. 제임스 캔턴은 2006년에 펴낸 그의 저서 『극단적 미래예측』에서 "기후변화는 기업, 사회, 안보 등을 위협하는 새로운 위기 요인으로 등장하고 있으며, 게임 체인저(game changer)의 하나로서 모든 추세를 뒤집을 가능성이 있는 세계적인 대형 추세 혹은 커다란 위험으로 미래 예측 작업을 훨씬 더 복잡하게 만들고 있다"며 기후변화가 미래 안보를 위협하는 중대한 요인 가운데 하나가 될 것임을 지적했다.

유엔개발계획(UNDP)은 『2006인간개발보고서』를 통해 "지구촌에 약 11억 명이 깨끗한 물을 마실 수 없는 환경에서 살고 있으며, 오염된 물로 인한 전염병으로 매년 1,800만 명의 어린이들이 사망하고 있다"고 주장했다. 유엔은 『2003 수자원개발보고서』를 통해 "2050년까지 세계 인구는 93억 명으로 증가하고, 그 가운데 최소 48개국 20억 명에서 최대 60개국 70억 명이 물 부족으로 고통을 겪게 될 것"이라고 전망했다.

2007년에 발표한 유엔 정부간기후변화위원회(IPCC)의 보고서는 "오는 2050년까지 아시아는 10억 명이 물 부족 사태로 신음할 것이 90% 이상 확실하고, 곡물생산이 30% 이상 감소할 것이며, 동남아 국가의 태풍과 폭우 발생 빈도와 위력이 증가할 것"이라면서 "아시아가 기후변화의 최대 피해지역이 될 것"이라고 경고했다.

물이 전쟁의 방아쇠 역할 할 수도

캔턴이 지적한 것처럼, 기후변화는 일종의 '게임 체인저'로서 최근 10년간의 변화에서 보았듯이, 극심한 가뭄과 사막화를 가져오는가 하면, 예측 불허의 대홍수와 해일 등을 몰고 오는 등 인류의 미래에 대한 불확실성을 더욱 증폭시키는 요소로 작용하고 있다. 특히 기후변화는 그 자체가 갖고 있는 고도의 불확실성 때문에 안정적인 물 공급을 더욱 어렵게 하고 있다. 기후변화는 국가의 기능을 마비시킬 정도의 대홍수와 국가간의 전쟁을 불러오는 요인으로 작용할 수 있는 극대 가뭄의 주요한 원인이 되고 있어, 물 관리 대비책 수립을 지극히 어렵게 만들고 있다. 따라서 이수와 치수 그리고 재난 대비책을 동시에 수립해야 하는 물 관리 기관들의 효율적 업무 수행에 막대한 어려움을 안겨주고 있다.

우리는 기후변화가 물을 놓고 전쟁을 촉발하는 방아쇠가 될 수 있음에 주목해야 한다. 세계에는 300여 개가 넘는 강들이 두 국가 이상에 걸쳐 흐르고 있으며, 그 유역에 살고 있는 50여 개 나라의 인구는 전 세계 인구의 35~40%에 달한다. 예측불허의 극대 가뭄은 물 기근 사태를 야기할 것이며, 이로 인해 상류와 하류 국가 사이에 물을 차지하기 위한 무력충돌이 일어날 수도 있다. 세계은행 부총재를 지낸 바 있는 이스마일 세라겔딘(Ismail Serageldin)은 일찍이 1995년도에 "20세기의 전쟁이 석유를 차지하기 위한 것이었다면, 21세기의 전쟁은 물을 차지하기 위한 전쟁이 될 것"이라고 말했다.

국가적 차원의 '물안보' 방안 연구 시급

선진국은 1980년대 중반부터 기후변화와 관련한 물 관리 연구를 매우 활발히 해왔다. 이 연구는 대부분 기후변화와 수자원과의 영향평가 및 대책을 포함하고 있으며, 이를 토대로 기후변화에 따른 '수자원장기종합계획'을 수립하여 시행하고 있다. 특히 영국은 2100년의 가상 시나리오를 바탕으로 템즈강 하류 방책(barrior)에 대한 개선 대책을 수립 중에 있다.

우리나라 사정은 어떤가. 2007년 10월 12일 강원대학교에서 '춘천물포럼'이 개최한 세미나에서 한국건설기술연구원의 윤석영 정책연구실장은 "유엔의 정부간기후변화위원회(IPCC)는 일찍이 1996년에 수자원 관리자들에게 수자원 설계 시스템의 설계 범위, 운영 룰, 비상 계획, 그리고 물 배분 정책에 대한 체계적인 재검토와 기후변화에 대한 불확실성에 대응하기 위한 방안으로서 물 수요관리와 제도 개선을 강력히 권고한 바 있다"고 말했다. 그럼에도 불구하고 지난 10여 년 동안 우리나라는 사실상 손을 놓고 있었다고 해도 과언이 아니다.

윤 실장은 "뒤늦게나마 2005년도에 이르러 건교부 산하 건설기술평가원 주관으로 '이상기후에 대비한 시설기준 강화 연구단'을 구성하여 몇 가지 연구를 수행하고 있는 것으로 알고 있다"면서, "2007년도부터 2009년까지 미래의 기후변화로 인해 발생할 홍수, 가뭄 그리고 생태적 변화에 대처할 수 있는 장기 수자원 정책을 개발하고 미래의 국가 '물 안보'를 목적으로 '기후변화 대비 국가 물 안보 확보 방안'이라는 연구 과제를 수행하고 있다"고 말했다.

2002년 8월 우리나라를 강타한 태풍 루사와 2003년 2월 대구 지하철 방화 참사 등에 충격을 받고, 국회 결의와 청와대의 특별지시로 관계부처는 2003년 3월 '국가 재난관리 시스템 기획단'을 구성하고, 같은 해 8월에 약 800쪽에 달하는 국가재난관리종합대책'을 내놓은 바 있다. 그러나 4년이 지난 지금도 근본적으로 변한 것은 없다. 2006년 9월에 정부가 발의한 '물관리기본법안'은 국회환경노동위원회에서 1년 넘게 낮잠을 자고 있다. 게다가 이 법안 어디에도 기후변화와 관련한 물 관리 종합대책 수립과 연구를 규정한 내용을 찾아 볼 수 없다.

남북한 '물안보체제' 구축을 위한 협동연구 필요

기후변화는 어느 한 부처의 문제만이 아니다. 무엇보다 모든 관련 부처의 역량을 한 곳으로 모을 수 있는 구속력 있는 입법을 통해 '범정부 대책기구'를 출범시켜야 한다. 이 기구 내에 물과 관련된 부처간의 이해관계와 물 관리의 난맥상을 통합 · 조정할 수 있는 강력한 조직을 신설할 필요가 있다.

비록 늦었지만, 지금이라도 정부와 국회가 기후변화에 따른 물 안보를 확보할 수 있는 종합대책을 지속적 · 체계적으로 연구할 수 있도록 모든 관련법을 제 · 개정하고, 국제적인 협력을 강화해나가야 한다. 특히 기후변화에 남한보다 취약한 북한과 '물안보체제'를 구축하고, 한강과 임진강의 수자원 및 합수 하구유역에 대한 방책(barrior) 개선을 위한 협동연구를 수행할 수 있길 바란다.

쇠고기협상 때문에 지지율 급락?
진짜 이유 직시해야

2007년 12월 19일, 대한민국 헌정사상 최초로 대기업 CEO 출신인 이명박 후보가 대선사상 최대 표차로 대통령에 선출됐다. 그리고 2008년 2월 25일 대통령에 취임했다. 국민들은 그가 기업경영과 청계천 복원사업에서 보여준 강력한 추진력으로 활력을 잃은 대한민국 경제를 도약시키고 서민을 잘 살게 해주는 선장 역할을 잘 수행해주리라 고대했다.

하지만 이제 국민의 희망은 후회와 실망으로 바뀌어가고 있다. 취임 100일도 안 돼 이명박 대통령의 지지도는 20% 내외를 오르내림으로써 역대 대통령 가운데 최악의 성적을 기록하고 있다. 게다가 거리에는 '이명박호'를 집어삼키고도 남을 성난 민심의 파고가 높아지고 있어, 거꾸로 국민이 대통령의 안위를 걱정하는 안타까운 상황으로 치닫고 있다.

이명박호, 위기의 뿌리 직시해야

어쩌다가 이 지경에까지 이르렀을까? 비단 엉터리 쇠고기 협상의 결과만은 아니다. 오늘날 '이명박호' 위기의 뿌리는 그가 대통령으로서의 보여준 국정철학과 리더십의 한계에 있다고 본다. 때문에 장관 몇 명 바꾸고 쇠고기 협상 적당히 다시 한다고 향후 나라가 순항을 할 수 없을 것이다. 오늘의 사태를 야기한 근본 원인을 직시하고 항로를 수정하지 않으면 안 된다.

그가 치국과 기업 경영에 대한 철학과 리더십을 동일시하는 데서 불행의 씨앗이 싹텄는지도 모른다. 국민의 조롱을 받고 있는 대통령의 '고소영'과 '강부자' 인사에서도 적나라하게 드러났다. 그는 '돈 많은 게 뭐가 잘못된 것이냐. 능력을 높이 산 것이다'는 식으로 국민적 비판에 독선으로 일갈했다. 기업의 CEO라면 그런 인사와 그런 말을 해도 국민이 관여할 바가 아니다. 하지만 5천만 국민을 대표하는 대한민국 대통령으로서 그렇게 말해서는 절대 안 된다.

이명박 대통령은 지난날 '아니오'라고 말하는 직원들을 그 다음날 한직으로 좌천시켰다고 한다. 그가 구사해온 주된 리더십은 '안 되면 되게 하라'는 전형적인 군대식 스타일이다. 지금 고위 공무원들은 그의 이런 리더십과 인사 스타일을 너무나 잘 알고 있을 것이다. 그는 아마도 '부시 대통령에게 쇠고기 선물해야 하니 미국 방문 전까지 협상 끝내라'고 지시했을 것이다.

여기서 무슨 토를 달았다면, 그 공무원이 어떻게 되었을까는 불을 보듯 훤하다. 청와대 참모를 비롯한 협상 부처의 장·차관과 실·국장들은 국민은 안중에도 없이, 오로지 대통령의 지상명령을 수행하기 위해 심지어 번역까지 잘못하는 실수를 드러내보였다. 여기서 부시 행정부는 이명박 대통령이 보여준 리더십의 한계와 약점을 정확히 미국의 국익으로 치환했을 것이다.

'MB불패신화'의 망령'에서 벗어나야

대통령을 포함한 청와대와 내각의 참모들은 이른바 'MB 불패신화의 망령'에서 벗어나지 못한 것 같다. 역사적으로 볼 때, 입지전적 출세가도를 달려온 지도자들은 지나친 자신감과 독단에 쉽게 빠져들 수 있다는 것이다.

이런 지도자 앞에서 참모들도 입을 닫아버리고 국민과 소통하는 언로도 막힌다. 따라서 참모들의 지혜와 힘을 합칠 수 없어 통치 비용은 높아지는데 국정의 효율성은 떨어진다. 팀워크가 제대로 작동하지 못해 국가 정책은 갈지자(之)를 걷게 된다. 지금 이명박 정부의 내부 실정이 바로 이와 같은 형국이다.

국가는 일개 기업이 아니다. 수단방법을 가리지 않고 수익만 내면 된다는 구시대적 기업경영 스타일을 21세기 대한민국의 국정에 적용하려는 시대착오적인 발상을 버려야 국민이 편하게 살 수 있다.

이명박 대통령은 2008년의 대한민국 국민은 결코 60~70년대 국민이 아니라는 사실을 직시해야 한다. 모름지기 성공한 대통령이 되고자 한다면, 국민과 역사가 갈망하는 시대적 소명이 무엇인가를 정확히 통찰할 수 있어야 한다. 이를 위해서는 피나는 학습과 국민과의 소통을 위해 심혈을 기울여야 한다.

국민과 소통할 수 있는 큰 귀 열어놓아야

미국 쇠고기 수입 문제나 한반도 대운하 추진을 놓고, 수시로 말을 바꾸면서 진실을 호도하고, 거짓말로 국민을 현혹해서는 결코 안 된다. 이제라도 잘못된 국정 철학과 리더십의 한계를 극복하기 위해 국민의 소리를 경청해야 한다. 대통령이 되기 전에 이명박 대통령이 즐겨 읽었다는 제임스 번스의 〈역사를 바꾸는 리더십〉에서 강조했듯이, 성공한 지도자는 국민의 소리에 항상 귀를 기울이고 있었다는 사실을 기억해야 한다. 국민을 향해 큰 귀를 열어놓지 않으면, 대통령 자신의 실패는 말할 것도 없고, 국민의 참화(慘禍)로 귀결된다는 것이 역사의 교훈이다.

이명박 대통령은 임기를 마치고 청와대에서 나오는 그날까지 중국 역사에 길이 남을 '정관의 치'를 이룩하여, 오늘날까지 중국 인민의 존경을 받는 황제로 추앙받고 있는 당 태종 이세민의 경구를 잊지 말길 바란다.

당 태종 이세민은 어느 날 배를 함께 탄 태자에게 '배에 대해 아느냐'고 물었다. 태자가 '잘 모르겠다'고 대답하자 태종은 이렇게 말했다.

"백성은 물이요, 황제는 배다. 물은 배를 띄우기도 하지만 전복시킬 수도 있다. 그러니 배를 무사히 저어가고 싶다면 항상 물을 신경 써야 한다. 네 배가 뒤집히지 않도록 말이다."

지금 성난 민심의 파도는 대통령이 '꼭 해야 될 일'과 '꼭 해서는 안 될 일'이 무엇인가를 정확히 가리키고 있다. 적어도 지금 국민은 대통령이 이를 직시하여 '이명박호'가 목적지까지 순항하길 바라고 있다. 국민이 걱정할 때가 마지막 기회임을 각성해야 한다. 더 늦어지면 기회는 다시 오지 않을 수도 있다.

오바마의 그린뉴딜에서 배워라

미국, 일본, 영국 등 여러 선진국들은 경제 위기에 대처하면서, 미래의 성장 동력으로 떠오른 그린에너지 부문에서 주도권을 잡기 위해 '그린 뉴딜' 정책을 경쟁적으로 내놓고 있다. 그린에너지는 크게 에너지 고효율 기술, 청정연료화 사업, 신·재생에너지 등 세 부문이다. 이것은 석유, 천연가스, 석탄 등 화석 에너지 자원 고갈과 기후변화협약에 대응하는 핵심 방향이다. 그린에너지는 21세기 글로벌 어젠다이자, 국가적 생존 전략인 '저탄소 녹색성장' 실현을 위해 반드시 건너지 않으면 안 될 강이다.

고용 · 환경 · 경제위기 시대의 국정 우선순위

이명박 정부도 2009년 1월 5일, 2012년까지 50조 원을 투입하여 100만개의 일자리를 창출한다는 '녹색 뉴딜'을 발표한 바 있다. 하지만 그것은 녹색으로 포장한 대규모 토목공사에 불과하다는 비판을 받고 있다. 4대강 사업에 2012년까지 약 22조 2,000억 원을 투입하여 28만개 일자리를 창출하는 것을 비롯하여, 11조 원을 투입한 전국 자전거 일주도로 및 고속철 사업, 2조 원을 투입한 소형댐 건설 사업 등은 그린에너지와 직접적인 관련이 없다.

특히 1조 2,000억 원을 투입해 서해 인천에서 남해안을 돌아 동해 강원도 고성까지 폭 3미터에 길이 3,100킬로미터 자전거 도로를 건설하겠다는 발상은 경제위기를 잊은 신선놀음에 불과한 짓이다. 우리에게 시급한 것은 저탄소와 관련이 큰 생활형 자전거 도로이지 레저용이 아니기 때문이다.

그린 뉴딜의 본질은 무엇인가? 저탄소 녹색성장의 핵심 사업이 무엇인가? 이명박 정부는 유례가 없는 오늘의 고용위기, 환경위기, 경제위기라는 3각 파도를 극복하면서, 미래의 성장 동력을 키워 세계 시장에서 주도권을 잡기 위해 몰두하고 있는 선진국의 '그린 뉴딜'의 본질을 정녕 모르고 있단 말인가? 위기의 시대에 국정의 우선순위도 모르는 이명박 정권을 바라보고 있는 국민이 안타까울 뿐이다.

저탄소 녹색성장을 위해 이명박 정부가 총력을 기울여야 할 최우선순위의 국책사업은 그린에너지 기술개발과 고급 인력 양성이다. 여기에 국가 재정을 집중적으로 투입해야 한다. 동시에 민간 투자를 최대한 유인하는 법제를 빨리 정비해야 한다. 이명박 정권은 지하 벙커쇼룸에서 나와, 2009년 1월에 미국 오바마 행정부가 밝힌 '그린 뉴딜'의 핵심 방향이 어디를 향하고 있는가를 직시해야 한다.

오바마 행정부로부터라도 배워야

미국 오바마 행정부는 당선자 신분 시절에 밝힌 대로, 저탄소 녹색성장시대에 대비하고 경제위기를 극복하기 위해, 2009년부터 10년간 총 1,500억 달러(약 200조 원)를 신·재생에너지 등 그린에너지 개발에 투자해 500만 개 일자리를 창출한다는 '뉴 아폴로 프로젝트'를 강력히 추진할 것이다. 오바마가 밝힌 '그린 뉴딜'의 핵심 방향은 무엇인가.?

첫째, 기초연구 및 인적자본 투자를 확대하고, 그린에너지 관련 프로젝트를 추진하기 위한 연방기금을 60억 달러에서 120억 달러로 증액하고, 청정기술 개발 등을 촉진하기 위한 직업교육 및 이직 프로그램에 대한 투자를 확대하는 것이다.

둘째, 핵심기술의 상용화를 위한 투자 확대를 위해 '청정기술개발 벤처캐피탈 기금'을 조성하고, 신재생에너지 기술의 상용화를 위해 2008년까지인 세액공제 기간을 2012년까지 연장하는 것이다.

셋째, 민간투자 및 혁신을 위한 표준 설정의 일환으로 2020년까지 이산화탄소 10% 감축을 의무화하는 '저탄소 연료기준'을 설정하고, 2020년까지 연방정부 전력소비의 30% 이상을 신재생에너지로 공급하며,

205

2025년까지 미국 내 전력소비의 25%를 신재생에너지로 공급한다는 것이다.

빛 좋은 개살구는 버리고, 그린 뉴딜 본질 직시해야

우리 속담에 '우선 먹기는 곶감이 달다'는 말이 있다. 이명박 정부가 신년 벽두에 내놓은 '녹색 뉴딜'에 딱 맞는 말이다. 이명박 정부가 작금에 내놓은 프로젝트는 한마디로 '빛 좋은 개살구'와 같다. 세계 시장을 향해 '개살구 사세요'라고 소리친다고 누가 그것을 사먹겠는가? 국가 예산을 곶감 빼먹듯이 다 빼먹고 나면 무엇이 남겠는가? 몇 년 후에 빈 깡통만 차고 다닐 셈인가?

2008년 노벨 경제학상을 받은 폴 크루그먼 교수는 "오늘의 세계경제는 1929년 촉발된 세계 대공황 이후 가장 위험한 상황을 맞고 있다"면서, 모든 나라에 경제를 살리기 위한 비상한 조치를 주문하고 있다. 이런 때일수록 '그린 뉴딜'의 본질을 망각하고 정치적 논리에 입각한 엉뚱한 처방을 내놓는 어리석음을 되풀이하지 말아야 한다.

에너지안보체제 구축에
총력을 경주하라

2008년 5월 6일 미국 서부텍사스 원유가가 배럴당 120 달러를 돌파했다. 두바이유도 지난 5월 5일 기준으로 약 110달러까지 치솟았다. 2005년 중동산 유가가 배럴당 60달러를 넘어설 때만 해도, 전문가들은 중동 산유국의 가격 담합과 신흥공업국의 원유 소비량 확대에 따른 일시적인 현상으로 치부했다. 그러나 고유가 시대가 고착되는 추세를 띠고 있어, 자원빈국들의 에너지 안보도 갈수록 심각한 위협을 받을 수밖에 없다.

대한민국은 에너지안보를 위한 제대로 된 자원 확보 전략을 갖고 있는가? 2004년 '사할린 투자 설명을 위한 기자회견'에서 테이무라즈 라미쉬빌리 전 주한 러시아 대사는 "세계에서 에너지 확보 대책을 마련하지 못한 유일한 국가는 아마도 한국일 것"이라고 일갈했다. 원유 및 가스 자주개발률이 프랑스 95%, 중국 14%, 일본 9.8%에 비해, 우리나라는 겨우 4.1%에 불과하다. 그럼에도 불구하고, 2005년도 기준 해외 유전개발 투자비는 프랑스 65억 달러, 일본 64억 달러, 중국 177억 달러에 비해, 우리나라는 겨우 9.5억 달러에 불과하다. 대한민국 정부는 라미쉬빌리 전 주한 러시아 대사의 일갈에 부끄러운 줄 알아야 한다.

교훈으로 삼아야 할 중국 · 일본의 에너지안보 전략

이제 대한민국은 동북아에서 국가적 사활을 건 에너지안보 전쟁을 펼치고 있는 중국과 일본의 행보를 직시해야 한다. 외국의 자원 확보 및 개발을 위한 전략과 전술을 벤치마킹하여, 우리나라 실정에 맞는 전략과 전술을 수립할 필요가 있다. 이를 토대로 민관이 유기적인 협력 체제를 구축하고, 전략과 전술을 차질 없이 수행하는 과업에 총력을 경주해야 한다.

중국은 2008년 3월말 현재 1조 6,800억 달러에 달하는 막대한 회완 보유고를 무기로 해외 자원 확보에 국가적 명운을 걸고 뛰고 있다. 중국석유천연가스그룹(CNPC)은 중동, 중앙아시아, 아프리카와 중남미 등 세계 27개 나라에서 유전 및 가스전을 보유하고 있으며, 2006년 매출 1,121억 달러에 순이익 133억 달러를 올림으로써 세계 7대 석유메이저급 회사로 부상했다.

중국해양석유총공사(CNOOC)와 중국석유화공(SINOPEC)도 세계 도처에서 석유 및 가스전 확보를 위한 막대한 돈을 투자하고 있다. 이들 3대 국영기업은 중국 정부의 막대한 재정 및 국영 은행의 저리 지원은 물론, 국가 차원의 자원 외교를 통한 자원 보유국의 채무 탕감과 차관 제공, SOC 건설 등 경제적 지원 속에서 경제성 높은 각종 천연자원을 선점해나가고 있다.

일본은 중국에 자극받아 2004년부터 본격적인 원유 및 가스의 해외 개발에 착수했으며, 2005년 현재 15%인 원유의 자주개발률을 2030년에는 40%까지 높이겠다는 계획을 수립했다. 중동과 아프리카에 2006년 한해만도 공적개발원조(ODA) 440억 엔과 528억 엔을 투입하는 등 자원 보유국에 막대한 돈과 첨단기술 및 SOC 건설을 제공하고, 자국의 해외 자원 개발 진출 기업에는 재정·금융·기술 등 각종 지원책을 아끼지 않고 있다.

너무 부끄러운 대한민국의 투자 규모

이에 비해 우리나라는 2004년부터 해외자원 확보를 위한 자원외교를 적극 추진해왔으나, 중국과 일본의 규모에 비하면 초라하기 짝이 없다. 심지어 1998~2002년에는 외환위기와 저유가 시세가 이어지자, 26개 개발 사업권마저 다른 나라에 매각하는 일을 자행하고 말았다. 2005년 기준 투자규모도 중국의 18분의 1, 일본의 7분의 1에 불과하다.

유전개발 기술인력도 3,500명인 일본의 14분의 1수준인 250명에 불과하다. 전문 공기업 및 민간 기업의 규모도 영세하고 기술력도 크게 부족한 실정이다. 결론적으로 자원개발 정책의 지속성 결여와 투자규모, 기술인력, 전문기업 등에서 중국이나 일본에 비해 너무나 부끄러운 수준이다.

지난 4월 소비자 물가가 드디어 4.1%로 3년8개월 만에 4% 선을 넘어섰는데, 품목별 기여도를 들여다보면, 그 이유를 잘 알 수 있다. 즉 경유 (0.36%), 휘발유(0.36%), 도시가스(0.25%) 등이 각각 1,2,4위를 차지하고 있다.

한국산업연구원이 최근 내놓은 『최근 무역수지 적자 배경과 시사점』 연구보고서에 따르면, 유가가 10% 오르면 지난해 무역액을 기준으로 최대 80억 달러의 무역수지 악화가 발생한다고 한다. 이처럼 원유와 가스의 치솟는 가격 충격이 우리 경제에 미치는 악영향은 치명적인 수준에 이르고 있다.

에너지안보 확보에 국가적 명운 걸어야

이명박 정부는 지난 3월 원유와 가스의 2012년 자주개발률을 18.1%까지(2008년 목표치 5.7%) 끌어올린다는 목표를 수립하고, 자원외교를 적극 추진하며, 해외 자원의 발굴과 광구 인수 등을 위한 투자 재원을 지속적으로 확충하고, 공기업 민영화와 기술인력 확보 등을 포함한 '해외자원개발 세부 추진 전략' 을 발표했다. 하지만 갈 길은 먼데 실행은 한없이 느리기만 하다. 특히 재원 확보가 관건인데, 이를 위한 구체적인 실행계획이 보이지 않는다.

거듭 역설하지만, 이제 이명박 정부는 국력과 시간과 혈세만을 낭비한 채 환경적 대재앙을 몰고 올 시대착오적인 한반도 대운하 사업을 당장 전면 백지화하고, 화급한 에너지안보 체제 구축에 국가적 명운을 걸고 총력을 쏟아야 할 것이다.

거국적 '에너지전략대화'를 추진하라

　최근 몇 년간 지속되는 고유가 행진과 에너지 전쟁의 격화, 국가간 자원 경쟁의 심화, 점차 가시권으로 진입하고 있는 각종 화석연료의 가채 부존량 고갈, 교토의정서 발효 등 국제 에너지 환경이 어느 때보다 급속히 악화되고 있다. 게다가 매년 10% 이상의 고도성장을 하고 있는 중국의 에너지 수요 급증과 북한의 극심한 에너지 빈곤을 포함하여 한·중·일의 대중동 석유의존도 심화 등은 동북아의 지역안보와도 직결되고 있다.

　갈수록 악화되고 있는 심각한 국제 에너지 환경은 국가 생존 차원의 대응을 절실히 요구하고 있다. 국가간 에너지 정책 및 협력 방안을 외교 안보 당국이 주도하고, 공통의 협력 사업을 발굴하여 구체적인 추진방 안은 에너지 당국이 지원하며, 민간 부문과 협력하는 통합시스템의 구 축이 절실히 필요하다.

특히 에너지자원을 풍부하게 보유하고 있는 후발개도국에 대한 사회·경제적인 지원 방안까지 포괄하는 전략적 접근이 필요하다. 이런 포괄적인 목적을 달성하기 위해서는 단기적인 해결방안보다는 장기적이고 포괄적인 협력방안을 모색하는 '전략적 에너지 대화(Strategic Energy Dialogue : SED)' 방식을 적극 활용할 필요가 있다. 따라서 SED 를 성공적으로 이끌기 위해서는 거국적 차원의 역할분담과 긴밀한 협력이 필요하다. 미·중·일·러·EU 등은 1990년대 중반 이후부터 이런 방식을 중요한 전략으로 활용하고 있다.

특히 우리는 중국의 SED 추진과 실현을 위한 활동상에 주목할 필요가 있다. 중국은 한때 사회주의 진영의 주도권 다툼은 물론, 끊임없는 국경분쟁을 일으키고 있는 러시아와 1996년 SED를 처음으로 개최한 이래, 2002년 이후에는 수시로 개최해 오고 있다. 이밖에도 대외무역에서 벌어들인 막대한 달러를 바탕으로, 에너지원과 광물 자원을 확보하기 위해 오랫동안 적대국으로 맞서왔던 인도와 굳게 손을 잡았으며, 아프리카 국가와 이란에도 엄청난 투자를 하였거나 계획을 수립해 놓고 있다. 국가의 명운을 걸고 폭증하는 미래의 에너지와 광물자원의 수요에 대비하기 위해, 이른바 '자원 선점과 사재기'에 나서고 있는 실정이다.

우리 정부도 뒤늦게나마, 2004년 9월에는 한 · 러 정상회담을 통해서 '양국간 SED를 개시한다'는 데 합의하였으며, 현재 구체적인 추진방안을 마련하고 있다. 그리고 같은 해 11월에는 한 · 중 · 일 정상회담에서 3국간 SED에 합의하였고, 12월에는 미국에도 SED 개최를 요청했다.

참여정부는 2013년까지 에너지 자주개발률을 18%까지 끌어올리겠다는 목표를 세운 가운데, 노무현 대통령도 2004년부터 '에너지 정상외교'에 적극 뛰어들었다. 이것은 우리나라 외교정책의 중요한 기조가 에너지자원의 안정적인 확보를 위한 방향으로 전환되고 있음을 말한다. 중장기적으로는 공고한 에너지안보체제 구축를 위해 거국적 차원의 외교역량을 집중해야 할 것이다.

SED를 성공적으로 이끌기 위한 관건은 국가적 차원에서 각 부처가 일사분란하게 업무를 분장하고, 민간 부문과의 긴밀한 협력을 통해 구체적인 실행계획을 제시함으로써, 당사국의 신뢰를 얻는 일이 무엇보다 중요하다. 에너지원을 97% 이상 수입에 의존하고, 그 가운데 석유 수입량이 세계에서 네 번째임에도, 에너지 자주개발률은 3% 수준에 불과한 대한민국의 살 길이 무엇인가를 절박하게 고민하지 않으면 안 된다.

우리나라보다 6배나 높은 18%의 자주 개발률을 갖고 있는 중국이 오늘날 왜 그토록 사활을 걸고, SED와 에너지 정상외교를 추진하고 있는가를 직시해야 한다. 중국을 타산지적으로 삼아 거국적 차원에서 에너지 부국과 SED를 추진하고, 반드시 성공시켜야 할 이유가 바로 대한민국의 미래 생존과 직결되어 있기 때문이다.

오바마의 에너지 혁명과
우리의 대응전략

2008년 11월 4일, 미국 유권자들은 역사상 가장 혁명적인 선거혁명을 이룩했다. 링컨 대통령이 노예해방선언을 선포한지 146년 만에 미국 역사상 최초로 흑인 대통령이 탄생하는 역사적 사건이 일어난 것이다. 그가 바로 미국의 마흔 네번째 대통령 당선자인 버락 오바마이다. 모든 지구촌 사람들은 이로써 '변화와 화해 그리고 희망'의 새로운 세계사가 열릴 수 있을 것으로 기대하고 있다.

하지만 갈수록 거세지고 있는 국제사회의 험난한 파고는 지구호의 순항을 매우 어렵게 만들고 있다. 세계 대다수 국가는 1929년 대공황 이래 가장 심각한 경제위기를 맞고 있다. 동시에 석유와 식량 등을 둘러싼 자원민족주의 색채가 더욱 노골화되고 있으며, 보호무역주의로의 회귀 가능성은 갈수록 높아지고 있어, 글로벌 차원의 무역전쟁을 예고하는 등 불길한 상황이 이어지고 있다. 종교를 앞세운 문화적 충돌이 더욱 격화될 조짐을 보이기도 한다. 이런 현실 때문에 오바마 당선자가 향후 지구촌 사람들의 기대에 어떻게 얼마나 보답할지 알 수 없는 노릇이다. 모두가 오늘의 국제정세를 매우 불안한 눈으로 지켜보고 있다.

오바마, 포스트 교토체제 구축에 앞장 설 것

세계 각국은 쓰나미처럼 밀려오는 경제위기를 극복하기 위해 온갖 극약 처방까지 쏟아내고 있다. 새로운 성장 동력을 찾아내기 위한 각종 전략 보고서들이 정책결정자들의 책상에 산더미처럼 쌓이고 있다. 그 중에서 '저탄소 녹색성장'을 이끌어낼 에너지혁명에 관한 보고서가 압도적으로 많을 것이다. 각국의 최고 지도자와 정책결정자들은 에너지 혁명을 어떻게 비용 효과적으로 최단시간에 달성할 수 있느냐를 놓고 골몰하고 있다.

에너지 혁명의 방향 가운데 하나는 초절약과 초고효율 에너지시스템 구축이고, 다른 하나는 석유를 비롯한 화석연료에 중독된 낡은 에너지 시스템으로부터 무공해 저탄소에 기반한 새로운 에너지 시스템으로 전환하는 것이다. 오바마 당선자도 선거운동을 통해서, 이 문제를 미국이 해결해야 할 가장 중요한 국정의 최우선 과제로 선정한 바 있다.

여기서 세계인들이 주목하는 부분 가운데 하나는 곧 출범할 오바마 행정부가 유엔기후변화협약에 언제 복귀하느냐는 것이다. 현 조지 부시 대통령은 "세계의 많은 국가가 온실가스 의무감축에서 배제된 기후변화협약은 미국의 국익을 위한 것이 아닐뿐더러 성과를 가져올 수 없다"면서 2001년 3월 29일 교토의정서를 일방적으로 탈퇴한 바 있다.

오바마는 부시가 취임하자마자 한 일이 교토토의정서를 탈퇴하여 미국이 국제적인 비난과 고립을 자초했다는 사실을 잘 알고 있다. 그는 교토의정서 복귀와 비준이 불가피하다는 것도 잘 알고 있을 것이다. 따라서 포스트 교토체제 구축에 미국이 기후변화협상의 주도권을 갖기 위한 가능한 모든 조치를 취할 것으로 본다.

오바마의 에너지정책은 부시와 완전히 다른 길을 가게 될 것으로 전망된다. 그는 석유에 중독된 부시의 에너지 정책이 오늘날 미국의 경제적 위기를 낳은 주요한 원인 가운데 하나라고 보고 있다. 세계 자동차 산업의 빅쓰리(Big3)로 군림해온 미국의 GM, 포드, 크라이슬러가 오늘날 생사의 기로에 선 이유 가운데 가장 중요한 하나가 무엇인가. 그것은 고유가 시대에 석유를 하마처럼 먹어치우는 반환경적 저효율 자동차 생산에 주력한 채 소비자의 시대적 요구를 묵살했기 때문이 아닌가. 오바마는 바로 이런 잘못된 길을 수정하는 에너지 혁명의 길로 나아갈 것을 선거 캠페인 때부터 천명한 바 있다.

오바마, 미국 자동차산업, 그린카로 승부할 것

미국의 3대 자동차 회사와 협력사에 종사하는 노동자가 300만 명에 달하고 있다. 오바마가 당선되자마자 부시에게 가장 강력히 요청한 것이 바로 자동차 회사를 살리기 위한 공적자금 투입이었다. 오바마는 향후 공적자금을 투입하면서 자동차 회사들에게 구조조정과 함께 그린카 생산체제 구축을 강력히 요구할 것이다. 그는 미국의 자동차 산업을 살리는 길은 고연비·친환경차로 승부하는 길뿐이라는 사실을 잘 알고 있다.

2009년 1월 20일 오마바 행정부가 출범하면, 에너지 정책에 혁명적인 바람이 불기 시작할 것이다. 우선 기후변화협약에 복귀할 준비를 할 것이며, 여기에 걸맞은 정책을 추진할 것으로 본다.

미국은 교토의정서에 따라, 2012년까지 1990년 대비 온실가스를 7% 감축해야 한다. 이에 대한 대책으로 미국은 저탄소 녹색성장을 위한 새로운 엔진으로서, 초절전 및 초고효율 에너지기술 개발에 박차를 가할 것이다. 동시에 저탄소나 탄소 무배출 신재생에너지 산업에 국가 재정을 대대적으로 투입할 것으로 본다. 에너지 혁명을 유인할 법제도 대폭 정비할 것으로 전망된다.

치밀한 전략과 실천 가능한 액션 플랜 긴요

우리는 미국의 서브프라임 모기지가 대한민국 국민의 밥상까지 위협할 줄 미처 알지 못했다. 미국 오바마의 대통령 당선은 앞으로 대한민국의 에너지 정책의 전환을 불가피하게 만들 것이다. 이명박 정부는 말로만 '저탄소 녹색성장'을 구두선처럼 외치고, '녹색포장'에만 속도를 낼 것이 아니라, 치밀한 전략과 실천 가능한 액션 플랜을 내놓아야 한다. 그리고 액션 플랜을 추진할 돈과 인력을 확보해야 한다. 대통령은 이를 위해서 국민과의 지속적인 소통과 동참을 이끌어내는 일에 심혈을 기울여야 한다. 세계의 '에너지 시간'은 결코 우리를 기다려주지 않는다는 사실을 깊이 명심하면서 말이다.

촛불과 시대착오적인 낡은 리더십의 한계

　40일 넘게 촛불집회가 전국 곳곳에서 들불처럼 타오르고 있다. 그럼에도 이명박 정권의 팀워크는 찾아볼 수 없고, 국가 시스템도 제대로 작동하지 않고 있는 듯하다. 그 결과 국민과의 소통은커녕, 자체 시스템 내부의 소통마저 두절되고 있다. 때문에 효율성을 유난히 강조한 이명박 정부의 정책은 혼선에 혼선을 거듭한 채, 국가 통치비용은 높아만 가는데, 효율성은 현저히 떨어지는 위기국면으로 치달고 있다. 그 모든 피해는 국민에게 고스란히 전가되고 있다.

촛불을 키운 진짜 배후는 MB정권의 마비증세

2008년 5월 처음으로 중·고생 중심의 촛불이 타오를 때, '몇몇 장관들은 일부 불순세력의 선동 때문이라면서, 저러다가 저절로 꺼질 것이라며 대수롭지 않게 보았다'는 내부 고백도 나오고 있다. 자기들이 어떤 잘못을 저지르고 있는지도 모르고 있다는 반증이다. 이제 국민은 촛불을 키운 진짜 배후는 극우세력이 상투적으로 지칭하는 실체도 없는 '친북좌파'가 아닌 MB정권의 현실인식에 대한 마비증상 바로 그 자체임을 잘 알고 있다.

이명박 대통령은 지난날 입지전적 출세가도를 달려온 국내 최대 재벌기업의 CEO 출신이다. 이런 그가 대통령이 되었을 때, 국민들은 '다른 것은 몰라도 경제 하나는 확실하게 살려 낼 것이다'는 희망을 가졌다. 하지만 이제 그 희망은 절망으로 바뀌고 있다.

지금 국민은 불안한 눈으로 이명박 대통령의 후속 조치를 주시하고 있다. 국민은 왜 이토록 불안하고 대통령의 안위마저 걱정하고 있는가. 그것은 오늘의 사태를 불러온 가장 큰 이유가 이명박 정권의 팀워크 부재와 시스템이 작동 불능 상태에 빠져있기 때문이다. 게다가 이명박 대통령 자신의 리더십의 한계를 드러내보였기 때문이다. 이런 리더십은 또다시 인사실패로 이어지고, 그 결과는 국정을 한없이 표류시킬 가능성이 높다고 보기 때문이다.

지금까지 이 대통령의 인사는 대기업 CEO나 서울시장 당시의 인사 스타일을 답습하고 있는 듯하다. 이는 일개 대기업이나 서울시를 경영

221

하는 것과 한 나라를 다스리는 것과는 그 본질이나 규모에서 너무나 다르다는 것을 제대로 인식하지 못한 데서 비롯된 것이리라.

서울시정의 규모는 국정 전반에 비하면 한 눈에 잡힐 정도로 간단하다. 따라서 시장이 되기 이전의 사적인 이너 써클(inner circle)에서 대다수 인력을 충원해도 서울시정은 돌아갈 수 있다. 아니 대권 창출 프로그램에 맞추어 추진된 청계천 프로젝트에서 보았듯이, 서울시정 정도의 스케일이라면, 어쩌면 'MB식 인사'가 더 효율적이었는지도 모른다.

사적 이너 써클 인사 배제해야

또다시 청와대나 각료 인사를 사적 이너 써클 사람들로 충원한다면 대통령 자신은 물론, 국민마저 불행의 늪에 빠뜨리는 결과를 가져올 수 있음을 명심해야 한다. 대통령은 국민을 적군과 아군으로 갈라서는 절대 안 된다. 이제라도 국민 모두를 대통령 자신이 쓸 수 있는 인재로 보는 열린 마음을 가져야 한다.

나는 오늘의 사태를 키운 비극의 원인이 대통령이 된 뒤에도 과거의 낡은 리더십과 인사 스타일에 집착하는 데 있다고 본다. 그것은 입지전적 출세가도를 달려온 사람들이 빠지기 쉬운 지나친 자만심과 성공에 대한 자기 과신에서 오는 무오류의 오류에서 비롯될 수 있다. 따라서 오류를 수정할 수 있는 길을 스스로 차단하는 자폐증세로 귀결될 수 있다.

대통령직이란 고도의 정치적 리더십과 역지사지의 리더십을 발휘해야 하는 고독하고 힘든 자리다. 하지만 이따금 '여의도 정치'를 혐오하는 말을 곧잘 하는 대통령의 모습은 스스로 리더십의 문제점을 고백한 것이나 다름없다. 낡은 리더십은 공명심에 불탄 이너 써클 요원들의 개인적 충성 경쟁과 한건주의를 조장하고, 하부조직원의 복지부동을 양산하고 있다. 이런 리더십은 결국 팀워크를 배척하고 국가 시스템마저 작동을 멈추게 하는 불행한 사태를 낳고 있다.

만일 이 대통령이 지금처럼 '마이 웨이'를 고집한다면 어떻게 될까? 비록 순간적으로 국민을 속이고 위기를 모면할 수는 있어도, 결코 돌이킬 수 없는 더 큰 비극을 낳게 될 것이다. 이 대통령은 이번 위기를 국정 혼란의 악순환을 끊을 수 있는 절호의 기회로 삼아야 한다.

어제 '6.10촛불시위'를 보면서 많은 것을 느꼈다'고 스스로 고백했듯이, 이 대통령은 이번 사태를 계기로 국가 시스템이 제대로 작동되고 팀워크가 활발히 이뤄질 수 있는 대대적인 인적쇄신을 단행해야 할 것이다. 그리고 시대착오적인 낡은 리더십의 한계를 하루빨리 극복하기 위한 피나는 학습을 반복해야 한다. 동시에 국민과의 대화와 소통을 위해 혼신을 다 해야 한다. 이것은 국가적 불행을 막을 수 있는 최소한의 필요조건이다.

'환경교육진흥법'
꼭 제정하라

2007년 10월 1일 오후 국회 환경노동위원회 법안심사 소위원회에서 '환경교육진흥법률안'에 대한 공청회가 열렸다. 이날 공청회는 이경재 국회의원이 대표 발의한 '환경교육 진흥에 관한 법률안'과 제종길 국회의원이 대표 발의한 '환경교육의 진흥과 지원에 관한 법률안'에 대하여 환경교육 관련 전문가와 단체 활동가, 환경부, 교육인적자원부 · 해양수산부 등 정부 관계관, 법안 발의 대표의원 등의 진술을 듣고, 법안심사소위원회 위원들과의 질의응답을 공식적으로 청취하기 위해 국회 환경노동위원회가 마련한 자리였다.

국회 환경노동위원회에서 공청회 열려

학교와 사회의 환경교육을 강화하고 지원하기 위한 법률을 제정하기 위한 노력은 지금으로부터 7년 전인 2000년도부터 시작됐다. 당시 나는 공주대학교에서 개최된 환경교육 활성화 관련 심포지엄에서 국회환경포럼과 한국환경교육학회가 공동으로 동법의 제정을 추진하기 위해 법률 제정을 위한 특별위원회 구성을 제안했고, 참석자들도 적극 동의했다.

이후 구성된 동 특위는 여론조사, 심포지엄, 법안 공청회, 관련 전문가들의 의견수렴 등을 거쳐 2002년 12월 국회환경포럼의 회장인 이정일 국회의원이 대표발의자로 '환경교육진흥법안'을 국회에 제출했다. 그러나 환경부의 입법 추진 노력 미흡에다가, 교육인적자원부의 강력한 반대에 부딪혀, 제대로 심의도 해보지 못한 채, 16대 국회 폐회와 더불어 동 법안은 자동 폐기되고 말았다. 하지만 17대 국회 마지막 정기국회에서 공청회를 시작으로 '환경교육진흥법' 제정을 위한 공식적인 자리가 마련돼 참으로 다행스럽게 생각한다.

이날 국회에서 열린 공청회에서 진술인으로 나온 국제환경교육연구소 최석진 소장은 "미국은 1980대에 환경교육 관련법을 이미 제정했고, 우리나라의 입법 노력에 자극받은 일본은 2004년에 환경교육법을 제정했다"면서, "이번에는 꼭 환경교육 관련법이 국회를 통과할 수 있기를 바란다"고 말했다.

공주대학교 환경교육학과 이재영 교수는 "환경교육이란, 대표적인 사전 예방 교육이고, 환경교육의 투자 효과는 비용 대비 최소 7배에서

225

최대 14배에 이른다"고 주장하고, "환경교육에 100억 원을 투자했을 경우 700억 원에서 1400억 원의 비용을 절감하는 편익을 얻을 수 있다"면서 법률 제정의 필요성을 강조했다.

이제 우리는 환경교육에 대한 예산과 시간의 투입을 낭비로 생각하지 말고, 인류의 생존과 문명의 존속 자체를 위한 철제절명의 투자로 인식하는 발상의 전환이 절실하다. 기후변화와 지구온난화로 인한 최근의 잇따른 대재앙에서 보았듯이, 이제 환경문제는 지구적인 생존의 문제와 직결되고 있다. 인간을 포함한 지구생태계의 안전과 영속을 위해서라도, 국가 차원에서부터 체계적이고 지속적으로 환경교육을 지원하고 강화해야 한다. 그것만이 더 큰 환경파괴를 예방하는 지름길이다.

교육인적자원부의 결단 필요

그런데 이날 공청회에서 교육인적자원부는 공청회 참석자들을 또다시 우울하게 만들었다. 교육인적자원부의 김홍섭 학교정책관은 "학교교육의 의무시간 할당에 대해 초중등 교육의 자율권과 학생들의 학습선택권을 침해할 우려가 있고, 학교에서 일정시간 환경교육을 강제할 경우 컴퓨터를 비롯한 다른 선택 과목도 이와 같이 나올 수도 있다"면서, 학교 환경교육은 지금처럼 학교에 맡겨주라고 진술했다.

하지만 이런 주장은 환경교육을 지구적 차원의 인간 생존과 문명의 영속 차원이 아닌 컴퓨터와 같이 살아가는 과정의 기술적인 문제로 인식하고 있느는 것에 불과하다. 이날 법안 발의 두 의원과 법안심사소위원회 위원들도 교육인적자원부의 이런 인식의 한계와 철학의 빈곤 문제를 지적했다.

17대 국회 마지막 정기국회가 시작된 지도 한 달이 넘었다. 10월 17일부터 11월 4일까지는 각 기관에 대한 현장 국정감사가 있고, 게다가 올해는 12월 대통령선거가 있어, 현재 국회에 계류 중인 법안 심사가 제대로 이뤄질 수 있는 시간이 많지 않다. 교육인적자원부가 지금처럼 주장을 지나치게 고집할 경우, 또다시 법안이 자동 폐기될 가능성이 있다.

이번 공청회에서 동 법안의 통과 여부에 대한 열쇠는 역시 교육인적자원부가 쥐고 있음을 다시 한 번 확인했다. 교육인적자원부도 기본적으로는 동법의 제정 필요성에 공감한 만큼, 이제는 전향적인 검토와 결단을 내리길 간절히 촉구한다. (편집자 : 동법은 마침내 2008년 3월 21일 제정되었고, 같은 해 9월부터 시행되었다.)

● 오마이뉴스, 2008.1.28

세계경제포럼 발표,
대한민국 '대기질' 세계 꼴찌

2008년 1월 23일 스위스 다보스에서 세계경제포럼이 '2008환경성과지수(EPI)' 를 발표했다. 이날 발표된 EPI는 예일대와 컬럼비아대가 환경 관련 각 분야별 목표치 대비 국가별 달성도를 평가하여 분야별로 점수를 매긴 국가별 순위를 담고 있다. 우리나라는 종합 평균점수 79.4점을 얻어 평가 대상 149개 국가 중 51위를 차지했다. 결과적으로 우리나라는 같은 선발 개도국군에 포함된 40위 대만과 49위 멕시코보다 낮은 성적을 거두었다.

아황산 분야 등수는 세계 꼴찌

아황산가스 배출량은 0점을 받아 148위, 오존 오염은 118위, 생태계 위험지수는 127위, 보호서식지 111위, 1인당 이산화탄소 배출량을 많이 배출하는 측면에서 103위를 각각 기록하는 등 생태계 지속성 분야에서 종합 109위를 차지했다. 우리는 여기서 대기질과 관련된 대표적인 오염물질인 아황산가스 배출량을 문제 삼지 않을 수 없다.

정부는 1981년부터 연료사용으로 인한 대기오염 저감을 위해 황함유에 관한 법적 기준을 도입하여 실시해오고 있다. 또한 1985년부터는 수도권 및 대도시 등 대기오염 우심지역에 대해 석탄, 코크스, 땔감 및 숯, 폐기물 등 고체연료 사용을 금지하는 제도를 도입하였다. 법적인 제도 도입 이후 연료사용을 원천적으로 규제하는 황 함유량을 줄이고 규제 대상 지역을 점차 넓혀왔다.

이처럼 강력한 연료 규제를 실시하게 된 것은 산업 활동에서 황함유량이 높은 벙커 - C와 경유를 주로 사용하다 보니, 도시지역의 아황산 농도가 높아져 오염피해가 발생하는 등 사회문제를 해소하기 위한 것이었다. 또한 배출허용 기준으로는 당시의 환경기준인 아황산 농도 0.05ppm을 유지할 수 없다는 이유 때문이었다.

연료규제 중심의 정책 손질해야

연료규제 제도를 도입한 정부는 황 함유 기준을 몇 차례 강화하고, 적용 대상 지역을 확대하는 조치를 취했다. 1981년에는 중유의 경우 4.0%

에서 1.6%로, 경유의 경우 1.0%에서 0.4%로 강화했다. 1993년부터는 중유의 경우 1.6%에서 1.0% 이하로, 경유의 경우 0.4%에서 0.2%로 강화했다. 1996년도에는 저유황유의 황함유 기준을 중유의 경우 2001년부터 0.3%, 경유의 경우 0.1%로 더욱 강화했다.

그리고 2007년 12월 현재 경유의 경우 0.1% 이하를 전국에 공급하도록 하였으며, 서울특별시를 비롯한 7개 광역시와 수원을 비롯한 13개 시에 대하여는 0.3% 이하의 중유만을 사용하도록 하였다.

그럼에도 불구하고 이번 세계경제포럼에서 발표된 국가별 EPI 분야 중에서 아황산가스 배출량 성적이 백점 만점에 0점을 받아 평가대상 149개 국가 중 꼴찌를 차지했다. 이게 어찌된 이유인가? 정부의 대기질 개선 정책이 헛발질을 했다는 것인가? 정책의 실효성에 근본적인 문제점이 있다는 것을 반증한다.

재정 투입 확대와 시장경제 원리 도입 필요

가장 큰 문제는 먼저 역대 정부의 예산규모에 있다. 수질개선에는 매년 수조 원의 돈을 투입한 반면, 대기질 개선에는 2000년대 이전까지는 수백억 원에 불과하다가, 최근에 와서야 투입 규모를 천억 원대로 늘리고 있다. 수질 개선은 공적 부문이 책임을 진 반면, 대기질 개선은 대부분을 민간 부문의 책임에 의존해 왔다. 바로 이것이 세계 꼴찌를 차지하게 만든 주된 원인인 것이다.

이제 정책의 일대전환이 있어야 할 것이다. 대기오염으로 인한 사회적 손실 비용이 연간 십수조 원에 달하고, 대기오염물질에 의한 질병 때문에 조기 사망하는 사람도 연간 수천 명에 달한다는 연구보고서도 있다. 따라서 정부가 지금처럼 규제 일변도로 대기질을 개선하겠다는 후진적 발상을 버려야 한다.

EPI 지수 하나만 보아도 이미 정부의 대기질 개선정책은 상당 부분 실패한 것이나 다름없다. 따라서 재정 투입을 획기적으로 늘리고, 선진국에서 도입한 오염총량제와 배출권거래와 같은 시장경제 원리를 도입하는 등 다양한 정책 프로그램을 도입할 필요가 있다.

정부 정책의 전환과 산업계의 투자 확대는 물론, 오염물질 생산자이자 피해자인 소비자도 대기질 개선에 발 벗고 나섬으로써, 세계 꼴찌의 불명예로부터 하루빨리 탈출할 수 있길 기대한다.

5

지속가능한
참 녹색세상을
갈구하며

참 녹 색 국 가 의 길

2007년 유엔 정부간기후변화위원회(IPCC)가 발표한 제4차 보고서가 "지구온난화로 사이클론의 발생빈도와 위력이 증가할 것"이라고 경고했듯이, 2008년 5월의 '나르기스'도 상당한 정도는 인간이 지구온실가스를 더욱 많이 내뿜고 있음에 기인하고 있다. 따라서 '환경은 자연의 문제가 아니라 곧 인간의 문제'라는 점에서 볼 때, 이번 사태의 본질과 해법을 찾아야 할 책무는 동시대를 살아가는 지구촌의 모든 인류에게 있다고 본다.

노자가 갈구한
참 평화와 생명사상

노자는 누구인가?

사마천의 『사기(史記)』에 따르면, 노자(老子)는 지금으로부터 2500여 년 전 춘추전국시대 초(楚)나라 고현(苦縣 :지금의 河南省 鹿邑縣)에서 태어났으며, 성은 이(李)씨, 이름은 이(耳), 자는 백양(伯陽)이고, 주(周)나라의 장서실을 관리하는 사관이었던 것으로 전해진다.

공자가 주나라에 갔을 때 노자에게 예(禮)에 관해 물었다는 기록이 있는 것으로 보아, 공자와 같은 시대에 살았던 것으로 추정되지만, 언제 태어나서 언제 생을 마감했는지는 알 길이 없다.

노자는 여러 나라를 떠돌다가 관소(關所)에 이르자, 관령(關令) 윤희(尹喜)가 "선생께서는 앞으로 은거하려하니 수고스럽지만 저를 위해 저서를 남겨주십시오"라고 청하자, 노자는 도덕의 의미를 5,000여자로 저술하고 홀연히 자취를 감추니, 그 후로는 아무도 그의 최후를 알지 못했다고 한다.

회남자(淮南子)에는 "당나라에 이르러서는 노자가 '태상현원황제(太上玄元皇帝)'에 추중됐으며, 노자의 도덕경을 과거시험에 출제했고, 현종(玄宗) 자신이 이 책에 주를 달아 집집마다 간직하게 했다"라고 한다.

송나라에 이르러서는 도덕경 박사를 둬 이를 강의하게 했으며, 원·명·청나라를 거쳐 오늘에 이르기까지 노자를 연구하는 사람들이 더욱 늘어났다. 이로써 노자 사상은 동양 철학의 한 대종을 이뤘다.

노자가 갈구한 세상은 어떤 것인가?

노자는 극단적인 일을 피하고, 검소한 생활을 할 것을 설파했다. 그는 "인간에게 타오르는 탐욕의 불을 끄고, 마음을 고요하게 만들면 장차 천하를 얻을 것이다"라고 역설했다. 그는 무위자연(無爲自然)의 도를 통해서 인간의 마음을 다스려 상생(相生)의 길로 나가면, 결국 병든 자연을 치유하고, 동시에 천하를 얻을 수 있다고 했다.

노자는 생명과 자연을 내 몸과 같이 소중히 여기는 세상을 갈구했다. 무위자연은 노자 사상을 실천하는 길이다. 무위자연의 도(道)는 흐르는 물과 같이 자연의 이치를 터득하는 과정이며, 인위적인 파괴의 힘을 배척하는 것이다. 따라서 노자의 가르침은 오늘날 환경과 생명 존중의 모체정신이라 할 수도 있다.

노자는 "만족할 줄 알면 욕됨이 없고, 그칠 줄 알면 위태롭지 아니해 가히 오래 존속할 수 있다. 만족함을 모르는 것보다 더 큰 재앙은 없다"고 강조했다. 그는 인간의 끝없는 탐욕에 의해 자연이 파괴되고 내 자신을 지탱하고 있는 지구 생태계마저 괴멸시켜, 종국에는 나 자신마저 죽이는 결과를 낳고 있는 현대문명 사회의 역설(paradox)을 예단했는지도 모른다. 그는 무위자연과 절제의 도를 통해서 자연과 생명의 중요성을 강조한 선각자였다.

노자는 전쟁을 반대하고 평화로운 상생의 세상을 갈구했다. 그는 "도로서 왕을 돕는 사람은 군대로써 천하에 강함을 나타내지 않으며, 군대가 머물렀던 곳에는 가시나무가 생겨나고, 큰 전쟁 뒤에는 반드시 흉년이 있게 마련이다. 모든 사물은 강하면 노쇠하는 법이니, 이를 일러 도에 어긋난다 하거니와, 도에 어긋나면 일찍 망하게 된다"고 설파했다.

노자는 "무릇 군대를 좋아하는 사람은 길하지 못한다. 조물주도 이를 싫어한다" 면서 "전쟁에 이기는 것을 경사로 여겨서는 안 되며, 이를 경사로 여기는 자는 곧 사람 죽이기를 좋아하는 것이니, 그런 자는 천하의 뜻을 얻지 못한다"고 지적했다. 뒷날 맹자도 "사람 죽이기를 좋아하지 않은 사람이 천하를 하나로 통일할 것이다"고 역설했다.

노자는 무위자연의 도로 나라를 다스리면 백성들이 평안을 누릴 것이지만, 강력한 군사력을 통해 천하의 패권을 다투는 자들은 종국에 모두

망하고, 도에 어긋나면 재앙을 불러들여 일찍 패망하게 된다는 것을 가르쳐 줬다. 그가 살았던 춘추전국시대는 수많은 나라와 제후들 사이에 천하의 패권을 놓고 치열한 각축전을 이어갔다. 우리는 여기서 노자가 끝없는 전쟁과 살상의 망령으로부터 해방된 평화로운 세상을 그토록 갈구한 이유를 엿볼 수 있다.

노자에게서 무엇을 배울 것인가?

노자는 무위자연의 도를 통해서 생명 존중, 전쟁 반대, 평화와 포용을 중시하는 상생의 정치를 펼칠 것을 역설했다. 그는 "사람을 다스리고 자연이 부여한 생명을 섬기기 위해서는 아끼고 양육하는 것이 최상이다"고 설파했다. 그러면서 인간은 인위적으로 물길을 돌릴 수 있지만, 사물을 이롭게 하고 낮은 곳으로 흘러가는 물의 근본 속성까지 바꿀 수 없음을 꿰뚫어 보았다. 노자는 삼라만상을 다스리는 이치도 바로 물처럼 남을 이롭게 하되 서로 다투지 않아야 한다는 점을 일관되게 강조했다.

노자는 자신이 갈구한 세상, 즉 무위자연의 도가 실현되고 덕이 넘치는 이상향이 열릴 것으로 기대하지 않았을지도 모른다. 하지만 2500여 년 전에 행해졌던 그의 가르침은 인류의 생존 자체를 위협하는 핵무기와 기후변화처럼 현대문명사회가 낳은 역설(paradox)이 무엇인가를 되돌아보게 한다. 그리고 모든 행위를 물과 같이 자연의 흐름에 맡길 것을 설파한 그는 인간이 도달할 궁극적인 도의 세계가 무엇인가를 가르쳐 주고 있다. 또한 탐욕과 무한경쟁의 노예로 전락한 현대인에게 자애와

검소 그리고 천하에 대해 앞서고자 하지 않는 것(不敢爲天下先)의 덕목이 왜 중요한가를 일깨워주고 있다.

생명과 평화를 향한 노자의 끝없는 사랑의 길인 무위자연의 도가 실현된다면, 계층·남녀·세대·지배와 피지배·종(種)간 화해와 공존이 가능할 것이다. 그가 그토록 강조한 양생(養生)과 상생(相生)의 가르침은 지구 생태계의 안전과 영속을 위해 우리 인간이 지향해야 할 삶의 지침이 되어야 한다. 그가 춘추전국시대 중원을 누비며 그토록 애타게 갈구한 세상은 상선약수(上善若水: 최상의 좋은 것은 물과 같은 것)가 실현되는 공동체가 아니었을까.

시공을 뛰어넘는
미국으로의 생태여행

　1995년 국무성 초청으로 미국을 한 달 동안 여행한 적
이 있다. 여행일정 가운데 미국 위스콘신 주 그린베이에 자리잡은 미국
속의 작은 나라 '오네이다국(Oneida Nation)' 이라는 인디언 보존구역
(Indian Reservation)을 방문했다. 이 나라의 최고 의결 기관인 '경제위
원회' 의 데보라 독스테이터 의장(옛날 같으면 여자 인디언 추장)은 우
리 일행을 조찬 모임에 초청했다. 그 자리에서 독스테이터 의장은 다음
과 같은 요지의 인상적인 인사말을 한다.

　"지난 200여 년 동안 미합중국은 계속해서 우리의 전통 문화와 언어

를 말살시키려는 정책을 써왔다. 그들은 민주주의와 개발이라는 허울 좋은 이름으로 우리 부족이 애초에 살았던 뉴욕에서 선조들을 몰아냈고, 우리가 가꾸고 지켜왔던 자연환경을 파괴했다. 이로크라는 대부족의 선조들은 계속 쫓기면서 5개 부족으로 흩어졌고, 우리 오네이다 부족은 이곳 위스콘신 주 미시간호 북서쪽 그린베이에 정착했다. 미합중국은 1950년대에 '이주법'이라는 것을 만들어, 우리에게 기술을 가르치고 자립을 시킨다는 명분으로, 형제들을 도시로 이주시켜 단순 노동자로 전락시켰다. 도시로 나간 형제들은 대부분 극빈계층과 소외계층으로 살아가게 됐다. 이제 흩어졌던 우리 부족의 형제들이 우리가 건설한 오네이다국으로 다시 모이고 있다."

정복자가 발을 붙인 곳은 초토화됐다

1854년 미국의 제14대 대통령 프랭클린 피어스는 워싱턴을 자신들의 마지막 주로 편입시키려고, 그곳의 원주민인 시애틀 추장에게 땅을 팔라고 제안한다. 미합중국은 반항하는 인디언들을 사살하고 땅을 빼앗았던 것에 대한 악화된 여론을 호도하기 위해 이런 기만술을 택한 것이다. 그들의 의중을 간파한 시애틀 추장은 피어스 대통령에게 다음과 같은 편지를 보낸다.

"당신들은 이 땅에 와서, 이 대지 위에 무엇을 세우고자 하는가? 어떤 꿈을 당신들의 아이들에게 들려주는가? 땅을 파헤치고 나무들을 쓰러 뜨리는 것이 행복한가? 연어 떼를 바라보며 다가올 겨울의 행복을 짐작

241

하는 우리만큼 행복한가?'

나는 150여 년의 시공을 뛰어넘어 아메리카 원주민과 정복자인 유럽인들 사이에 일관되게 흐르는 공통점을 발견한다. 피어스 대통령이 시애틀의 고고한 뜻을 위로하기 위해 워싱턴 주의 수도를 시애틀 시라고 명명했던, 인디언들을 잘 살게 해주겠다면서 이주법을 만들었던, 이 둘 사이에는 죽임과 살림의 문화가 충돌하고 있음을 본다. 아메리카에 대한 정복자들의 죽임의 문화가 원주민들의 살림의 문화를 말살해가는 과정을 적나라하게 보여주고 있다.

1492년 콜롬버스가 아메리카 대륙에 첫발을 내딛었던 당시에, 그곳에는 약 1억 명의 원주민들(Native Americans)이 살고 있었다고 한다. 하지만 평화롭던 그곳에 찰스 다윈이 지적한 대로, 유럽인들이 발을 붙인 지역마다 무자비한 살상과 유럽에서 옮겨온 전염병이라는 죽음의 그림자가 원주민들을 덮치기 시작했다. 이후 1세기 동안 원주민의 수는 90%나 격감했고, 현재는 미국 전체 인구의 1%만이 고단한 삶을 이어가고 있다.

어디 사람뿐이랴. 유럽인들이 북미대륙에 첫발을 내디뎠을 때, 약 4,000만 마리의 들소(buffalo)들이 대륙의 3분의 2 이상의 땅에 걸쳐 살고 있었다. 그런데 1830년부터 상업용 고기를 얻기 위해 대대적인 들소사냥이 시작됐고, 불과 1년 동안에 300만 마리의 들소가 도살됐다. 1869년 대륙횡단철도와 1880년 북태평양철도 완공으로 들소사냥이 더욱 쉬워져서 들소가 대량 도살됐다. 마침내 19세기 말에 북미 대륙에서 들소는 사실상 멸종됐다.

사상 초유의 생태전쟁을 감행하다

미국의 환경 파괴는 남의 나라 땅에서 더욱 야만적으로 전개된다. 미국은 베트남전쟁에서 승리하기 위해 1961년 8월 다이옥신이라는 가장 발암성이 강한 치명적 독소를 함유하고 있는 고엽제를 무차별 살포하기 시작했다. 이른바 전쟁사상 초유의 생태전쟁을 감행한 것이다. 미국은 9년 동안 20%에 이르는 베트남의 정글과 36%에 이르는 열대지방의 강과 해변 그리고 소택지에 형성된 홍수림(mangrove)에 고엽제를 살포했다. 심지어 적들의 식량을 초토화한다는 이유로 농작물에도 엄청난 양을 살포했다. 미국은 총 7천182만 리터에 달하는 고엽제를 살포한 것이다. 미국은 베트남에 엄청난 생태계 파괴를 안겨주었으면서도 정작 자신들은 이 전쟁에서 처참하게 패배했다.

오늘날 지구 인구의 5%인 미국이 지구 자원의 25%를 소비하고 있다. 화석연료의 25%를 소비하고 20%의 온실가스를 배출하고 있다. 미국인들은 한 사람당 에너지를 과테말라보다는 50배, 베트남보다는 100배, 차드에 사는 사람들보다는 500배를 사용한다. 심지어 독일, 프랑스, 영국 사람들보다 2배 이상을 사용한다.

지구호의 안전한 항해를 위협하다

2001년 3월 28일 미국의 부시 대통령은 '교토의정서는 미국의 이익을 위한 것이 아니다'라는 이유로 교토의정서를 일방적으로 탈퇴했다. 유럽연합과 공적 양심세력들의 강력한 압박에도 2007년 9월 현재까지 꿈적도 하지 않고 있다.

미국은 '온난화로부터 지구를 구하자'는 수많은 양심세력의 절규를 언제까지 묵살할 것인가? 미국은 나만의 끝없는 물질적 탐욕을 채우기 위해 언제까지 '지구 파괴라는 거침없는 나홀로 항해'를 계속할 것인가? 시공을 초월한 미국의 생태파괴 행위는 이제 지구호의 안전한 항해와 생존 자체마저 위협하고 있다. 이를 어찌하오리까?

우리 모두가
물신의 포로가 된 것인가?

600년 넘게 이 땅을 지켜온 대한민국의 제일 상징인 국보1호 숭례문이 모든 국민이 보는 눈앞에서 잿더미로 돌변했다. 어리석고 못난 우리 후손들 때문에 600년의 역사가 단 몇 시간 만에 완전히 불타버린 것이다. 어디 이뿐이랴. 다가올 천년의 역사도 불태워버렸다. 2008년 2월 10일, 그날은 우리 모두가 고개를 들 수 없을 정도로 창피스럽고 부끄러운 대한민국의 자화상을 세계 만방에 드러낸 '문화국치일'로 기록될 것이다.

물신주의가 초래한 우리 모두의 책임

우리는 상상도 할 수 없는 문화재 대참사의 뿌리가 어디에 있는가를 되돌아 봐야 한다. 어리석은 한 인간의 범행으로만 보아서는 근본적인 치유책을 찾을 수 없기 때문이다. 우리는 그가 최초 범행 대상으로 국보 1호를 방화 대상으로 삼은 이유가 "접근이 쉬웠기 때문"이라는 자백이 무엇을 의미한가를 되새겨보아야 한다. 결론부터 말하면, 숭례문 대참사는 물신주의에 빠져 이 시대를 정신없이 살아가는 우리 모두의 책임의식을 일깨워준다.

범인의 자백에서 알 수 있듯이, 범행의 발단은 '재개발 보상금에 대한 불만' 때문이었다는 것이다. 하루 몇 만원이면 24시간 관리가 가능한 일인데, 숭례문 관리책임 기관인 중구청의 예산타령은 우리 모를 정말 화나게 한다. 중구청은 서울특별시가 예산을 주지 않아 야간 경비를 세우지 않았다는 것이다. 결국 돈 때문에 숭례문은 가장 접근이 쉬운 범행 대상으로 전락하여 비참한 최후의 운명을 맞이한 것이다.

자신도 모르는 사이에 우리 모두가 물신만능주의의 노예로 전락한 것은 아닌가? 우리 모두가 물신교의 광신도로 전락한 것은 아닌가? 이번 숭례문의 불길 속에서 우리는 물신주의가 낳은 '21세기 부끄러운 대한민국의 자화상'을 똑똑히 보았다.

황우석 사건, 해양 폐기물 투기도 물신주의 소산

노무현 대통령까지 감동을 먹이고 국민을 우롱한 '황우석 시대'의 대홍행을 이끌어낸 본질은 무엇인가? 과학기술을 곧 돈으로만 보는 물신주의에 다름 아니다. 황우석의 '환자맞춤형 체세포 복제 배아줄기세포'의 특허권이 머지않아 수백조 원의 국부를 안겨줄 것이라고 선동한 대한민국 언론사들이 국민을 물신교의 광신도로 만들어나갔다. 최초로 '황우석 사건'을 보도한 어느 방송국 피디는 물론, 이후 문제를 제기한 사람들을 순식간에 매국노로 매도한 광기어린 사회가 이를 잘 보여주지 않았는가?

검찰 수사를 통해 대부분 사기로 드러났음에도, 상당수 사람들은 검찰의 수사결과 발표마저 부정했다. 몇 년 동안 국민을 흥분과 광분의 도가니로 몰아넣었던 '황우석 시대를 향한 신드롬'은 '물질만능주의 시대'가 낳은 재앙이 얼마나 어처구니없는 결과를 초래할 수 있는가를 극명하게 보여주었다. 그것은 결국 '비극적인 황우석 사건'으로 막을 내리고 말았다. 참으로 부끄러운 '21세기 대한민국의 자화상'이 아닐 수 없다.

어디 이뿐인가? 정부가 앞장서서 국민의 밥상인 바다에 생활오수 찌꺼기, 치명적인 독성분을 포함한 공장폐수 찌꺼기, 인분뇨 및 가축분뇨, 음식물 찌꺼기 등을 연간 약 1,000만 톤씩 투기하도록 조장했다. 최근에 동해안 해양투기 구역이 일본의 대륙붕 및 '배타적 경제수역'인 것으로 드러나 충격을 주고 있다. 대한민국이 국제법을 위반한 것이다. 우리 밥상에 오물을 뿌린 것도 모자라 남의 나라 밥상에까지 폐기물을 투기했다는 것이다. 이것도 결국은 돈 때문이다. 정부마저 국민을 물신교의 광신자로 만들어버린 것이다. 참으로 부끄러운 '21세기 대한민국의 자화상' 이 아닐 수 없다.

경제만능주의, 돌이킬 수 없는 재앙 초래할 수 있어

국민들은 2007년 12월에 이명박 후보에게 '경제를 살리라'며 압도적인 표를 몰아주어 대통령이 되게 했다. 이명박 정권이 21세기의 시대정신을 잘못 읽고 '경제만능주의'와 '성장만능주의'로 국민의 이성을 마비시킨다면, 지금보다 더 처참한 국가적 재앙을 안겨줄 수도 있다. 우리는 '한반도대운하 공약'이 어떻게 굴러갈 것인가를 그래서 예의주시하고자 한다.

이번 대참사가 물신주의에 매몰된 국민의 혼을 깨우는 계기가 되길 바란다. 이제 우리 국민 모두가 물신교로부터 벗어나 부끄러운 대한민국의 자화상을 말끔히 지울 수 있기를 바란다. 이를 위해서 우리 모두가 '자랑스럽고 떳떳한 21세기 선진 대한민국의 자화상'을 세계만방에 심기 위한 뼈를 깎는 반성과 노력이 있어야 할 것이다. 선진화로 가는 국격(國格)을 드높이는 일이 어찌 돈 뿐이랴.

◎ 이투뉴스, 2007.12.24

'산림환경 서비스 지불제' 도입하라

많은 사람들은 왜 기를 쓰고 산에 오르고자 하는가. 어떤 사람은 거기에 산이 있어서라고 말한다. 하지만 나무가 없다면 그토록 많은 사람들이 산을 오르려고 할까. 나무는 산을 산답게 만드는 필요충분조건이다. 나무가 없는 산은 산으로서의 기능을 제대로 할 수 없다. 산과 숲이 어우러져 '산림'이라는 한 단어가 완성됨으로써 산은 산답게 된다. 이로써 산림은 모든 생명체의 필수재인 물과 산소를 생산하는 자연의 공장으로 가동하게 된다.

249

산림의 공익적 서비스, 1인당 매년 131만8천원

우리는 산에 오르면서 산림이 인간에게 주는 서비스의 질과 가치 그리고 고마움을 얼마나 알고 있을까? 최근에 발표한 산림청 산하 국립산림과학원의 연구결과에 의하면, 우리나라 산림의 수원함양·산림정수·대기정화·토사유출방지·산림휴양·토사붕괴방지·야생동물보호 기능 등 일곱 가지 공익적 가치를 돈으로 환산할 경우 2005년 기준으로 약 65조9천억원에 달한다고 주장했다. 국민 1인당 매년 산림으로부터 131만8천원에 달하는 공익적 서비스를 받고 있는 셈이다.

우리는 산림 서비스에 대해 어떻게 보답해야 할까? 코스타리카는 1990년 초까지 전체 산림면적의 35~40%를 다른 용도로 전용하여 물 부족 현상이 발생하자, 화석연료에 3.5퍼센트의 판매세와 전력회사의 기부금 등으로 기금을 조성하여 산주에게 지원하는 '물 서비스에 대한 보상제도'를 도입한 바 있다.

일본은 지자체와 협정을 체결하여 산림조사와 임도 조성 등에 1ha당 1만 엔을 지급하는 '자연보호 장려기금' 제도를 도입하였으며, 미국은 1990년부터 다른 용도로의 전환을 막기 위해 환경적으로 가치 있는 산림의 개발권을 산주로부터 사들이는 구매비용의 75%까지 연방정부가 지원하고, 나머지는 주정부와 지역 환경단체 등에서 매칭 펀드 형식으로 지원하는 '산림생태계 기능 보호 프로그램' 제도를 도입하였다.

최근 인도네시아를 비롯하여 세계 열대우림의 80%를 소유하고 있는 20개 나라는 국가연합체를 결성하여, 지구온난화 방지에 기여하는 열대우림의 보전에 따른 손실보상 차원에서 국제사회의 공적원조를 강력히 요구하고 나섰다.

그렇다면 우리는 어떻게 하고 있는가? 우리나라 산림면적은 국토의 64%인 637만 ha이고, 이 가운데 사유림은 69%인 440만 ha에 달하고 있다. 산주들의 내부 투자수익률(IRR)은 0.3~1.2%로 매우 낮은 실정이며, 다른 한편으로는 공익기능을 위해 입목 벌채 등 법적 규제를 받고 있다. 이렇게 규제를 받는 면적은 전체 21%인 135만 헥타르에 달하고, 그 면적도 점차 증가 추세를 띠고 있다. 그럼에도 불구하고 우리나라는 산주에 대한 보상 제도를 갖고 있지 않다.

산림의 혜택, 공짜로 받아서는 안돼

산림은 수량 보전과 정수 기능, 대기정화 기능, 온실가스 흡수 기능 등과 같은 수혜범위가 광대하여 모든 국민에게 고루 서비스를 안겨주는 비배제성을 띠고 있다. 또한 산림의 휴양기능은 수혜범위가 주로 산을 찾는 사람에게 한정되어 이용료 등의 방법으로 시장기능 활용이 상대적으로 용이한 비경합성도 띠고 있다. 따라서 산림의 이런 공공재적 특성 때문에 시장기능에만 맡길 경우 국민이 원하는 서비스의 질이 급격히 악화될 수도 있다.

바로 이점 때문에 산림으로부터 받은 서비스에 대하여 산주에게 적절한 금전적 지불을 해야 한다는 당위성이 성립된다. 우리나라도 이제는 공공재로서의 특성이 강한 산림의 공익적 가치가 시장에서 거래되지 않기 때문에 수혜자가 공급자에게 대가를 지불하는 '산림환경서비스지불제(PESF; Payments for Environmental Service from Forest)'를 도입할 필요성이 있다고 본다. 따라서 산림청이 검토하고 있는 수원함양보안림 보전에 대한 지불과 산림유전자원 보호림 보전지불제도는 시기적으로 매우 적절하고 유용한 정책이라고 본다. 대다수 국민들은 이에 동의할 것으로 본다. 이 정책 도입의 최대 관건은 이명박 정권의 의지에 달려있다고 본다.

우리는 자연과 인간의 관계를 가장 적절하게 묘사한 다음과 같은 경구를 기억할 필요가 있다. 자연은 인간을 필요로 하지 않는다. 하지만 인간은 자연을 필요로 한다.

미얀마 사이클론,
천재인가? 인재인가?

2008년 5월초 뱅골만에서 발생한 열대성 저기압인 '나르기스' 라는 사이클론이 오랜 세월 군사정권의 폭압에 시달리고 있는 미얀마 국민에게 사상 최악의 대재앙을 안겨주었다. AP통신을 비롯한 많은 외신들은 5월 8일 현재 사망자와 실종자만 10만 명이 넘을 것이라면서, 추가 참사를 막기 위해 지구촌의 신속한 구조의 손길이 절실함을 긴급 타전하고 있다. 미얀마 군정은 사망자가 2만 2,900명, 실종자가 4만 2,000명이라고 공식 발표했다.

오랜 세월 동안 무자비한 군사독재정권의 폭압에 시달려온 비극을 경험한 우리이기에, 지금 미얀마 국민들의 고통과 슬픔이 얼마나 클 것인가를 생각하면 소름이 끼칠 뿐이다.

가증스러운 미얀마 군정의 무자비한 작태

이번 대재앙에서 보여준 가증스러운 미얀마 군정의 반국민적 · 반민주적 작태가 더욱 치를 떨게 한다. 군정은 사회적 혼란을 우려하여 조기경보도 제때 발령하지 않았으며, 세계식량계획(WFP)을 비롯한 국제기구들의 직접적인 구호활동마저 불허하고 있다. 미얀마 외무부는 "외국의 수색 · 구조팀과 언론은 받아들일 준비가 되어 있지 않다"며 "구호물품과 현금만 받아들일 것"이라고 밝혔다. 게다가 군정은 세계식량계획이 보낸 구호물품을 압수하여 정부 창고에 별도 보관하면서, "미얀마 사회복지부장관만이 구호품 배급 권한을 행사할 수 있다"고 말했다.

오랜 세월 무자비한 학살을 일삼아 온 미얀마 군정이 최악의 대재앙 앞에 죽어가고 있는 자기 국민들을 이처럼 방치한 이유는 무엇인가. 그것은 외국 구호단체와 언론의 대국민 직접 접촉을 통해 군정의 실정이 드러나면, 정권이 전복될 수도 있다는 우려를 갖고 있기 때문이다. 손 터널 호주 매쿼리대 교수가 지적한 것처럼, '미얀마 군정은 국민의 생명보다 정권안보가 우선'이라는 폭압적 군사정권의 추악함을 적나라하게 입증하였다.

이번 최악의 대재앙은 두 가지 측면에서 천재가 아니라 인재에 더 가깝다. 첫째, 앞서 지적했듯이, 장기화되고 있는 군사정권의 폭정과 부패와 무능으로 인한 조기경보 및 대응 체계의 미비는 물론 직접적인 구호의 손길마저 거부하고 있기 때문이다. 둘째, 2007년 유엔 정부간기후변화위원회(IPCC)가 발표한 제4차 보고서가 "지구온난화로 사이클론의 발생빈도와 위력이 증가할 것"이라고 경고했듯이, 2008년 5월의 '나르기스'도 상당한 정도는 인간이 온실가스를 더욱 많이 내뿜고 있음에 기인하고 있다고 보기 때문이다. 따라서 '환경은 자연의 문제가 아니라 곧 인간의 문제'라는 점에서 볼 때, 이번 사태의 본질과 해법을 찾아야 할 책무는 동시대를 살아가는 지구촌의 모든 인류에게 있다고 본다.

독재자와 결탁한 부도덕한 재벌들이 환경 파괴해

지구촌의 모든 공적 양심세력은 역사적으로 군사독재정권이란 환경의 대재앙을 예방하기는커녕, 오히려 사태를 키우고 악화시키는 일을 자행해왔다는 사실을 잘 알고 있다.

1997년에 발생한 인도네시아 역사상 최악의 산불을 기억할 것이다. 나는 당시 인도네시아와 인근 국가를 공포의 도가니로 몰아넣은 산불의 직접적 원인은 30년 이상 계속된 군사독재정권의 우두머리인 수하르토 대통령과 결탁한 부도덕한 재벌들이 더 많은 돈을 벌려고 열대림을 남벌하고, 그 자리에 불을 놓아 대규모 환금작물 재배를 위한 농장을 만들어온 결과라는 점을 지적한 바 있다.

1997년 인도네시아 산불로 우리나라 산림의 약 15%에 해당하는 80만 ha의 수백 년 된 열대우림이 단 며칠 만에 사라졌다. 그 이유 가운데 다른 하나는 독재정권과 결탁한 자본가들에게 삶의 터전을 빼앗긴 인도네시아 민중들이 초근목피를 면하기 위한 농토를 만들기 위해 밀림에 불을 지른 데도 있다는 것이다. 살아남기 위한 기층 민중들의 처절한 몸부림을 잉태한 뿌리가 어디에 있는가를 잘 보여주고 있다.

지구촌 공적 양심세력, 총력 대응체제 구축해야

잔혹한 군정이 계속되고 있는 나라는 빈곤의 악순환이 더욱 악화되고 있으며, 그들의 삶의 터전은 더욱 초토화되고 있다. 참을 수 없는 슬픔과 분노를 자아내게 하는 것은, 이번 미얀마 대참사에서 보았듯이, 폭압적 군정은 국민의 안전보다 정권의 안보를 위해 국제사회의 복구의 손길마저 뿌리치고 있다는 사실이다.

동시대를 살아가는 지구촌의 모든 공적 양심세력은 이번 미얀마 참상을 계기로 군사독재정권의 폭정을 종식시키고, 환경 대재앙으로부터 인류의 안전을 지켜내기 위해 총력 대응체제를 구축해야 한다.

혁명적 대중교통
통합운영체제 구축 시급하다

2008년 6월 미국의 세계적인 투자 은행, 골드만삭스는 유가가 금년 말에 150달러, 내년 말에는 200달러에 이를 것이란 비관적인 전망을 내놓은 바 있다. 2008년 7월에는 배럴당 147달러를 돌파했다.

세계경제는 지금 유례를 찾기 힘든 고유가 시대를 맞아 총체적인 위기상황을 맞고 있다. 특히 기름 한 방울 나지 않은 우리나라는 감내하기 힘든 상황에 처해 있다.

나아가 서민과 중산층의 삶마저 한계상황으로 내몰리고 있다. 하지만 정부는 갈피를 잡지 못한 채 허둥대고 있다. 이명박 정권은 '사적 영역까지 실내온도를 법으로 강제하고 승용차 홀짝제를 실시하겠다' 는 등 초강력 진통제 처방전을 전가의 보도처럼 휘두르고 있다. 공권력으로 오늘의 위기를 극복해보겠다는 것이 이명박 정권의 참 모습이란 말인가? 권위주의 시대에 써먹은 이런 상투적인 낡은 수법은 백약이 무효일 뿐이다.

대중교통 선순환 위한 통합운영체제 구축 시급

고유가는 우리 경제에 최악의 위기를 가져다줄 수도 있지만, 우리가 어떻게 하느냐에 따라서 절호의 기회일 수도 있다. 그러기 위해서는 이용자 중심의 대중교통 서비스 개선과 교통망 확대 및 지원책을 대폭 확대하고, 이를 효율적으로 집행할 수 있는 통합적 운영 시스템을 구축할 필요가 있다. 여기에는 중앙정부와 지자체, 지자체와 지자체가 공동으로 참여해야 한다.

아무리 유가가 고공행진을 계속해도 '나홀로 승용차' 가 줄지 않는 이유는 무엇인가? 대중교통에 대한 소비자의 불만은 차도에 승용차를 불러내어 교통정체를 낳고, 그로 인한 버스의 불편함이 가중됨으로써 대중교통의 악순환이 계속되고 있다. 이제 중앙정부와 지자체, 지자체와 지자체가 서로 머리를 맞대고 소비자의 불만을 제때 제대로 제거해주는 것이 급선무다. 소비자 불만 제거 - 대중교통 이용자 증가 - 승용차 이용자 감소 - 대중교통 활성화와 서비스 개선이라는 선순환 구조를 정착시킬 수 있는 혁명적인 대중교통 통합운영체제를 시급히 구축해야 한다.

하지만 우리나라 대중교통의 앞날은 아직도 어둡기만 하다. 녹색소비자연대가 2008년 5월 17일부터 31일까지 대중교통 이용자의 이용 활성화와 만족도 증진을 위해 버스 이용 시민 만족도 조사 결과를 발표했는데, 버스 정책 전반에 대한 시민들의 만족도 평가는 49.4%였다. 2007년 1월 조사 시 46.5%였던 것과 비교하면 만족도가 2.9% 증가하였다고는 하지만, 여전히 50%에도 미치지 못한 낙제 수준이다. 특히 배차간격 준수에 대해 39.5%가 불만족을 나타냄으로써 분야별 만족도에서 가장 높았다.

대중교통에 대한 정책 당국의 혁명적 발상 전환 필요

이제 교통 악순환을 끊고 선순환 구조를 만들기 위해서는 중앙정부와 지자체가 대중교통에 대한 혁명적인 발상의 전환을 단행해야 한다. 승용차 홀짝제 시행에 앞서 이용자 중심의 대중교통 서비스 개선과 지원대책을 대폭 강화해야 한다. 언제 올지도 모르는 시내버스를 30분 이상 기다리게 하면서 승용차 홀짝제를 강제하면 시민들의 발을 묶어놓겠다는 것이나 다름없다. 고유가를 서민들의 발인 대중교통 요금 인상으로 대처하겠다는 것도 큰 문제다. 대중교통을 이용하는 요금이나 승용차를 이용하는 기름 값이 비슷하면 누가 대중교통을 이용하겠는가.

초고유가 시대를 맞아 대중교통 문제는 범정부적 차원에서 다루어야 할 국정의 최우선 과제로 설정되어야 한다. 그것은 교통정체로 인한 교통혼잡비가 연간 24조 6,000억 원에 달한다는 통계자료 하나만 보아도 충분하다. 게다가 수송부문은 전체 온실가스 배출량의 18%, 전체 에너지 소비의 20%에 달하고 있다.

이제 교통정체로 인한 국민경제와 환경에 미치는 엄청난 악순환의 고리를 끊어낼 수 있는 혁명적인 대중교통 통합운영체제를 구축해야 한다. 이를 위해 중앙정부와 지자체, 지자체와 지지체간의 '통합적 대중교통 운영 시스템'을 구축할 필요가 있다. 더 이상 서로 엇박자를 내서는 안 된다.

정류장에서 모든 버스의 실시간 위치정보 서비스 제공, 배차 간격 환승 및 광역교통망 확대, 대중교통요금 보조 확대 및 환승요금 대폭할인 등 대중교통과 관련된 전반적 문제를 기획 · 조정하는 시스템의 구축도 시급하다. 교통정책의 효율성을 획기적으로 높이고 고질적인 교통 악순환을 선순환 구조로 바꾸기 위한 혁명적인 조직개편으로 초고유가 시대를 뚫고 나가야 한다.

소리없는 살인자,
석면 종합대책 시급하다

세계보건기구의 국제암연구소(IARC)는 석면을 1급 발
암물질로 규정하고 있다. 각종 역학조사에 따르면 석면은 약 30년이란
잠복기를 통해서 체내에 축적되어 폐암·악성 중피종·석면폐(모두 직
업성 암에 해당) 등 목숨을 앗아가는 '죽음의 물질'로 알려져 있다. 최
근에는 이런 '소리 없는 살인자'가 일상적으로 사용하는 화장품의 원료
인 탈크(talc : 활석) 속까지 숨어들었다는 사실이 알려지면서 석면 공포
가 갈수록 커지고 있다. 우리를 더욱 분노하게 만든 것은 정부 당국이
이런 사실을 알고도 오랫동안 쉬쉬해 왔다는 것이다.

석면 피폭, 누구도 자유로울 수 없어

석면은 내화성·단열성·내구성·절연성·유연성이 뛰어나 슬레이트를 비롯한 건물 실내 칸막이용 밤라이트 등 건축자재에 82%, 자동차 브레이크 라이닝 및 패드 등 자동차 부품에 11%, 섬유제품에 5%, 기타 2% 등 다양한 용도로 우리 일상생활 속에서 쓰이고 있으며, 그 제품 수만도 3,000여 종류에 이르고 있다. 이뿐만이 아니다. 상당수 의약품, 화장품, 베이비파우더 등의 원료로 널리 사용되는 탈크에 석면 불순물이 섞여 있다는 사실이 알려지면서, 어느 누구도 석면 피폭으로부터 자유로울 수 없다는 사실이 알려졌다.

바로 이런 이유 때문일까? 최근 가톨릭대학교 산업의학과 김형렬 교수팀이 한국산업안전공단에서 의뢰받은 악성중피종 감시체계 연구사업 결과, 지난 2005년부터 2008년까지 4년간 악성중피종 환자 78명을 조사한 결과, 산업석면보다는 생활석면 환자가 더 많은 것으로 밝혀졌다.

이번 연구 결과 '악성중피종 석면 노출력' 자료에 따르면, 78명 환자 가운데 건축, 건설, 자동차 수리, 석면방직, 조선용접, 주물 작업 등 석면에 직접 노출되는 환경에 종사한 사람은 42.3%인 33명에 불과했다. 반면에 사무직, 경찰, 교사, 농업종사자 등 석면과 연관성이 없어 보이는 일반인이 41%인 32명이었고, 나머지 16.7%인 13명은 석면광산 인근지역 거주자, 자가 건축시 석면건축자재를 사용한 사람, 재건축 인근지역 거주자 등 간접 노출 등으로 밝혀졌다.

석면으로 인한 사망자 계속 증가 추세

세계적으로도 석면으로 인한 사망자와 환자는 계속 증가하고 있다. 잠복기가 30~40년이란 사실로 미루어 볼 때, 앞으로 석면으로 인한 치명적인 환자 수는 계속 증가할 것임은 불을 보듯 훤하다.

영국에서는 매년 3,500명이 석면으로 사망할 것으로 추계하고 있으며, 호주는 2020년까지 18,000명이 사망할 것으로 예상하고 있다. 1996년 미국에서는 사망진단서로 확인된 석면에 의한 악성 중피종은 510명에 이르고, 이로 인한 연간 직업성 암에 의한 손실비용은 40~100억 달러에 이른 것으로 보고되고 있다.

일본은 한 석면 건축자재 생산업체 근로자 79명이 석면으로 인해 사망했다는 보도가 나간 것을 계기로, 당초 2008년부터 전면 사용을 금지하겠다는 계획을 2006년 9월로 앞당기는 조치를 취했다. 하지만 우리나라는 아직도 많이 사용하고 있는 실정이다. 반면에 유럽연합을 비롯한 주요 선진국들은 치명적인 유해성 때문에 이미 1980~90년대를 전후로 사용을 금지했다. 뿐만 아니라 석면에 노출된 근로자와 일반 국민들에 대한 철저한 사후 관리를 위해 범정부적 차원에서 가능한 모든 행정력과 막대한 예산을 투입하고 있다.

우리나라의 석면 관리 실태는 여전히 후진국 수준을 벗어나지 못하고 있다. 현재 제조·수입·사용·해체·철거·폐기 등 석면의 생애주기(life-cycle)에 대한 관리의 난맥상으로 인해, 때와 곳을 가리지 않은 채 국민의 건강과 생명을 위협하고 있다.

석면 관련 부처의 상설 합동대책기구 필요

우선 석면 관련 업무가 여러 부처에 산재해 있어 관리의 효율성을 크게 저해하고 있다. 예컨대, 주요 관련 법령상의 소관 부처를 살펴보면, 수입 관련 업무는 관세청, 건물 멸실 신고는 국토해양부, 공산품 자재는 지식경제부, 석면제품의 제조 공장과 해체·철거 과정의 노동자 안전은 노동부, 그리고 폐기물 관리와 처리는 환경부 소관이다. 최근에 문제가 되고 있는 화장품과 의약품 등은 보건복지부 소관이다.

이제 정부는 석면관리의 난맥상을 해결하기 위해 소관 부처가 공동으로 종합대책을 수립하고 상설 합동대책기구를 만들어 과학적이고 지속적인 관리를 해나가야 한다. 우선 전국에 수십 년 된 수십만 동의 슬레이트 가옥·창고·학교·공장 건물 등에 대한 관리 및 철거대책을 수립해야 한다. 그리고 최근 화학시험연구원의 일본산 탈크 제품 시험결과를 번복하는 소동에서 보았듯이, 석면 시험 검사기관의 인력과 장비를 대폭 보강하여 검사기관의 신뢰를 회복하는 일이 시급하다. 나아가 석면 관련법을 하루빨리 정비하고, 위법한 업체에 대해서는 일벌백계로 엄중하게 다스려야 한다.

독일,
왜 '우수세' 도입했나?

    독일 연방 행정법원은 1980년대 중반 빗물과 관련된 대단히 유의미한 판결을 내렸다. 그 요지는 다음과 같다. 건물을 신축한 자가 상수도에 연계하여 부과하는 기존 하수도 요금체계를 동일하게 적용하는 것은 원인자 부담원칙에 위반된다는 것이다. 예컨대, 건물 신축이나 도로 건설로 불투수층이 만들어짐으로써 홍수파가 도달하는 시간이 줄어들고, 첨두유량이 증가하여 하수도관을 더 크게 만들어야 함은 물론, 오폐수 종말처리장의 증설을 불가피하게 한다. 따라서 추가적으로 들어가는 공공 하수도 시설의 예산을 원인자가 부담해야 한다는 것이다.

'우수세'는 원인자 부담원칙에 입각한 것

이러한 연방 행정법원의 판결로 독일 여러 주정부는 1990년대 불투수층을 만들어낸 개발자에게 일종의 '우수세'를 부과하는 법적 조치를 단행했다. 가장 거세게 반대하던 베를린도 2000년도부터는 이를 수용했다. 이로써 독일은 빗물의 효율적 관리와 이용을 위한 법적 기반을 구축하게 된 것이다.

우수세 내용을 구체적으로 살펴보자. 독일의 상하수도 요금은 사용한 상수량의 요금, 사용한 상수량에 의한 추정량의 요금, 불투수 면적에 의해 증가한 빗물 유출량의 요금을 합한 값이다. 예컨대 상수도 요금 2.4유로/톤 + 하수도요금 2.3유로/톤 + 빗물배출 하수도 요금 1.8유로/평방미터/년이다.

따라서 개발업자는 빗물 배출 하수도 요금을 감면 받기 위해서는 빗물 저류 및 침투시설, 빗물 이용시설 등을 설치하면 된다. 옥외 수경시설, 옥상 녹화, 벽면 녹화, 투수성 포장 등의 경우에도 일정 기준에 의한 감면을 받을 수 있기 때문에 개발업자는 자기에게 맞는 다양한 시설을 선택할 수 있다. 업자들은 빗물의 이용으로 하수도 요금의 절약은 물론, 수돗물의 사용을 줄일 수 있어 일석이조의 실익을 거둘 수 있다. 특히 우수세는 첨두유량을 줄임으로써 도시 침수 예방, 지하수 함양 제고, 조세 절감, 에너지 절약이라는 여러 성과를 동시에 안겨주고 있다.

효율적 빗물 관리, 왜 필요한가?

우리나라는 연간 강수량의 3분의2가 6~9월에 집중되고, 갈수기인 11월부터 다음해 4월까지는 5분의 1에 불과하여, 연중 고른 강수량을 갖는 외국과는 다르게 홍수와 가뭄이 빈발하고 있다. 따라서 빗물의 효율적 관리를 위한 법제도의 정비가 절실하다.

우리나라는 국토의 65%가 산악지형이고, 표토 층이 얇아 유역의 수원함양능력이 적고, 하천의 경사가 급하여 홍수가 일시에 유출되고, 갈수기에는 유출량이 적어 유량변동계수(최대유량과 최소유량의 비)가 300~400으로 외국에 비교하여 10배 이상이다. 미시시피강은 3, 템즈강은 8, 라인강은 18, 세느강은 34, 나일강은 30에 불과하고, 일본의 요도강도 114에 불과하다.

이처럼 우리는 시공간적으로 물 관리에 많은 어려움을 겪을 수밖에 없다. 역사적으로 치수를 정치의 요체로 삼아온 이유가 바로 여기에 있다. 게다가 우리나라는 지난 100년 동안 기온 상승이 세계 평균의 2배에 이르는 등 기후변화가 더 심하게 나타나고 있어, 물 관리 법제를 혁명적으로 변화시킬 필요가 절실하다.

우수세 도입, 우리도 왜 필요한가?

현행법에도 빗물 이용시설에 관한 규정이 없는 것은 아니다. 종합운동장 및 실내 운동장의 지붕 면적이 2,400제곱미터 이상이고 좌석이 1,400석 이상의 대규모 시설물에 빗물이용 시설 설치를 의무화하고 있다(수도법 제11조의 3). 예컨대 5개 월드컵 경기장에서 2만7천 톤 용량의 빗물 이용시설을 설치하여 잔디용수나 조경용수 등으로 활용하고 있다. 하지만 2만7천 톤은 연간 1,240억 톤의 빗물 가운데 홍수시 유출되는 522억 톤에 비하면 구우일모(九牛一毛)에 불과한 수량이다.

2009년 3월 16일 강창일 국회의원은 이런 문제를 보완하기 위해 '물 순환 이용 촉진에 관한 법률안'을 발의하였다. 하지만 이 법안 역시 일정규모 이상 관공서와 업무용 및 상업용 시설에만 빗물이용시설을 갖추도록 했을 뿐, 대규모 도시개발과 산업단지 및 뉴타운 건설 등은 제외했다. 게다가 설치하지 않을 경우 500만 원의 과태료에 처하도록 한 처벌규정은 법적 실효성을 확보하기 힘들다. 법을 지키지 않을 경우 실익이 지켰을 때보다 훨씬 큰데 어느 누가 법을 지키겠는가.

우리나라의 현재 하수도 요금 체계는 상수도 및 지하수 이용량과 연동하는 체계를 유지하고 있다. 이것은 독일 연방 법원의 판결 이전과 같이 원인자 부담의 원칙에 반하는 요금체계를 유지하고 있다. 특히 여름철 집중호우로 첨두유량이 급격히 증가하는 수문학적 특성을 갖고 있는 우리나라도 체계를 독일과 같이 개편할 필요가 있다. 그렇게 되면 빗물 이용 시설과 저류지 및 지하 침투시설이 증가하여 도시의 상습적인 침수 예방은 물론, 물 부족 사태에도 대비하는 등 일석이조의 효과를 거두게 된다.

빗물의 이용은 저탄소 사회 실현에도 도움이 되기 때문에 지구온난화 예방에도 기여할 수 있는 유용한 방안이다. 서울대 한무영 교수는 3월

27일에 국회환경포럼이 주최한 토론회에서 주제발표를 통해서 물 공급 방법별 에너지 소비량을 다음과 같이 비교하였다. 빗물은 수돗물의 200분의1, 중수도 물의 931분의1, 해수 담수화 물의 7,750분의1에 불과하다고 주장했다. 이것만 보아도 각 지자체는 물의 생산과 공급 과정에 대한 비용편익분석을 통해 가장 경제적이면서도 환경 친화적인 정책을 채택해야 한다.

빗물관리기본법 제정, 왜 절실한가?

우리도 독일처럼 원인자 부담의 원칙에 맞게 '우수세'를 도입해야 한다. 대신 하수도 요금의 총액은 기존 요금체계에서 징수하는 총액과 비슷하게 하여 조세저항을 피해야 한다. 동시에 빗물 이용시설과 저류시설을 대대적으로 설치하려면 그 대상 범위를 대폭 확대하고, 이를 어길 경우 강력한 경제적 패널티를 가함으로써 법적 실효성을 높여야 한다. 동시에 적절한 인센티브 제도와 다양한 저류시설 기법을 도입해야 한다.

기존의 법을 짜집기하는 식의 법 제정으로는 우리나라 실정에 맞는 효율적 빗물관리가 불가능하다. 특히 빗물의 이용 쪽에 방점을 찍는 가칭 '빗물관리기본법'의 제정이 절실하다.

국회는 빗물의 효율적 관리와 최적 이용을 도모하고, 원인자 부담원칙에 입각한 경제·사회적 형평성에도 걸맞는 '우수세' 도입과 빗물 이용을 주요 골자로 한 '빗물관리기본법' 제정을 서두르기 바란다.

엉터리 통계로 4대강 토목공사
설명한들 누가 믿나?

　지하수 관리정책의 기초이자 핵심은 정확한 지하수 관정 수를 파악한 연후에 이용량을 개발가능량 이내에서 조절함으로써 지하수 자원의 지속가능한 개발·이용 및 보전·관리를 도모하는 데 있다. 국토해양부의 『지하수관리기본계획』도 지하수 이용량이 지하수 개발가능량의 일정 수준을 넘지 않은 범위 내에서 지하수의 수요 추이를 반영하여 장래 지하수 이용계획을 설정함으로써 지하수의 과잉개발을 방지하기 위한, 체계적인 지하수 개발·이용계획을 담고 있다.

　지하수에 대한 과학적인 국가계획을 수립하기 위해서는 무엇보다 가장 기본이 되는 것은 지자체별·유역별로 이용량에 대한 정확한 통계를 생산하는데 있다. 실제 이용량에 대한 통계가 현실과 너무 동떨어질 경우, 이에 기초하여 작성된 『지하수조사연보』와 시·군·구별 『지하수기초조사보고서』가 엉터리가 되고 만다. 나아가 이를 바탕으로 수립하는 법정계획인 광역 시·도별 『지하수관리계획』과 지하수에 관한 최상위 계획인 중앙정부 차원의 『지하수관리기본계획』도 엉터리가 되고 만다.

엉터리 통계가 엉터리 계획 불러와

지금까지 나온 정부의 각종 보고서의 지하수 이용량 통계를 자세히 들여다보면, 그것이 얼마나 엉터리인가가 더욱 자명해진다. 여기에 몇 가지 사례를 제시한다.

첫째, 『지하수조사연보』에 나와 있는 충청북도 각 지자체별 2002년도 지하수 이용량 대비 2001년도의 지하수 이용량을 각각 비교해보면, 국가 지하수 통계에 대한 강한 불신을 적나라하게 드러내주고 있다. 제천시, 음성군, 청원군의 경우 144.7%, 104.4%, 63.9% 각각 급증하였다. 반면에 보은군, 괴산군, 단양군, 청주시는 73.4%, 34.7%, 26.8%, 4.0% 각각 급감하였다. 물론 당시 개정된 지하수법에 의해 기존 시설에 대한 신고를 일제히 받았다고는 하지만, 지자체별로 이처럼 엄청난 편차를 보이는 것에 대해 도저히 납득할 수 없다.

둘째, 『충주지역지하수기초조사』 보고서에서 지하수 관정에 대한 전수조사(2007년 6월~12월) 결과, 기존 자료 중 관정이 없는 경우 등 확인 불가능한 시설이 4,949개소이고, 신규로 현장에서 확인된 시설은 8,338개소에 달한다. 『지하수조사연보2007』상의 관정수는 16,109개소인데, 전수조사 결과 확인 불가가 30.7%, 새로 발견된 공이 51.8%에 달하고 있다. 이런 엄청난 오차가 있음에도 불구하고, 『충청북도지하수관리계획보고서2009』와 『충주지역지하수기초조사보고서2008』에서 관정의 수는 전수조사 통계를 반영해놓고도, 이용량은 『지하수조사연보2007』의 통계를 그대로 인용하고 있다. 이것은 이용량 통계가 엉터리임을 스스로 자복한 것이나 다름없다.

셋째, 한국수자원공사의 『지하수이용량모니터링조사보고서2007』에 의하면 경기도 이천시, 안성시, 용인시 지역의 생활용과 농업용의 지하수 이용량 모니터링 조사 결과, 관정당 이용량이 연간 1,446톤이었는데, 『지하수조사연보2006』상의 이용량은 3,610톤이었다. 이것은 3개 지자체의 지하수 관정당 이용량이 약 60% 감소한 것으로, 사실상 전체 이용량이 이만큼 감소한 것으로 볼 수 있다. 『지하수기초조사』와 『지하수조사연보』상의 관정 개소수와 이용량 통계에 대한 신뢰도 제고 차원에서 실시한 시범사업의 결과, 이런 엄청난 결과가 확인된 것이다.

이상의 세 가지 사례만 보아도, 국가가 수립한 지하수에 관한 최상위 계획인 『지하수관리기본계획』이 이처럼 엉터리 통계에 기초하고 있다는 것은 심각한 문제가 아닐 수 없다. 지하수 이용실태와 관리에 대한 제도개선이 혁명적으로 시급히 단행되어야 하는 이유가 바로 여기에 있다.

엉터리 통계와 계획이 엉터리 4대강 토목공사 낳아

더욱 놀라운 사실은 "지하수 개발·이용시설은 연평균 약 6.7% 증가하여 1994년 64만여 공에서 2005년 127만여 공으로 약 2배가 증가하였고, 이용량은 연평균 3.5% 증가하여 1994년 25.7억 톤에서 2005년 37.2억 톤으로 약 1.4배 증가하였다"는 『지하수관리기본계획보고서(2007~2011년)』에 입각하여, 정부가 국가 단위의 최상위 수자원 계획인 『수자원장기종합계획(2006~2020)』을 수립하였다는 것이다.

여기서 우리가 특별히 주목할 부분이 있다. 이런 엉터리 지하수 이용량 통계를 바탕으로 국가 수자원 부족량을 기준 수요 시나리오에 따라 2011년 797백만 톤, 2016년에 975백만 톤(지역간 가용 용수자원의 이동을 전제할 경우 340백만 톤과 500백만 톤)이 각각 부족할 것이라는 전망을 내놓고 있다는 사실이다.

여기서 우리를 더욱 슬프게 만들고 있는 사실은, 이런 엉터리 통계를 바탕으로 이명박 정부가 "2012년까지 약 22조2천억 원에 달하는 천문학적인 돈을 투입하여 4대강에 20여 개의 보를 만들어 7억6천만 톤의 물을 추가로 확보함으로써 물 부족에 대비하겠다"는 초대형 토목사업을 확정·발표했다는 것이다. 엉터리 통계가 4대강에 대재앙을 불러올 엉터리 대형 토목공사를 낳은 것이다.

이제 지하수 이용 및 관리 정책을 전면적으로 재검토하지 않으면 안 된다. 특히 우리의 마지막 생명수인 지하수 통계에 대한 신뢰도를 획기적으로 높이지 않는다면, 국민은 국가 수자원 통계 자체를 믿을 수 없을 뿐만 아니라, 4대강 토목사업의 필요성도 믿지 않을 것이다. 따라서 지하수 관리의 핵심적 기초 지표인 지하수 이용실태에 관한 통계의 신뢰도를 높이기 위한 지하수법 개정은 물론, 대폭적인 재정투입을 지속적으로 단행해야 한다. 정부는 그 길이 마지막 생명자원인 지하수의 지속가능한 관리를 통해, 국민을 물 고통으로부터 해방시킬 수 있는 지름길이라는 사실을 알아야 한다.

'빗물 활용' 포함한
'물 순환 및 재이용촉진법' 제정하라

환경부가 2007년 9월에 입법예고한 바 있던 '물의 순환·재이용촉진에 관한 법률안'이 '물의 재이용 촉진 및 지원에 관한 법률안'으로 법명이 바뀌어, 지난 6월에 국회에 발의되어 현재 국회환경노동위원회에 계류 중이다.

이렇게 법명이 바뀐 주된 이유는 새로 국회에 발의된 법률안에서 빗물의 침투·저류 관련 내용이 삭제되었기 때문이다. 다시 말해서 물의 재이용 문제에만 집중된 채 물의 '순환'과 관련된 내용은 빠져버렸다.

우리는 외국의 많은 나라들이 물을 얼마나 처절하게 이용하고 있는가를 교훈으로 삼아야 한다. 미국의 플로리다주는 하수처리수의 52%를 재이용(연간 8억 톤)하며, 이 가운데 조경·관개용수 44%, 농업용수 19%, 지하수충전 16%, 공업용수 15%를 각각 활용한다. 캘리포니아는 하수처리수의 10%를 재이용(연간 6.2억 톤)하며, 이 가운데 농업용수 48%, 조경·관개용수 20%, 지하수충전 12%, 공업용수 5%를 각각 활용한다. 우리가 주목하고자 하는 것이 바로 지하수 충전에 상당량의 재이용수를 활용한다는 점이다.

이것은 바로 지하수 고갈과 오염 및 건천화을 막기 위한 물의 순환을 촉진하는 일이다. 지하수 고갈은 곧 지반침하로 인한 2차 오염을 유발하고, 기저유출량이 줄어 건천화를 만드는 주된 요인이다.

눈물겨운 물 재이용 교훈 삼아야

말레이시아로부터 원수의 약 60%를 수입하는 싱가포르의 물이용 노력은 더욱 눈물겹다. 인구 450만 명에 서울시와 비슷한 섬나라인 싱가포르는 물 값을 올려달라는 말레이시아의 요구로 물의 순환 및 재이용을 촉진하지 않으면 안 될 처지로 내몰렸다. 그들은 연간 2,300mm의 강우를 최대한 활용하기 위해 빗물을 모으는 저수지를 만들었으며, 그 수량은 전체 이용량의 약 15%에 달한다. 심지어 하수처리수를 고도정화처리하여, 이를 다시 저수지로 보내 상수원수로 이용하는 수량이 하루 20만9천톤에 달한다.

그런데 우리나라의 재이용수 용도별 구체 실적을 살펴보면, 2007년 연간 64.9억 톤의 하수 처리수 중 6.4억 톤을 재이용(9.9%)했으며, 이 가운데 절반 이상을 하수처리장내 세척수·청소수·냉각수 등으로 재이용한 것으로 나타났다. 나머지 2.7억톤은 하천유지 용수, 농업용수, 공업용수 등으로 재이용하는 것으로 조사됐다. 이처럼 우리나라의 물 재이용은 지극히 원시적인 수준에 머물러 있으며, 유감스럽게 빗물에 대해서는 이용실적이 거의 없다.

'물 재이용 순환 촉진법' 안에 빗물, 지하수 반드시 포함해야

우리나라의 하수도법에는 하수처리수 재이용(제21조)과 중수도(제26조) 규정이 있고, 수도법에는 빗물이용시설(제16조)이, 낙동강수계법에는 하·폐수처리수의 이용(제22조) 등에 관한 규정이 있다. 이처럼 물의 재이용에 관한 규정을 각각의 개별법에 담고 있어 물 관리의 효율성을 크게 떨어뜨린다. 따라서 물 재이용을 체계적·효율적으로 추진하기 위해서는 통합된 단일법 제정이 필요하기 때문에 환경부가 지난 6월에 '물의 재이용 촉진 및 지원에 관한 법률안'을 발의한 것이다.

물 순환 및 재이용에 관한 선진국 사례에서 보듯이, 진정한 물 관리에는 물 순환고리의 가장 주요한 부문인 빗물과 지하수에 대한 내용이 반드시 포함되어야 한다. 빗물의 저류 및 침투는 도시의 상습 침수를 예방하고 지속가능한 청정 지하수의 이용 및 보전에 필수적 조치이기 때문이다. 국회 심의 과정에서 빗물과 지하수 관련 부문이 반드시 포함되어, 법명도 '물의 순환·재이용촉진에 관한 법률'로 제정되길 바란다.

5 지속가능한 참 녹색세상을 갈구하며

지하수 전담부서
설치 시급하다

21세기에 접어들어 기후변화의 심화로 강수량은 늘어났지만 비가 내리는 일수는 줄어드는 등 한반도의 강우 패턴에 심각한 변화의 조짐이 보이고 있다. 따라서 갈수기에 물 부족으로 고통을 당하는 지역이 점차 확대되고 있다. 하지만 과거 댐 위주의 개발주도형 수자원 정책에 대한 국민적 반대가 더욱 거세지고 있고, 수리권을 둘러싼 지역간 분쟁도 격화되고 있어 물 관리를 더욱 어렵게 만들고 있다. 이처럼 물 환경의 악화 때문에 대체 수자원으로서 지하수의 중요성이 더욱 높아지고 있다.

지자체마다 이용량 산정 방법 제각각

정부는 1993년 12월 지하수법을 제정한 이래 지금까지 총 다섯 번의 개정을 통해서 지하수 관리체계를 대폭 강화해 왔다. 하지만 지속가능한 지하수 이용 및 관리를 위한 필수적 기초 지표인 지하수 이용량 표준 산정 방법도 없는 실정이다. 지자체 담당 공무원에 대한 여론조사와 전화 면접을 실시한 결과, 지하수 이용량을 산정하는 방법도 지자체마다 천차만별이고, 더욱 한심한 사실은 자기 지자체의 산정방법 자체마저도 제대로 이해하지 못하고 있었다.

지하수 관리에 관한 이런 현실은 법정 보고서마다 지하수 개발가능량 및 이용량에 관한 통계 자료가 매우 상이한 것에서도 잘 나타나고 있다. 개발가능량 대비 이용률을 살펴보면, 안성시는 『경기도지하수관리계획 보고서(2004)』에서는 167.8%인데, 『지하수기초조사보고서2007』에서는 94.7%로 분석되었다. 충남 서산시는 『지하수조사연보2006』에서는 94.4%인데, 『서산지역지하수기초조사보고서2006』에서 40.2%, 홍성군은 『충청남도지하수관리계획보고서(2004)』에서는 6.3%인데, 『지하수조사연보2005』에서는 이보다 약 5배가 증가한 32.6%로 각각 분석되었다.

지하수 이용량 통계, 실제보다 훨씬 과장

이뿐만이 아니다. 경기도의 용인시, 안성시, 이천시의 표본 관정에 대한 실제 지하수 이용량 모니터링을 실시한 결과, 이용량 모니터링 조사 대상 용도의 모든 관정의 연간 기준단위와 이를 적용하여 산정한 지하

5 지속가능한 참 녹색세상을 갈구하며

수 총이용량이 『지하수조사연보2006』에 기재된 총이용량의 38.5%에 불과한 것으로 추정되었다. 즉 법정 보고서의 통계상에 잡혀 있는 지하수 이용량이 실제 지하수 이용량보다 엄청나게 부풀려져 있을 것이라는 추정을 뒷받침해주고 있다.

지하수 개발가능량과 이용량이 2006년도에 수립된 국가의 수자원에 관한 최상위 계획인 『수자원장기종합계획』에 최초로 반영되었다. 이로써 국가 총용수 수급계획에 지하수는 단순한 보조재가 아닌 대체재로 당당히 격상된 것이다. 어쨌건 2008년 말 현재 『지하수조사연보』상에 지하수는 국가 총용수량의 11%라는 비중을 차지하고 있음에도 불구하고, 지하수는 지금도 단 1%의 대접도 받지 못하고 있는 실정이다. 실로 안타까운 현실이 지속되고 있다.

국토해양부에 지하수 전담 사무관 한명 없어

우리나라는 지구상에서 독립된 지하수법을 갖고 있는 유일한 나라로 알고 있다. 그럼에도 불구하고, 지하수법 소관 중앙부처인 국토해양부에 지하수를 전담하는 부서는 고사하고, 전담 사무관 한 명 없는 실정이다. 사실이 이러함에도 국토해양부가 발간한 『지하수관리기본계획보고서』에는 "지자체에 지하수 전담조직이 필요하다"는 말을 누누이 역설하고 있다. 아이러니도 이런 아이러니가 없다.

지하수 고갈과 지반침하 및 해수침입 등 지하수 장해를 예방하기 위해서는 국가가 지하수를 제대로 대접해주어야 한다. 지하수는 정부통계상 국가 총용수량의 약 11%를 차지하고 있는데, 이것의 절반만이라도 배려해야 한다. 따라서 단 1%도 배려하지 않고 있는 국토해양부의 지하수에 관한 태도가 획기적으로 변해야 한다.

그 첫 번째 일은 국토해양부에 지하수과를 신설하는 것이다. 두 번째는 물 관련 국가 재정을 지하수가 차지는 비율에 걸맞게 투입하는 것이다. 세 번째는 지자체로 하여금 지하수를 지속가능하게 관리할 수 있도록 재정 및 기술지원을 해주어야 한다. 네 번째는 지자체도 지하수과 내지는 지하수계를 만들어 체계적이고 과학적인 지하수 관리를 수행해야 한다. 마지막으로 지하수의 양과 질의 관리가 국토해양부와 환경부로 이원화 되어 있는 것을 하나의 부처로 통합해야 한다. 이 길이 지하수 장해를 예방하고 지속가능한 지하수 관리를 이루는 지름길이다.

유럽연합의 REACH에
잘 대비하고 있나?

　현재 전 세계적으로 유통되고 있는 화학물질은 10만여
종에 달하고 매년 2천여 종이 시장에 새로 등장하고 있다. 국내에서는 4
만여 종에 연간 약 3억 톤이 유통되고 있으며, 매년 새롭게 400여 종이
시장에 등장하고 있다. 이런 통계가 말해주듯이, 현대문명은 매일 새롭
게 쏟아져 나오는 화학물질의 토대 위에 구축되고 있다고 해도 과언이
아니다. 화학물질 없이는 현대문명도 지속되지 못할 정도이다.

　문제는 화학물질이 지구 생태계를 심각하게 파괴하거나 교란시키고
있을 뿐만 아니라, 1984년 12월 2,800여명의 사망을 불러온 인도 보팔의

유니온카바이드 회사의 살충제 공장 폭발 등 대형사고 위험성을 내포하고 있다. 게다가 테러용이나 전쟁용으로 사용될 수 있는 등 인간의 생명과 재산을 무차별적으로 파괴할 가공할 힘을 가지고 있다. 때문에 국제사회는 유해화학물질의 수출입은 물론 제조·사용·폐기 등 전 과정에 대한 관리를 더욱 강화해나가고 있다.

유해화학물질 관리 규제 강화 추세

2006년 2월에 유엔은 2020년까지 지속가능한 화학물질 관리를 위한 추진전략(SAICM: Strategic Approach to International Chemicals Management)을 채택하였다. 이것은 비록 자발성을 기초로 하고 있으나 향후 화학물질 관리에 관한 국제질서의 기본 틀이 될 전망이다. 유엔이 추구하고자 하는 목표는 내분비계 장애물질의 위험성 저감, 잔류성 유해물질 사용 저감, 대체 물질 개발, 위해성 정보 소통체계 확립, 화학물질 분류 표시제도 등을 도입하겠다는 것이다. 또한 선진국과 개도국 간의 역량차이 극복을 위한 재정 지원 및 국제적 불법 거래 방지, 국가별 수출 금지 물질 관리를 효율적으로 추진하자는 데 있다.

경제협력개발기구(OECD)도 화학물질 현황 파악 및 자료 공유를 통한 관리의 효율성 제고를 위해 화학물질 배출량 제도, 우수실험실 및 시험지침에 관한 제도를 도입하였다. 이 제도의 목표는 대량생산 화학물질에 관한 초기 위해성 평가와 화학제품 정책 및 위해성 정보전달 체계를 확립하여 위해성을 철저히 관리하겠다는 것이다.

다자간 국제협약을 통해서 유해화학물질의 관리가 날로 강화되고 있는 실정이다. 대표적인 협약으로는 잔류성유기오염물질(POPs: Persistent Organic Pollutants)의 저감 및 사용 금지를 위한 스톡홀름 협약(2004년 발효/우리나라 비준 준비 중)과 특정유해화학물질 및 농약의 국제교역 관련 사전 통보 승인 절차에 관한 로테르담 협약(2004년 발효되었고, 우리나라는 2003년 비준했음)이 있다.

화학물질, 새로운 무역장벽으로 등장

이런 국제협약은 직접적인 경제적 의무부담과는 관계가 멀다. 하지만 유럽연합 차원에서 지금 당장 우리 산업계의 목줄을 조여올 무역장벽인 새로운 유해화학물질 관리 제도를 도입하고 있다는 사실을 주목해야 한다. 유럽연합은 모든 화학물질(연간 1톤 이상)의 위해성을 평가한 후 등록을 의무화하는 리치(REACH)라는 제도를 만들었고, 동 제도는 2007년 5월 이내에 발효 예정으로 있다. 이번 REACH의 가장 큰 특징은 신규화학물질은 물론 기존 화학물질을 함유한 완제품까지 등록의 범위를 대폭 확대했다는 점이다. 동 제도를 이행하지 못한 기업은 유럽연합 역내 국가로의 수출길이 막힐 것이다.

리치는 위해성 평가와 등록을 의무화하고 있기 때문에 우리나라 산업계에게도 각종 비용에 대한 부담을 크게 가중시킬 것이다. 업계에서는 등록에 필요한 비용으로 건당 최소 1,400만 원에서 최고 16억 원에 달할 것으로 보고 있다. REACH 발효 이후 유예기간 내에 등록을 완료하지 못할 경우, 사실상 수출이 불가능하기 때문에 등록을 무작정 미룰 수도 없다. 우리나라는 2004년 기준으로 유럽연합 회원국에 연간 약 14억 달러의 화학물질과 345억 달러의 화학물질이 함유된 완제품을 수출하고 있는 점으로 보아 대책 마련이 시급한 실정이다.

이에 환경부는 작년에 '리치 대응 기획단'을 별도로 구성하여 정보 수집 및 제도 마련, 심포지엄, 순회 설명회 개최 등 대응책 마련에 부심하고 있다. 문제는 뒤늦게 산업자원부가 환경부와는 별도로 대응책 마련을 위해 뛰고 있다는 점이다. 두 부처가 마치 주도권 싸움을 하듯이 엇박자를 내고 있다. 이제라도 정부차원에서 마련하고 있는 대응책에 대한 효율성과 실효성을 높이기 위해서는 관계부처 합동으로 단일 조직을 구성할 필요가 있다. 그래야 업계의 혼란도 막을 수 있다. 정부와 기업 등 각 해당 주체들이 전략적 협력을 이뤄낼 수 있도록 통합대응체제를 구축할 것을 거듭 촉구한다.

FTA시대, 축산업과 환경이
함께 사는 길

눈물겨운 노력과 기발한 방법으로 살아남기 위한 근본적 변화를 모색하고 있었다. 그러나 아직도 '배 째라 식'으로 원액을 방류하는 곳도 있었다. 살기 위해서는 어쩔 수 없다는 식이다. 우리를 한·미FTA의 가장 큰 제물로 삼았다며 분노를 토로하는 사람들도 있었다. 현장에서 만난 사람들 중에는 우리 선수들이 올림픽에서 금메달을 많이 딸 수 있었던 것도 서양 사람들처럼 고기를 많이 먹어 힘을 많이 쓸 수 있었기 때문이라고 입에 거품을 물면서 열심히 설명을 한다. 자신들이 국민들에게 저렴하게 단백질과 지방을 공급한 가장 큰 공헌자로

서의 자긍심을 갖고 있다는 것이다.

2007년 5월에 나흘 동안 열세 곳의 현장조사를 하면서 듣고 느낀 점들이 너무나 많았다. 이쯤에서 내가 만나고 온 사람들이 무엇을 하는 분들인가를 알 수 있을 것이다. 그분들은 이 땅의 축산 전업자들이다.

농림부 통계에 따르면 2006년 말 현재 우리나라에는 돼지 923만두, 소와 말 201만두, 닭과 오리 1억800만수, 사슴과 양 42만두, 개 230만두가 살고 있다. 이들이 배출한 가축분뇨는 하루 14만2천 톤(5천183만 톤/년, 개는 통계 없어 제외)으로 사람과 공장을 포함한 전체 오·폐수 발생량의 0.6%에 불과하다. 하지만 오염물질 발생부하율은 25.8%를 차지하고 있다. 특히 호수를 썩게 하는 주범인 총질소의 오염부하율이 팔당호의 경우 그 부하율이 50%를 훨씬 넘는다는 연구결과도 있다.

이러한 결과는 무엇을 말하는가. 지표수와 지하수 등 2차오염으로 인한 법적 처벌로부터 해방되어 안심하고 축산업을 영위하기 위해서는 무엇보다 가축분뇨의 안전한 처리와 이용에 있음을 단적으로 말해준다. 이것은 가축분뇨의 처리 및 이용 과정에서 2차오염 문제를 해결하지 않고서는 결코 축산업을 영위할 수 없다는 것을 의미한다.

이미 유럽연합의 회원국들은 특별관리가 필요한 수계별 혹은 지역별로 '가축 사육 두수 총량제'나 '지역단위 토양 양분 총량제'를 점차적으로 도입하여 시행하고 있다. 일본도 '국가 총량제' 내에서 지역 사정에 따라 가축 사육을 제한하기 위한 보조금 폐지 등 각종 제도를 도입하고 있다. 우리나라의 경우도 만시지탄이지만 근본적인 패러다임의 전환을 모색하고 있다는 점에서 다행으로 생각한다.

지난날 농림부는 신고대상 이상 농가, 환경부는 신고대상 미만 농가를 대상으로 각각 분뇨처리 시설 및 퇴비(액비 포함) 살포 등에 보조금과 특별 융자를 해왔다. 지역 실정과 개별 농가의 여건을 충분히 고려하지 않은 가운데 양 부처의 유기적인 협조도 없이 산발적으로 지원하다 보니, 2차오염 문제를 더욱 키워온 것이 사실이다. 최근에도 이런 비슷한 일이 반복되고 있었다.

단적인 사례로 관련 부처와 협의 없이 산자부가 '2006년도 신재생에너지 보급 시범사업'의 일환으로 경기도 이천 어느 양돈단지 내에 10억 원의 재정을 투입하여 바이오매스 발전소(현장 조사시 30kWh급에 28kWh 생산 8시간 가동)를 설치한 것이다. 설치비와 관리비를 고려할 경우, 이것은 근본적인 가축분뇨 처리방안도 아닐뿐더러 전력생산도 거의 무의한 사업이라는 것을 확인했다.

분해 결과 질소 성분이 빠져나간 분뇨 찌꺼기는 처치도 어려울 뿐만 아니라, 사후 관리비가 전기 생산으로 얻는 이익보다 훨씬 많이 들어가고 있다는 것을 직접 확인했다. 그럼에도 불구하고 언론에는 이런 확인 내용은 단 한 줄도 보도되지 않은 채, 가축분뇨도 처리하고 전기도 생산하는 일석이조의 효과를 거두는 각광받는 사업으로 소개되고 있다. 때문에 많은 지자체장들과 공무원들이 견학을 했고, 돌아가서 이런 시설을 설치하도록 지시하는 해프닝을 벌이기도 했다. 참으로 한심한 일이다.

이처럼 현실성과 효율성을 무시한 즉흥적 대책으로는 오히려 축산농가를 더욱 어렵게 만들 수 있음에 유의해야 할 것이다. 이제라도 관련 중앙부처는 탁상행정을 지양하고, 각각의 지역 현장 여건에 맞는 창조적 모델을 도출할 수 있도록 지역을 고무하는 일이 필요하다. 국가는 축산 및 분뇨에 대한 큰 정책의 범위를 정하고, 지자체는 축산농가, 축협, 농협, 경종농가, 생산자 및 지역 시민단체, 지역 거주 전문가 등이 자기 지역에 맞는 환경 친화적인 최적의 모델을 창출할 수 있도록 지역협의체를 구성할 필요가 있다. 그런 연후에 적용 모델의 시행 과정을 지속적으로 모니터링해서 정착시키는 일이 중요하다.

한편 정부는 중장기적인 관점에서 국가 전체의 가축 사육 두수 총량을 정하고, 지역 특성에 맞는 '가축 사육 두수 총량제' 와 '지역단위 토양 양분 총량제' 도입을 위한 구체적인 시행방안을 마련해야 할 것이다. 국가는 자유무역협정(FTA) 시대를 맞아 진정한 글로벌 경쟁력을 갖춘 가운데, 축산농가가 자부심을 갖고 본업에 전념할 수 있도록 특단의 대책을 내놓아야 한다. 이것이 FTA사대에 환경과 축산을 동시에 살리는 길이다.

환경부는
정체성부터 회복하라

국민은 이명박 정권의 대운하 사업을 놓고 극명하게 대비되는 두 사람의 다음과 같은 요지의 발언을 보고 과연 어떤 생각을 할까? 결론부터 말하자면, 국민들은 환경부의 정체성과 존립 근거에 심각한 혼란을 일으키고 있다.

3,000만 명의 식수원에 배를 띄운다면 식수대란 등 환경재앙을 불러올 것이며, 운하로 홍수를 조절하겠다는 것도 집중호우의 무서움을 모르는 터무니없는 생각이다. 운하사업은 종국에는 경제재앙마저 몰고 올 것이다.

여러분이 로이로제처럼 생각하고 있는 운하 문제는 어느 땐가는 다시 거론될 것이다. 컨테이너 한 개를 싣고 달리는 트럭과 200개를 한꺼번에 배에 싣고 가는 운하를 비교할 때, 어느 것이 더 온실가스를 많이 배출하겠는가?

전자는 현 이만의 환경부 장관 직전에 퇴임한 이규용 환경부 장관의 퇴임 고별 기자 간담회 발언이고, 후자는 현 이만의 환경부 장관이 2008년 12월 어느 대학 특강에서 한 발언이다. 대한민국의 명운이 걸린 초대형 국책사업을 놓고 줄곧 환경부라는 한 솥밥을 먹어왔던 정통 관료 출신인 두 장관이, 어쩌면 이렇게도 극명하게 엇갈린 발언을 날릴 수 있단 말인가.

현 장관은 음용수를 독일은 70%, 프랑스는 85%, 덴마크는 90% 이상을 지하수에 의존하고 있는 유럽과 약 90%를 강물이라는 지표수에 의존하고 있는 우리나라의 수문지질학적 특성을 알고도 어찌 이런 발언을 할 수 있단 말인가? 상수원보호구역에서는 소형 모터보트는 말할 것도 없고 낚시마저 오염 예방을 위해 금지하고 있는 현행법을 잘 알고 있으면서, 어떻게 이런 발언을 할 수 있단 말인가? 운송수단이 운하의 배나 트럭 말고도 기차도 있고 바다의 선박도 있다는 사실을 알면서, 어떻게 이런 우스꽝스러운 비교를 할 수 있단 말인가?

2009년 1월 이명박 정권은 50조원짜리 '녹색 뉴딜' 사업(기간 2009~2012년)을 발표하였고, 그 일환으로 모든 법적 절차를 묵살한 채 22조 2천억 원짜리 4대강 토목사업의 시작을 알리는 삽질을 낙동강과 영산강에서 급작스럽게 감행했다. 환경정책기본법에서 규정한 사전환경성 평가를 거치지 않은 것은 말할 것도 없고, 환경영향평가법의 모든 법적 절차를 묵살한 삽질의 현장에서 환경부의 수장이 어떻게 힘찬 박수를 보낼 수 있단 말인가?

환경부는 '하나 뿐인 국토와 지구를 보전하는 것'을 존재 이유로 태동했다. 정부조직법에도 '자연환경 및 생활환경의 보전과 환경오염 방지에 관한 사무'를 본령으로 한다고 규정하고 있다. 하지만 환경부의 수장이 개발을 제일의 임무로 삼고 있는 국토해양부 장관보다 한 발 더 나간 발언을 멈추지 않고 있다. 이는 어불성설일 뿐이고, 아연실색할 따름이다.

어디 운하뿐인가. 환경부의 정체성을 스스로 부인하는 일이 또 있다. 최근 입법예고가 끝난 토양환경보전법 시행령과 시행규칙이 그것이다. 아무런 과학적 근거나 현실적 타당성도 조사하지 않은 채 토양오염 검사주기를 1년에서 3년으로 연장하겠다고 한다. 그것도 2008년 7월에 검사주기를 완화한 이래 6개월도 채 안된 상태에서 또 다시 일방적으로 오염유발 가능 업체들의 손을 들어준 것이다. 반면에 검사기관들은 2,000여명이 일자리를 잃게 될 수밖에 없다고 하소연을 한다.

환경부 장관은 운하도 저탄소 녹색성장이고 녹색일자리 창출이라고 역설한다. 토양환경보전법의 입법 목적을 무색하게 만들 입법예고도 녹색성장의 일환인가? 오염유발 가능 업체에게는 구우일모(九牛一毛)에 불과한 편익을 줄 것이지만, 검사기관과 정화업체 등에 종사하는

2,000여명의 직원들을 길거리로 내쫓는 정책도 녹색일자리 창출의 일환인가? 분명 그건 아니다. 환경부가 뒤늦게나마 이 문제를 논의하기 위해 양측 대표들을 불러 모임을 갖고 있다고 하니 지켜볼 일이다.

시급히 정체성을 회복하여 법적 책무를 다 하는 환경부로 거듭나길 바란다. 국회 환경노동위도 환경부가 본연의 역할을 성실히 수행할 할 수 있도록 모든 법적 책무를 다 해주길 바란다. 필자의 고함(孤喊)으로 머물지 않기를 고대하면서 말이다.

워싱턴디씨의 공익적 압력
단체에서 배울 점

1995년 국무성의 국제방문자프로그램(IVP:Inter national Visitor Program)에 참여하여 미국 8개 주에서 공익적 활동을 하고 있는 비정부조직들(NGOs)을 방문한 적이 있다. 워싱턴 D.C.에서만 11개 단체를 방문했다. 여기 NGO들의 가장 큰 특징은 의회와 백악관을 비롯한 행정부를 상대로 자신들의 주장을 관철하기 위해 가능한 모든 방법을 동원하여 강력한 로비(사실상 압력)를 벌이고 있다는 점이다.

그 중에서 의회를 상대로 가장 인상적인 압력 수단을 동원하여 로비를 벌이고 있는 '미국공익연구그룹(U.S. Public Interest Group)'이라는 단체는 우리나라의 활동가들에게 시사 하는 바가 크다.

이 단체는 대학생 자원봉사자들의 활동이 모태가 되었는데, 1995년 방문 당시 30여개 주에 지부를 두고 있었다. 엘리자베스 히치코크(Elizabeth Hichcock) 사무국장은 미국공익연구그룹을 '의회 로비 전담기구' 라고 소개하면서, 주로 "위험한 제품으로부터 소비자를 보호하고 유해 물질 배출로부터 환경을 보호하기 위해 의회의 입법과 정책결정 과정에서 의원들에게 압력이 될 수 있는 모든 합법적 수단을 동원하고 있다"고 했다. 그녀는 "그린피스는 세계를 무대로 환경 위반에 대한 주의를 주기 위해 드라마틱한 전술을 구사하지만, 우리는 사안별로 정책을 변화시키기 위해 의원들에 대한 로비와 압력을 가하고 있다"면서 다른 조직과의 차별성을 강조했다.

이 조직은 먼저 쟁점 현안으로 떠오른 환경 문제에 대한 설문지를 의원들에게 돌리고 답변을 받아 의원들 각자에 대한 점수를 매겨 이를 공개하는 방법을 쓰고 있다. 설문지에 각 문항에 대한 배점 비율을 기록하고 있는 것도 독특하다. 다음에는 자신들이 제안한 수질정화법 개정안에 대해 의원들의 의견을 듣고 찬성과 반대 등의 이유를 조사해 나간다. 의원들의 환경성에 대한 점수와 의견을 조사하고, 그 결과를 수시로 홍보물과 컴퓨터 통신망을 통해 전국에 알린다.

그들의 활동은 여기서 끝나지 않고, 법안이 해당 위원회에서의 심의 과정과 전체 본회의에서 의원들이 어떤 입장을 취하고 있는가를 감시한다. 히치코크 사무국장은 "이처럼 의원들의 활동을 끝까지 체크하고,

의원들의 출신 지역구의 NGO와 여론 형성층에게 우편이나 컴퓨터 통신망을 통해 이들의 실상을 알리는 일이야말로 가장 효과적인 압력 수단"이라고 역설했다.

십 수 년이 흐른 캐피털 힐에는 그 때보다 질적으로 잘 무장된 더 많은 단체의 활동가들이 뛰고 있다. 그들은 다른 단체는 물론 언론과 긴밀한 네트워크를 만들어 대응하고 있다. 그리하여 이들은 한 덩어리가 되어 지역구 유권자들에게 자신들이 뽑은 의원들의 성향과 활동상을 처음부터 끝까지 추적하여 점수를 매기고, 이 모든 것을 더 빨리 더 자세하게 안방까지 수시로 전달하고 있다. 바로 이들이 권력을 견제하고 부패를 최소화하는 시민민주주의의 헌신적인 전사들이다.

21세기 대한민국의 국회의원들도 질적·양적으로 크게 성장한 시민사회단체들의 감시와 압력을 받고는 있다. 하지만 시민사회단체들의 방법론은 아직 부족한 점이 많다. 특히 정당과 의원 평가 및 감시, 끝까지 의원들의 활동을 밀착 추적하고 체크하는 일, 다른 조직과의 연대, 여론주도층과 지역구 유권자들에 대한 정보 제공, 언론과의 연대 측면 등은 선진국 단체에서 배울 점이 많다고 본다.

우리나라 시민사회단체가 의원들에 대한 로비와 감시 활동을 자유롭게 할 수 있도록 국회법과 선거법 등 관련법의 개정이나 제정도 검토할 필요가 있다. 특히 선거철이 되면 지역구 사업이나 법률 개정을 자신이 다 했다고 선전하는 일이 비일비재한데, 이에 대한 진위여부와 활동 내역에 대한 검증과 공표를 자유롭게 할 수 있도록 관련법률이 개정될 필요가 있다.

이제 우리도 여의도 국회의 주인이 공천권을 쥐고 있는 정당의 극소수 당권파가 아니라, 바로 극민과 유권자임을 보여줄 수 있는 정치한 전략과 전술을 구사하는 성숙한 시민사회단체들을 보고 싶다.

TIP

TIP

TIP